Asako Yuzuki
柚木麻子

オール・ノット

講談社

オール・ノット

装画　河井いづみ
装丁　岡本歌織（next door design）

目次

第一章

唐突に目の前に差し出されたあたたかな飲み物に、真央《まお》はとまどった。

「よろしければ、どうぞ」

と、おばさんは言った。

試食用の背が低い紙コップが、湯気でどんどんひしゃげていく。七月の終わりで、外気温は三十度を超していた。有線放送のオルゴールバージョンのＪ－ＰＯＰが「五番、レジ応援お願いします」というパートさんの低い声にいっとき、遮られた。

さっきまで脂の浮いたお湯の中のようなバックヤードで在庫整理していたから、真央の口の中はもったり火照《ほて》っていて、冷えた炭酸水を欲していた。それでも、おばさんが紙コップを引っ込めないので、抱えていた二ダース入り缶ビールの段ボールを、社員に注意されたら嫌だな、と思いつつも床置きし、両手で飲み物を受け取った。おばさんの手も爪も子どものように小さかった。湯気と一緒に、自分の指先から濡れた段ボールのにおいが立ち昇る。一口すすり、濃い琥珀《こはく》色でほとんど底が見えないコップを見つめた。花のような香りが喉から鼻に抜けると、舌の上でくすぶっていた熱がすっと引いて、じわじわと広範囲にわたって身体の内側がうるおいで満ちていく。息を吹きかけながら気付いた。誰かが無償で淹《い》れてくれた熱い飲み物を口にするのは、ドラマのワンシーンとかではよく見るけれど、もしかして、人生で初めてかもしれない。

　おばさんの背後の、ビニールカバーがかかった試食台には、氷たっぷりの紅茶がプリントされた紙パックがずらりと並んでいて、グラスに光る水滴ひとつぶひとつぶまでが盛り上がって見えた。メーカーから配付された販促物らしい、ヤシの木と波の形のビニール飾りが、空調にあおられて、ぴらぴらと揺れている。

「これって、アイスティーのモトですよね。水で割って氷を入れて飲む、カルピスの原液みたいな」

「はい。でも、お湯で割るのはダメとどこにも書いていなかったので……」

　おばさんは彼女がいつもそうであるように申し訳なさそうに目を伏せたが、何故かその時、彼女がぜんぜん悪いと思っていないのが、真央にはわかった。

　何度もこの店のこの通路で、顔を合わせているひとだ。

　長くコシのない髪を一つに後ろでまとめ、三角巾をかぶっている。化粧気のない肌は青白く、深くシワが刻まれた目尻は下がり気味だ。たぶん五十代くらい。若くして結婚した真央の両親よりは一回りは上だろうか。このスーパーでは真央のようなアルバイトもパートも正社員も、黄色に緑の柄が散ったシャツとズボンの制服の着用を義務づけられているのだけれど、彼女だけは私服らしい白いシャツに黒いパンツ、黒いエプロンを合わせている。間近で見ると、エリや袖にまでぴしっとアイロンがかかっていた。真央は汗っかきなので、乾かしっぱなしのシャツの柄が濡れて色濃くゆがんでいることが、急に恥ずかしくなった。おばさんの、冠婚葬祭にふさわしいような、当たり障りない黒いパンプスはぴかぴかに輝いている。

「熱い季節に冷たいものばかり飲みすぎるのはよくないんですよ。ここのスーパーマーケットは冷房が効きすぎているし、特にそこの売り場は寒いから。ここで熱いものを飲んだら美味《おい》しく感じるかなあと……」

ここ、常温アルコール類が並ぶ棚と背中合わせになっている、冷気にみちた乳製品売り場に、おばさんは視線を向けた。

スーパー全体が凍えるように寒いことを、真央は不意に認識した。小田急線の駅から遠く離れたこの店は、奥行きが四十メートル近くあり広大な駐車場を有しているものの、従業員も客も少ない。その空間を紛らわすためだけのように同じ商品が何列にもわたって並び、壁と天井は青空に塗られ、所々風船まで描かれている。時々ここが屋内なのかどうかわからなくなる瞬間がある。

「……寒」

そうつぶやくと、おばさんは一瞬振り返ったが、通りかかった女性客に、遠慮がちに紙コップを差し出すことを優先した。その女性客も真央と同じように、熱い飲み物に困惑している様子だったが、一口飲むなり目を見開き、しばらくおばさんとやりとりした後、紙パック入りのアイスティー原液一リットルを躊躇《ちゅうちょ》なくカゴに入れていった。

その晩、真央はスマホで「国内テーマパークのアジア圏からの観光客誘致の展望」のレポートを打っている最中に、ふと、思いついて、背もたれ代わりにしていた三つ折りの敷き布団から身を起こした。奨学金説明会でもらった大学ロゴマーク入りのマグカップに、麦茶を注いで、チンしてみることにする。ブーンというファンの音を打ち負かすように、網戸越しの窓からはひっきりなしに蛙の鳴き声がする。家の前では大家さんがトマトを育てている。いつかは赤くなるのかと思って見ていたが、ずっと緑色のままだ。

多摩川を越え横浜の少し手前、山を切り開いてつくったこの街は雑木林と畑ばかりで、水底の石が見えるほど澄んだ川に貫かれている。急行は停まらないが隣駅は巨大ターミナル駅で、新宿までは各駅停車で四十分という利便性のため、バブル期には集合住宅やマンションがゆるやかな丘陵を埋め尽くした。その住民の多くが今は高齢となり、生活の気配は緑に飲み込まれ、真央の生まれ育った九州の工業地帯の方がまだ栄えているような気がする。このアパートから自転車で二十分のところにある新設キャンパスも、名前の通った私立大学なのに、その存在を世間に知られていなかった。

一分半して電子レンジが鳴った。火傷《やけど》しないように取っ手を持って熱いマグに息をふうふう吹きかけた。部屋にエアコンはなく、汗びっしょりで目が覚めることも多いのに、一口飲むと、昼間と同じように蓄積された冷えが浮かび上がり、端からじんわりと溶けていく。背中のこわばりがふっと消えて、思わず腕をぐるぐると回した。

電子レンジも扇風機も冷蔵庫も暖房も、教科書さえも、同じ大学の就職が決まった先輩たちからタダで譲り受けた。去年の六月まで暮らしていたシェアハウスのメンバーが、同じ居酒屋のバイト仲間だったという彼女たちを紹介してくれた。

高校三年の春休みにホームセンターのアルバイトで貯めたお金とそれまでの貯金は入学金で消えてしまい、一人暮らしの資金がないまま、着の身着のままで上京して、新生活がスタートした。

わずか八畳のアパートでの同じような年齢の女子四人の共同生活は、それぞれのプライバシーとシャワーの使用時間を死守するのに必死で、それ以上の付き合いは生まれなかったが、互いの情報には助けられた。真央もお返しに、今働いているスーパーの系列店が不定期に募集している梱包作業のアルバイト情報を教えた。それでも、敷金礼金が貯まり、今の部屋を見つけるや否《いな》や、真央はいちもくさんにそこを飛び出し、ＬＩＮＥグループも退会した。

パソコンだけはどこからも譲ってもらえなかったので、昼間は大学のメディアセンターのものを使っている。自宅ではこうしてスマホでレポートを書き、自分宛のメールにテキストを貼り付け送信し、またメディアセンターで続きを書き足して、教授とやりとりしている。二千円もする自著を教科書に指定し、古本として流通させないために、毎年版を重ねるタイミングで言い回しを少しずつ変えていることで有名な五十代の教授は、パソコンが買えない学生がいるなんて想像したこともないんだろう。

　八月に入ってメディアセンターが閉まったら、漫画喫茶に通うことになる。その出費に真央は今から身構えていた。

　お茶は手作りしペットボトルで持ち歩く。スーパーで閉店後に廃棄が決まった惣菜をもらえるだけもらい、タッパーに詰めなおす。ご飯は鍋でたくさん炊いて一膳分ずつラップして冷凍する。アルバイト先にも学食にもそれを持って行く。サークルには入っていないし、ゼミの飲み会にはまれに誘われてもいかない。新宿をぶらついたことが一度あるだけで、渋谷にも池袋にもまだ行ったことがない。高校時代からの色あせたＧＵ数枚を着まわし、毎晩シャワーを浴びる時に、身体をすべり落ちた湯を溜めておいて、石鹸で手洗いし、部屋干ししている。

　そこまで生活費を切り詰めても四万八千円の家賃と合わせたら、毎月の支出が十万円に届きそうな時がある。真央は仕送りをもらわず、スーパーマーケットの時給のいい早朝と夕方の品出し、週末のビジネスホテルの清掃業務で生活費を捻出していた。体力には自信があるのでもっとバイトを増やすこともできるが、勤労学生控除限度額の百三十万円を超えないように、稼ぎすぎた翌月はシフトを減らし調整している。

　大学の授業料は、毎月、日本学生支援機構から振り込まれる十万円の奨学金でまかなっている。授業に出て提出物さえ間に合わせれば、比較的楽に卒業できる学部だとしても、平日は週五回、授業の始まる前の朝六時半から八時半、週四回は夕方五時半から閉店まで働くとなると時々、ただ横になっていたい朝が訪れる。

そんな時は、敷きっぱなしの布団に日がな一日横たわっていた、母の透けそうなほどきゃしゃな身体を思い出す。枕元にいつも置いてある袋詰め個包装のチョコレート菓子を入るだけ口に押し込んで、真央は瞼《まぶた》を無理に押し上げる。四年間で借りることになる奨学金四百八十万円の返済が常に頭にあった。来年は絶対に内定を得ないといけない。毎月二万二百八十三円を返済できるだけの給与がもらえるサービス業に絶対に就かないといけない。

お茶を貰った日から、真央はバイト中、おばさんに注目するようになった。

いくつかわかったことがある。普通の派遣会社からやってくる試食販売のマネキンさんは数日で居なくなるのに、おばさんはこの一ヵ月、酒類売り場と乳製品売り場をつなぐ通路にずっと立っていること。そして、どの商品にも勝手にひと手間加えて売っていることだ。

新発売のクラッカーには薄切りのオレンジ色のチーズやジャムを載せ、どうやら自宅から持ってきたらしいハーブを彩りよく飾っていたのはまだいいとして、冷たいコーンポタージュに生クリームを足しているのは、さすがによくないのでは、と真央は思った。アイスココアも温めて、塩やスパイスやバターを足しているのも見た。

不思議なのが、試食がきっかけで商品を購入した客から、クレームが来る様子がないことだ。一見、人畜無害なのに、おばさんはズルすることになんの罪悪感も抱いていない風だった。

そういえば、真央が彼女の前で「寒」とつぶやいたあの日から、店の温度がいくぶん上がったというか、風がやわらかくなったのだが、気のせいだろうか。

五十嵐《いがらし》という名前の、おばさんより一回りは若いように見える男の店長はもともと声も身体も大きい上に、若い女性のパートさんにセクハラをすることと、自分が勝手に決めたルールにそぐわない人を見つけると、客の前でも怒鳴ることでみんな辟易《へきえき》していたが、何故かおばさんの自己流だけはスルーしている。

「それは、山戸《やまと》さんがいるだけで店全体の商品が動くから。あの人、事務室に無断で出入りして、勝手に私用でパソコンを使っても、何も言われないでしょ」

と、パート主婦の杉下《すぎした》さんが休憩中にお弁当を食べながら教えてくれた。あのおばさんの苗字は山戸さんというらしい。授業は午後からで、シフトには十四時まで入っている日だった。

そんな漫画の主人公みたいな人がいるわけない、と真央が思ったのを読み取ったのか、杉下さんはベーコンで巻いて赤いピックを挿したアスパラガスを頬張りながら、続けた。

「この地区のスーパーマーケットやドラッグストアではどこでも有名だよ。あの人が試食販売するとものすごくよく売れるから、どのメーカーの営業さんも、新商品はあの人に売ってもらいたがって、指名してくるの」

そういえば、あのおばさんから試食を勧められた客は大抵、それを口にするし、かなりの確率で商品をカゴに入れている。目に馴染《なじ》んだ光景すぎて、それがどれだけ特別なことなのか、この時まで真央は気付かなかった。他のマネキンさんのように派手な笑顔なわけでも、大きな声で美味しさをアピールするわけでも、なんだったら、買って欲しそうな感じも薄いのに、人はおばさんを前にすると、必ず立ち止まる。

「普通、派遣のマネキンさんって遠征してくることが多いんだけど、山戸さんはこの近所に住んでいるの。自分の家から自転車で通えるところだけ指定して、その要求はみんな通ってるの。それだけじゃなくて、売り場の作り方から発注数まで、あの人のアイデアは採用されてるよ。でも、一つの店で長期間働くことは苦手みたいで、いろんな店をぐるぐるまわっている。去年の春にもここに来てるけど、すぐにまたいなくなったもんね。あ。宮元《みやもと》さんが入る前か、あれ」

「へえ、そんな働き方もあるんスね」

真央の昼ごはんは、冷凍のご飯と昨日スーパーで売れ残ったレバーのしぐれ煮とチーズキムチコロッケ、半額で買ったメロンパンだった。杉下さんが「残りものを詰めただけで恥ずかしい」と言う自作の小さなお弁当は、緑や赤でいっぱいでいかにも対照的だが、真央は野菜を食べる習慣がなく、好きでもないので、引け目には感じなかった。

十畳にも満たないこの社員食堂は、一階搬入口のすぐ横にある。お弁当持参者も含め、食事はみんなここで摂ることになっていた。毎日二種類の定食が出て、こってりしたにおいに満ちているが、真央は一食に二百円以上かけることは禁じているので、サイドメニューの十円のひきわり納豆しか買ったことがない。

「宮元さんは、いつも、本当に偉いね。みんなそう言ってるよ。うちの子なんて歳もそんなに変わらないのに、洗濯も皿洗いもしなくて。高い学費払ってやってるのに大学もろくに行かなくて、バイトでお金を貯めると、すぐに旅行とか……。あ、はい、これ。忘れるところだった」

杉下さんはそう言って、立ち去る間際に娘の旅行土産《みやげ》だという、個包装のパイ菓子をひとつくれた。杉下さんの茶色の髪はいつもつやつやと光っていて、ドラマや芸能人の情報に詳しく、あのおばさんと年齢が近いだろうに、あんまりおばさんという感じがしない。五十嵐店長にすれ違いざまに肩を叩かれたりして、いつも嫌そうな顔をしている。

真央はお礼を言った。甘いものはなんでも好きだった。口にするだけで心が潤い、何も考えなくてよくなる瞬間が訪れる。だから安売りのチャンスを見て、菓子パンや箱入りのクッキーを買いだめしていた。おやつ代をケチることだけは考えられなかった。

小さいころから太り気味だった。中高と男子に散々いじられてきたが、大学では透明人間のように誰からも構われなくて、楽になった。そもそも、あのキャンパスに足しげく通う学生は留学生か都心にある文学部と経済学部で単位を取り損ねた者ぐらいしかおらず、このスーパー同様に閑散としている。テスト期間だけは賑わうが、それが終われば、この辺りから若者は完全に消え、蝉と蛙の鳴き声だけになる。そんな二度目の夏が真央は待ちどおしい。旅費が惜しいので実家に帰る予定はないし、両親もそれはあきらめているようだ。

五十嵐店長が社食に入ってきたので真央は座ったまま会《え》釈《しゃく》をしたが、彼はこちらなど目に入っていないかのように、厨房に向かって、冷やし中華と黒酢酢豚のセットを注文している。

スーパーで力仕事をするようになってから一年、筋肉がついてがっちりとした体型になった。工作用の鋏《はさみ》で髪を短くカットしているので、金太郎みたいな外見である。バイト先の年上の男性からは、こんな風に無視されたり、暴言を吐き捨てられることがよくあった。でも、小柄で薄い身体つきだったら、母と姉が常にそうであったように、興味を持たれたり、変な誘いを受けるに決まっていて、そっちの方がはるかに面倒だと知っている。それに、女性の先輩たちは真央が苦学生だと言っていつも褒めてくれるし、こんな風に食べ物を分けてくれることが多い。気を使わなくて済むせいもあり、同世代と過ごすよりずっと楽だ。

しかし、あのおばさんはそんな彼女たちと何かが、大きく違っていた。

パイの中には黒砂糖とパイナップルのあんが入っていて、ガツンとくる甘さで舌がじんわり痺れ、大切に食べようといったん手を止めた。スマホで商品名を検索してみると、沖縄のお土産のようだった。真央は沖縄はもちろんのこと、入学のための上京を除き、生まれてこのかた、どこかを旅したことはない。修学旅行さえお金がなくて行っていない。それなのに観光学部を選んだのは、就職率が高いからである。家事とバイトを減らして、もう少し勉強する時間さえとれていれば、国公立も夢ではなかった。

気分を変えようと、もうひとつのバイト先のビジネスホテルから一つだけ拝借してきたティーバッグを、制服のポケットから出した。カウンターの隅の、籠《かご》に伏せられた湯飲み茶わんを取りに立って、給湯ポットを押す。

お湯が褐色に変わるのを待って、飲んでみた。おばさんの淹れてくれた紅茶は原液タイプで、ティーバッグよりさらに邪道なはずなのに、あっちの方が断然、香りが高い気がする。それでも温かい飲み物のおかげで、残りのパイはよりいっそう美味しく感じられた。

休憩が終わると、午後便の青果トラックがもう到着していた。搬入口は切り取られたように屋外の白い光できらめき、熱風が押し寄せてきた。バックヤードは駐車場から一段高くなっていて、そのトラックの荷台は真央が今立っている場所と地続きになる形で横付けされていた。メロンを戯画化したキャラクターが印刷された段ボールから、瓜《うり》科のつめたいにおいがここまで漂ってくる。

荷下ろしに向かおうとしたその時、光るものがトラックのサイドミラーに一瞬映り込んだ。カブトムシみたいに黒くぴかぴかした何かだった。それが搬入口から続く短い階段を駆け下り、スーパー裏手の自転車置き場に近づくうちに、おばさんのパンプスだということが、真央にはだんだんわかった。髪の毛のてっぺんがもう熱い。蝉の声が大きくなっていく。そういえば、おばさんは絶対に社員食堂で休憩しない。緑のあちこちに散るパンプスから放たれた光を真央は夢中で辿った。

ケヤキの木陰になっている、ツツジの花壇のところにおばさんは居た。幅のせまいブロックの縁に腰掛けて、膝に載せた手製らしきサンドイッチを食べ、魔法瓶の中身を飲み、傍《そば》にハンカチを敷いて本を置いていた。たぶん、相当苦しい体勢だろうに、背筋を伸ばして、膝頭を強くくっつけている。身体の先端にまで、おばさんの意思が感じられた。踵《かかと》から離れたパンプスだけが、プラプラ宙に揺れている。

何の本なのかここからはわからなかったが、背表紙のシールからして、最寄り駅ロータリー沿いのビジネスホテルに併設された図書館のものだろう。あそこに通えば、おばさんにばったり会えるのだろうか。一瞬だけ考えたが、それはやめることにした。読書をする時間も気力もないし、活字を読むのはレポートに使う参考資料だけでいっぱいいっぱいで、それは大学の図書館で十分揃うものだ。

　バイトと大学の往復の日々の楽しみは夜、スマホで動画を見ることだ。お笑いでもアイドルでも話題の映画をわかりやすく数分で解説したものでも、オススメで上がったものは、なんでも見る。

　一日のスマホ使用が八時間を超えている時がたまにあって、真央は時々びっくりする。遊んでいる暇どころか友達を作る余裕もないのに、自分がそんなにたくさんの時間を手にしていて、それがどこかに溶け出していっているなんて。でも、深刻に考えまいとしている。お菓子と動画がなかったら、早々とこの暮らしに挫折していたかもしれない、と思うのだ。

　真央は、おばさんがサンドイッチから口を離すのを待って、

「この前はありがとうございました。あのパック入りの紅茶のモト、美味しいんですね。安くなったら、買おうと思います」

　そう声をかけると、おばさんは右手で口元を覆いながら、振り向いた。その指先は弓の形に反っている。スーパーで働いているのが信じられないくらい、手が疲れていない。そこだけ桜色で水気をたっぷり含んでいる。この人の所作はなんだか現代にそぐわないな、と真央は常々思っていたが、「昭和の名女優あるある」というYouTube人気動画に似ているかもしれない。女芸人が真似る、上品でおっとりした喋り方やぶりっこな仕草に、真央はスーパーの社員食堂

や布団の中で、いつもクスクス笑わせられている。元ネタとなる昔の映画の数々は知らないのだが、もしかすると、それこそがおばさんの感じに近いのではないか。

「あのアイスティー原液をコップに少し入れたら、少しだけお湯を足して、お皿とかで蓋をして、一度よく蒸らすんです。それからまた原液とお湯を足してみてください」

と、おばさんはそう言いながら、傍の魔法瓶の蓋にお茶を注いだ。ここまでいい香りのする湯気がただよってきて、こんなに暑いのに、うっとうしくない。真央がとっさにスマホにメモろうとすると、それを制するように、

「嘘です。実は持参した茶葉もこっそり足しました。だから、あのアイスティーのモト、買わない方がいいと思います」

と、おばさんは付け加え、それが癖なのかまた申し訳なさそうに微笑《ほほえ》んだ。それはもう嘘というより詐欺行為なのではないか、と引いたのだが、おばさんの様子がいかにも慎ましやかなので、この人はこのスタンスでどんな悪行も貫き通す気でいるのだな、と思ったら、何やら愉快になってきた。真央はニヤニヤするのを止められなくなったし、おばさんの目が細まるのを見て、たった今から、彼女の前では何も隠さなくてもよくなったのがわかった。

おばさんが小指を立ててつまんでいるサンドイッチの切り口をふとみたら、最近人気の色とりどりの具材が溢れんばかりのものとは違い、紙のように薄い白パンにきゅうりならきゅうりが、卵なら卵が、キュッと小さく詰まっていて、夏の日差しの中でそれがとても美しく見えた。

その後すぐにテスト期間に入った。

最後の試験が終わるなり、真央が五日ぶりに、午前からシフトに入った。バックヤードに通じる、身体を預ければ左右に開くスイングドアのところで、

「あの、よかったら、これどうぞ」

と、おばさんからギンガムチェックの紙袋を手渡された。中を覗くと、青いセロハンをキャンディの形にねじったものが見えた。ほんのひとさじ茶葉が包まれているようだ。さらにジップロックの中にはラップされた焼き菓子、小瓶に入っているのは黄色いジャム。メモも入っている。

「よかったら、それ、おうちで食べてみて。私が焼いたの。お口に合えばいいんだけど。お茶の淹れ方もそこに書いてあるから」

どうしても待ちきれなかった。真央はそのまま社食に飛び込んで、紙袋の中身を取り出した。綺麗な字で書かれた指示に則した、だいたいの量のお湯を湯飲みに注ぎ、茶葉を入れ、お醬油を入れる用のプラスチックの小皿で蓋をした。スマホのタイマーでそわそわしながら時間を計り、厨房の顔見しりのおじさんに頼んで茶漉しを借りた。お茶を待ち切れずに、小さなスコーンにオレンジのジャムをつけて口に押し込んだら、バターの香りがする生地がさくりと崩れ、果実の目を見張るような瑞々《みずみず》しさが弾けた。硬さがあるのは香ばしい焼き色がついた表面のみで、あとはほろほろと柔らかい。今まで食べたげんこつみたいなスコーンとは別物だ。タイマーが鳴った。お茶を漉しながらもう一つの湯飲みに注ぐと、ふんわりと辺りが甘い蜜と苦

みのある草花みたいな香りで満たされ、一口飲むとスコーンがより美味しく感じられた。正直、これでは量が全然足りない。お礼を言わねばと、おばさんを探したが、いつもの場所にはいなかった。

　もしかして、今日はもう上がりなのか、それともたった今、彼女のここでの派遣期間が終了していたりして……。そう考えたら、壁面に描かれた風船が次々に飛び立っていく気がした。真央は通路の間を覗き込みながら、スーパーマーケットの右から左まで走った。レジや入り口の近くにも行ってみた。やっと見つけたおばさんは、生麺や大豆食品が並ぶ冷蔵コーナー前に台を移動していた。今日はホットプレートを出して、野菜と肉を菜箸で炒めている。傍に積んであるのは、真央も買ったことがある袋入りの焼きそば生麺だ。

「あの、お菓子、おいしかったです。スコーンってこちこちに硬いイメージがありました」

　息を整えてそう告げると、おばさんは顔を上げた。鉄板の熱で額にうっすら汗が浮かんでいる。

「まあ、もう召し上がってくれたの？　ありがとう。祖母がね、とっても好きだったの、私のスコーン。昔から味にうるさい人でね。お茶も私が淹れた紅茶が一番好きだって」

　話しながらも、焼きそばをプレートにほぐし入れる手を止めない。どうやら麺はあらかじめ、火を通してあるのか、ふわっと膨らんでいる。おばさんはごく当たり前のように、エプロンのポケットから取り出したカレー粉をさっと一振りした。香ばしく、食欲をそそる香りが広がり、いつものように客が次々に吸い寄せられてくる。

その日から、仕事が終わる時間が近い日は、真央はおばさんを待ち伏せして、一緒に帰るようになった。それぞれの道が別れ別れになる、庭にビニールハウスがある、この辺りでは一番大きな家の前まで、並んで自転車を押す。その家にはいろいろな果物の木があって、時々青くてかたい実がアスファルトにごろごろ転がっていた。

私服姿のおばさんは、制服みたいなストライプのシャツワンピースに、古いけれどぴかぴかに磨かれたカバンを合わせていて、就業中とあまり印象が変わらない。ただし、彼女の自転車だけは真央がリサイクルショップで買ったものよりさらに古く、バスケットがへこんでいて、全体が赤く錆《さ》びついていた。

「やっぱり葉っぱでお茶を淹れると違うんですね」

「そうね。もちろん葉から淹れるのが一番だけれどティーバッグでもちゃんと蒸らせばとても美味しくなるのよ。今度教えてあげるわ。葉っぱ、か。葉っぱ……。そういえば、うちの女の名は全員、葉っぱに関連してるの」

おばさんの名前は四葉《よつば》さん、おばあさんの名前はみつばさん、お母さんの名前は一葉《いちよう》さんというのだそうだ。お父さんの顔を四葉さんはほとんど知らず、おじいさんは大学生の頃に亡くなった。

「母はとってもいやがったのよ。自分の名前だけ葉っぱが少ないって」

おばあさんもお母さんももう他界していて、四葉さんは天涯孤独だそうだ。みつばさんはとても気難しく、わがままだった。一葉さんもそれに負けずに自己主張が激しいので、二人は毎日のように言い争っていた。それでも、ここからそう遠くない横浜にある、海が見える丘の家で、三人一緒に暮らしていたそうだ。自転車をギイギイいわせながら、四葉さんはそんな話をぽつぽつとしてくれた。謎が解けていく気がした。ああ、そうだ。この人、とてもお金持ちなんだ。正確には「元」お金持ち。四葉さんは、どんな時もお弁当持参で祝祭日関係なく働いている、と杉下さんから聞いている。

　去年と変わらない、アルバイトだけの夏だった。大きな出来事はなかった。恋もしなかった。

　でも、それは真央の生涯で忘れられない夏となった。


「ご迷惑じゃなかったらいいんだけど、この中に、真央さんが欲しいもの、あるかしら」

　昼過ぎに、四葉さんはガラス張りの事務室の業務用パソコンの前から、段ボールを畳んでいた真央に向かって突然、声をかけてきた。

　彼女の後ろに行って画面を覗き込むと、それは有名製菓メーカーのサイトで、商品の箱についているマークを集めて応募する懸賞の賞品一覧だった。美容家電や高級フルーツが多かったが、真央の視線はA賞の最新型ノートパソコンに吸い寄せられた。

「最近は、どのお菓子もレシートやＵＲＬをスマホで読み込めば、そのまま応募できるでしょ。箱からマークを切り抜いてハガキに貼り付けるやり方は人気がなくなって、どこも打ち止めになってるの。この懸賞も今月で紙は終了。つまり、今なら勝率が高い」

勝率、という時だけ、四葉さんの目は賭博師のそれになって、光った。

「私、ここのメーカーのココアのモトやクラッカーの試食販売ならよく担当しているの。試食に使う商品は、メーカーの試供品も送られてくるけれど、それだと私はすぐに足りなくなる。現場でたくさん買い取って、あとから金額を請求することが多い。空き箱を捨てる時には、必ず切り抜いているから、このマークならたくさん溜めてる。真央さんが、ハガキにマークを貼る作業さえ付き合ってくれたら、全部、あなたの欲しいものに使ってもいいのよ。早くあがれる日に一緒に作業をやらない？」

真央が是非お願いしたい、と頭を下げた翌日、四葉さんは例の魔法瓶とお菓子が入っていたらしき缶と色鉛筆の箱と両面テープを、巨大な籐《とう》のバスケットに詰めてやってきた。

終業後、四葉さんは、スーパーの一角にあるイートインスペースに、真央を誘った。お客さんでなければ利用できないとばかり思い込んでいたが、私服に着替えた真央と四葉さんが向かい合って席についても、パートさんはもちろんのこと、通りかかった五十嵐店長も「あ？」という顔をしただけで、何も言わなかった。

四葉さんがお菓子の缶を開けると、古いバターのにおいが広がった。ぎっしり詰まった色とりどりのマークは、縁が定規をあてたように切り取られていて、パッチワークみたいだった。真央は思わずそれをひとつかみし、サラサラとこぼしてみた。お菓子の缶には、丸や四角や三角の組み合わせだけで、赤いリボンがついた帽子だとわかる、幾何学っぽいイラストが描かれていた。

「真央さん知らない？　横浜名菓『りぼんのぼうし』って」

真央が首を横に振ると、四葉さんはなんだか悲しそうな顔になった。

「一世を風靡《ふうび》した、横浜のお土産のクッキーの缶なのよ。私が子どものころ……。八〇年代のおわりから九〇年代はとても人気があって、日曜日の朝によくCMを放送してた。デザインをリニューアルしてからは売れなくなって、今はもう製造を中止しているの」

と言った。お菓子のマークは昨夜、数えてみたら三百二十三枚あったそうだ。

「私の名前で出しましょう。特徴のある名前の方が当たりやすいの。イラストも添えましょう」

かなり懸賞に慣れているのか、四葉さんはそう主張した。すぐに腰を浮かし、ウォーターサーバーの横に置いてある、お客さんなら自由に使える紙コップを二つ取ってくると、魔法瓶から熱いお茶を注ぎ、フラップジャックという名らしい、オートミールとナッツとドライフルーツを甘い蜜で固めた、手作りのシリアル・バーをジップロックから取り出し、紙ナプキンの上に載せ、一緒にすすめてくれた。それは作業をしながら食べるのにぴったりで、おやつだけど腹持ちして栄養たっぷりな感じがした。わざわざこの時のために焼いてきてくれたことも含めて、真央は嬉しかった。

応募要項通りに、真央はハガキに年齢、性別、個人情報を書き込んだ。四葉さんの実年齢は、四十一歳だとこの時、知った。四十七歳と四十六歳の両親よりもさらに若かった。このスーパーから自転車で三十分くらいのところにあるアパートの二階で、一人暮らししていることもわかった。

二人だと案外、作業に時間はかからなかった。サザンオールスターズのオルゴール曲と一緒に閉店アナウンスが流れ出す九時半前には、マークを全てハガキに貼り終わっていただけではなく、四葉さんによる、イラストまで添えられていた。

それは切りかぶに座ってパソコン作業をしているリスの絵で、右下に四葉のクローバーが舞っている。ファンシーといえばいいのだろうか、色鉛筆の風合いもあって懐かしいようなタッチだった。

「絵、うまいんですね」と言うと「昔、有名な先生に絵をならっていたの」と応え、彼女はそれきり、口をつぐんだ。エメラルドグリーンの鉛筆は小指の半分ほどで、四葉さんは口紅を持つような手つきで、リスの目をカリカリと塗っていた。色鉛筆は五十色以上ある立派なものだが、暗い色は比較的長くて、明るい色はこの通り、摑むのが困難なほどに短い。

「全部、四葉さんが集めたものじゃないですか。やっぱりなんか悪いです」

賞品の中には、そういえば最新の電動自転車もあった。あの錆びた自転車を、四葉さんが手放すこともできるはずだ。

「いいの。そもそも、私のお金で手に入れたものじゃないから」

四葉さんは最後のリスの目を塗りつぶし、ようやく色鉛筆や魔法瓶をバスケットに戻しながらそう言った。一枚に貼れるのはマーク十枚までなので、ハガキを三十三枚も使ってしまった。ハガキ代くらいは出させてください、という申し出さえも、彼女は、

「真央さんがいなくても、どうせ懸賞に出すつもりだったの。このハガキも家にずっと余って持て余していたし。試食販売のレポート用に昔、支給されたもので、ここ数年はメールのフォーマット添付に切り替わったから」

と、制した。

四葉さんは一体いつから試食販売の仕事をしているのだろう、と真央はふと思った。

外に出ると、辺りはもう真っ暗だった。とうもろこし畑の前にあるポストで自転車を停め、まとめてハガキを入れる時、四葉さんは「神様、どうか真央さんにパソコンが当たりますように」と、指を組み合わせて目を閉じていた。普通こういう時は手を合わせるのではないか、と思うとおかしかった。真央はもはや、パソコンは当たらなくてもいいや、とすら思えた。

誰かと一緒に作業をするのが、久しぶりで楽しかった。見上げると、星がたくさんまたたいていて、四葉さんなら、あれがなんの星座か教えてくれるかな、と横を見たが、彼女はまだ目をかたく閉じている。

四葉さんと何かするだけで、真央は痛快な仕返しをしている気分になった。それが何に対してなのかは、その時は自分でもよくわからなかった。

変化は小さなものだがじわじわと始まっていた。きっかけは、五十嵐店長が、

「あ、どうも、お疲れ様。宮元さんだったっけ？」

と、頭を下げるようになったことだろうか。真央が四葉さんといつも一緒にいるせいで、ぞ

んざいに扱ってはまずい、と判断するようになったのかな、と思い至ったが、すぐに忘れてしまった。

　四葉さんが作ってきてくれるサンドイッチのおかげで真央は、きゅうりって美味しいな、と思うようになった。口がさっぱりして、体温がすうっと下がる気がする。四葉さんの作るサンドイッチは芸術品のようで真似する気にはなれないが、この辺にはいくらでもある無人野菜販売所できゅうりを安く買いだめし、塩をかけてバリバリと食べるようになった。頭がすっきりして、いつもより夜風が涼やかに感じられた。四葉さんが毎日のようにもってきてくれる、手作りのビスケットやスコーンやパウンドケーキのおかげで、市販のお菓子にお金を使うことも少なくなった。

　ただ、ひっかかることは逆に増えたかもしれない。清掃のアルバイトで一緒になるベテランのおじさんに「ブス」とか「デブ」と暴言を吐かれることを、仕方ないや、と真央はそれまで聞き流していたのだが、ある時から、我慢がならないほど腹立たしく感じるようになった。すぐに、四葉さんのくれたアドバイスを実行した。

　ビジネスホテルを統括するグループの総務部にメールした。御社《おんしゃ》の系列ホテルを出張でよく利用する、九州の某総合商社の営業部員だと名乗った。何故御社を利用するかといえば、自分で選んだわけではなく、入社以来、先輩たちが東京に行く時は、みんなそうしていたからで、我が社の伝統のようなものである。横浜での接待が多いのでいつも一泊多めに宿泊し、昼過ぎまで寝てからチェックアウトしている。そのため、周囲の部屋は清掃に入っていることが多いが、これまでしゃべり声や物音が気になったことはない。しかし○○駅近くの△△店でのみ、これまで計五回、ベテランの従業員がアルバイトを怒鳴りつける声を聞いて、叩き起こされた。容姿を揶揄《やゆ》する汚い言葉で声のボリュームも大きかった。以来、不眠に悩まされている。これ以上続くようだと、もう御社のホテルは利用しないし、我が社の総務部を通して、関東に出張する社員の宿泊を控えるよう、進言するつもりだ、と書いた。

その週末から、真央はおじさんとバイト先で顔をあわせることはなくなった。

夏休みのせいだからではない。真央には時間ができた。相変わらずアルバイトばかりの日々だけれど、心にふっと涼やかな風が吹き込む瞬間がある。そんな時、真央は何をするでもなかった。網戸からの夜風を感じたり、ぼんやりと家の前のトマト畑を眺めたりした。

五十嵐さんからひっきりなしにラインが来て困っているという若いパートさんがいると杉下さんから聞いて、真央は四葉さんを社員食堂まで引っ張ってきた。杉下さんもその真央と年齢のあまり変わらない既婚のパートさんも、一匹狼の四葉さんが、親身に相談に乗ってくれることに驚いたようで、真央は得意になった。黙って話を聞いていただけの彼女がその後、何をしたのかはわからずじまいだが、五十嵐店長のセクハラやパワハラは今やもうほとんど見ることはない。

バックヤードは前よりも片付いている。店内の空調は穏やかで、心なしか、客の数が増えた。発注数や商品の並べ方も、四葉さんの意見が取り入れられているということだった。その間も、四葉さんはお菓子やサンドイッチを真央のためにせっせと作ってきてくれていた。

「真央さんは英国式のアフタヌーンティーに出てくるようなお菓子が、本当に好きなのねえ。スコーンやビスケットが出てくる小説があるの。読んでみる？」

四葉さんは英国の小説を次々にすすめてくれた。気付いたら、いろんな本を教えてもらっていて、真央は図書館で借りて読むようになっていた。アガサ・クリスティーもイアン・マキューアンもカズオ・イシグロも初めて読んだ。思ったより全然難しくないし、謎解きの要素が入るせいか、ページを捲《めく》る手が止まらない。なにかの拍子に観光学部だと告げたら、四葉さんはさらっとこういった。

「将来、ホテルに就職したら、きっと社員割引でアフタヌーンティーが楽しめるわねえ。私は小さな頃から祖母のおともで世界中いろんなホテルのアフタヌーンティーに通っていたから、詳しいのよ」

　彼女はそんな話をいくらでもしてくれる。休み時間に二人で業務用パソコンであれこれ検索した。みつばさんが大好きだったという、日本橋にある、アフタヌーンティーが評判の老舗《しにせ》ホテルを調べるうちに、いつのまにか、真央の第一志望は決まっていた。社員寮もあり、福利厚生も整っている。

「ロンドンにも支店があるのよね。このホテル。エリザベス女王も訪れたことで有名なのよ。真央さんみたいに、どんな場所でも頑張れる人なら、案外そっちでも働けたりして」

　という四葉さんの言葉が決定打になったのだ。

　日本じゃない場所で暮らしている自分なんてこれまで一度も想像したことがなかった。この国から遠く離れたところで、いちから人間関係や人生を構築できたら、どんなにいいだろう。少なくとも、ＴＯＥＩＣで高い点数をとると就職に有利なのは間違いない。真央は四葉さんの勧めてくれたラジオ番組で、その日から勉強を始めることにした。

奨学金返済から逆算して選んだだけの学部だけれど、多少なりとも、自分の興味のある分野に引き寄せただけで、真央の卑屈な気持ちは解けていった。

アフタヌーンティーが出てくる本の中だと、児童書でわかりやすいせいもあってバーネットの「小公女」を一番気に入っている。休憩時間に気になった箇所を開いて、四葉さんに見せた。

「生まれつき心のひろい人は、自分のもちものをおしみなく人にわかちあたえるだけではなく、その心をもわかちあたえる。だから、なにもあたえる品物がないときでも、その人の心はいつもゆたかであるから、心をふんだんにわかちあたえることができるのだ……。つまりあたたかい、親切な助言やら、なぐさめやら、わらいやらである。……ときには、あかるい、心からのわらいがなによりもありがたいことがあるものなのだ」

これって四葉さんのことみたい、と真央が笑うと、四葉さんは少し複雑な顔をした。

「心が広いねえ、うーん。でも、私はたまたま恵まれていただけ。すすめておいてなんだけれど、主人公のセーラもそうだけれど作者のバーネットも、生まれつきの貧富の差や人種差別について鈍感なところがあるし……」

そんな風に眉を寄せる四葉さんもまた、褒められると必ず自分を厳しく振り返るセーラっぽいと思うのだ。

四葉さんと話していると、真央は自分にそんなに詳しくないことがわかる。何が好きで、嫌いで、どういう風になりたいか。そもそも余裕をもって、自分と向き合う時間など、これまでの人生にまったくなかった。四葉さんは自分をよく知っているようだった。何ができて、何ができないか、熟知しているようだった。だから、いつも落ち着いているのかもしれない。なんでも出来る超人よりも、真央にはそっちの方がかっこいいと思った。

にもかかわらず、彼女と一緒にいても、嫉妬を感じることはなかった。それは四葉さんがおばさんだからだろうか。ふいに彼女は真剣な顔になった。

「私なんかより、あなたの方がずっとずっと素晴らしいわ。真央さんは素晴らしい人間よ。真央さんを見てると、自分が恥ずかしくなるのよ。恵まれているのに気がつかず、世間知らずで、なにも学ばず、何ひとつ成し遂げられないまま、こんな年齢になってしまったの。真央さんみたいに聡明で思いやりがあって、自立していて、地に足がついた女性を、他に見たことがないわ。なによりも、とても努力家よ」

と、四葉さんは言った。平気で嘘をつく人なのに、真央はその時、彼女が本心を言っているのがわかった。

年上の女性はみんな真央を褒めてくれる。ありがたいが、そこには同情が滲《にじ》んでいる。でも、四葉さんからは真央へのまっすぐなリスペクトだけが感じられた。四葉さんは真央を自分より上の人間とみなしているところがある。そうだ、真央はずっとひとりで頑張ってきた。目の奥が熱くなった。

　お盆が明けると同時に、お菓子メーカーからの当選通知が四葉さんのもとにきた。ツツジの花壇の前で、真央は一等A賞を受け取った。パソコンが入っているとは思えないくらい、その白い箱は薄く、そして軽かった。真央は何度も何度もお礼を言った。大学に受かった時より断然、嬉しかった。あの時は、いずれ始まる返済生活に気持ちがいってしまって、喜びを噛み締めるどころではなかったのだ。

　最新式Ｍａｃの登場で、真央の生活は一変した。漫画喫茶やメディアセンターに通わずとも勉強できる。キータッチは羽のように軽く、立ち上げる時のでゅわわん、という音まで心地よく耳になじんだ。動画の再生がなめらかかつ画質が鮮明になったせいで、目も疲れなくなった。四葉さんの教えてくれる昔の映画やドラマを検索して、それを観ることが増えた。版権が切れていてタダで見られるものも多いが、一番安い動画配信サービスに登録した。「ブリティッシュ・ベイクオフ」というイギリスのお菓子作り番組にはとりわけ夢中になって、英語の聞き取りのために字幕を消して観るようになった。

　四葉さんはテレビはよく観るけれど、スマホもパソコンも持っていないそうだ。その代わり、地域の無料イベントを把握し尽くしていた。図書館や区役所にある掲示板をマメに見ることが肝心だという。紙の貼ってある場所を見つけたら通い続けるのが、四葉さんのモットーだそうだ。

ビジネスホテルのアルバイトのあとによければどうかと誘われた、駅ロータリー直結の公民館で月二回無料開催されている映画上映会も、そこで見つけたものだそうだ。若尾文子《あやこ》や高峰秀子の映画を、スーパーでなんとなく顔を見たことがあるようなお年寄りたちと一緒に鑑賞した。これが、昭和の女優あるあるの本家だ、と真央は感動した。駅直結のビル屋上のベンチで、四葉さんにそう伝えたら、興味津々といった表情になり、四葉のスマホでYouTubeを見て、まさに昭和女優っぽいリアクションで口に手をあてるので、真央は「それ！」とつっこんだ。彼女を真似て真央も役所の無料講習会をチェックし、興味のあるものに申し込んだ。二人で参加して大真面目にノートをとり、心臓蘇生術や消火器の使い方、災害時に泥水を透明に濾《ろ》過《か》して飲むスキルなどを身につけた。

「すぐそこの神社でお祭りがあるの、知ってる？　今日仕事終わりによければ一緒にいかない？」

九月に入ってすぐ、四葉さんに声をかけられた。スーパー裏の雑木林を抜けた先に、これまでまったく知らなかった小さな神社が無数の提灯《ちょうちん》に照らされているのを見つけた時は、これこそが魔法というものなのではないかと目を見開いた。境内《けいだい》に屋台が六、七台ほど出ていて、小さなラジカセから和楽器のＢＧＭが流れているだけで、客も子どもばかりの、誰にも知られていないのも納得の小さな催しだったが、人に語れる夏の思い出がたった今できたことが、真央には信じられなかった。

四葉さんは射的は昔から得意なのだと言い、暖簾《のれん》をくぐるなり、玩具の猟銃を、周りの子どもたちとまったく違う構え方をして、ざわつかれた。イギリスのスパイ小説をよく読むので、銃の知識があるのだと耳打ちしてきた。真央が欲しそうなのを見て取ってか、棚の一番上に飾られたテディベアのパディントンを二発で撃ち落とし、屋台の主人にとても嫌な顔をされた。パディントンというのは駅名だと、その日、真央は初めて知った。

今日だけはちょっぴり贅沢したい気分で、真央は宝石すくいにかがみこんだ。回転する水の中で上下するおもちゃの宝石はいかにも軽かったが、提灯の明かりを受けて、きらきら輝いていた。

薄い紙をはったポイはすぐに破けてしまい、ほんの数粒しかすくえなかった。それでも、客が来ないからおまけだよ、と屋台の主人はビニール袋いっぱいに色とりどりの宝石を詰め込んでくれた。四葉さんはよかったわねえ、と言い、真央は自分のものじゃないみたいな、はしゃいだ声をあげてしまった。四葉さんと一緒だと、周りがとても優しくなる。

「こういうの、親が絶対に買ってくれなかったから。うち、貧乏で」

両親は祖父から受け継いだ電気屋を経営しているが、子どもの頃から新規の顧客はほぼおらず、先代から付き合いのある飲食店や個人宅のメンテナンス、乾電池の販売が主な収入源だ。隣町に大きな家電チェーンが出来たせいもあり、最近では店のシャッターはほぼ下ろしている。三十年前は最新式だった家電が埃《ほこり》をかぶっていた。それでも、小さな頃は、姉のお下がりを着ていればそれで十分だった。地域全体がそもそも裕福ではなかったので、悪目立ちすることはなかった。

両親はお金や家事の配分を巡っていつも喧嘩ばかりだった。でも、こんな地域の行事になると、ちゃんと参加した。姉と揃いの浴衣《ゆかた》にしゅわしゅわした素材の帯を締め、家族みんなで出かけた盆踊りは楽しいものとして記憶されている。あんず飴の水あめに父の歯がくっついて、ぽっかり抜けてしまったことは今となっては愉快な思い出だ。あの時も、ソースと火薬と甘い土が夜風に入りまじった、こんなにおいが漂っていた。

「買ってくれなかったのは、うちも同じ。祖母に偽物を好きになっちゃいけないっていわれたのよ」

戦利品と一緒に境内の石の階段に並んで腰掛け、焼きそばとたこ焼きを分け合って、ラムネを飲んだ。

「みつばさんっぽいですねえ」

会ったことがないみつばさんが、真央にはだんだん古くからの知り合いのように思えてきた。四葉さんが家族のことを話す時、そこには愛情が滲んでいる。川のそばの暗がりのせいか、塩っぽい水のにおいがした。

「海のそばみたいねえ。なんだか、私の暮らした街みたい」

と、四葉さんが言った。真央はこれまで小学校の遠足でたった一回行っただけで、海の気配というものがうまく思い浮かべられない。

「うちには煙突があったの。煙突がある民家は横浜でも、あの頃はもう珍しくなっていた。祖母は戦争未亡人で、死んだ夫が小田原に残した貸本屋を営んでて、そのせいか、いろいろな外国の小説を読みふけっていた。家族に猛反対されて祖父と一緒になってからは、金銭的にかなり苦労したの。だから、お金持ちになったら、絶対に外国の小説にでてくるような、煙突があるお屋敷を建てて、毎日たくさん人を呼びたいと思っていて、その夢を叶えたのよ。だから、うちには暖炉があって、そのせいで、薪《まき》割りが祖母の日課だった。祖母は薪割りの名人で、とてもいい音がしたのよ。機嫌のいい時は特に高い音が出るって近所でも有名だったの。母は薪割りなんて嫌いだったからやらなかったけどね。私はやるけど、私じゃ、あんな音が出せない。でも、ミャーコが」

　そこで、四葉さんはふいに言葉を切った。

「ミャーコ？　猫ですか？」

　そう問うと、四葉さんはとても嬉しそうな顔になった。

「ううん。私の友達。横浜の中学から一緒だった女の子。頭が良くて、スポーツも得意だし、なにより絵がとても上手いのよ。その子がうちにきた時、煙突や暖炉を見て『ディズニーランドみたい』っていったの」

　一度もディズニーランドに行ったことがないからわからないが、そのニュアンスはなんとなく伝わってきた。

「そしたら祖母がカンカンに怒って『そんな子どもだましの偽物と一緒にするな』って。その日から二人は、歳の離れた友達みたいに、言い合いするようになったのよね。うちでパーティーをするたびに、ミャーコが遊びに来るようになってね。ミャーコはね、天性の人たらしなのよ。うちのパーティーに来る大人たちも、みんなミャーコに夢中」

四葉さんはそれぞれのラムネの空き瓶からひょいと器用にビー玉を取り出し、それを宝石の入ったビニールに足してくれた。

雑木林を抜けると、いつものスーパーの駐車場にたどり着いた。入り口の自動ドアが開くたびに、揚げ物の古い油のにおいを含んだいつもの冷気がこちらに流れてくる。でも、振り返って目を凝《こ》らすと、暗い木々の間からあんず色の明かりがちらちら見えた。

「祖母の好きな本物ってかえって偽物みたいになっちゃうのよね。いつもそう。宝石って、大きければ大きいほど、透明度が高ければ高いほど、なんだか、本当に飴玉とか玩具みたいなのよねえ」

その夜、眠りにつく寸前、あの発言は相当大きな宝石を見ていないと、出てこないものだと気付いた。パディントンのお腹はふかふかして、ちょうどよい枕になった。毛の長いぬいぐるみと一緒でもうっとうしくならないくらい、夜は涼しくなって、いつの間にか鈴虫が鳴いていた。


夏休みが終わった。

夏の間も、大学の図書館に本を返しがてら教務課に足繁く通い、掲示板を見たらスマホに収める習慣がついたおかげで、真央は大学の奨学金課が張り出していたその情報を、学内の奨学生全員に送られる一斉メールを見るより、ずっと早くに知ることができた。来年四月から、国が給付奨学金制度を実施するという。さっそく日本学生支援機構のサイトを開き、シミュレーションを試してみることにした。久しぶりに父に電話をかけて実家の収入状況や貯蓄額をその都度、確認しながら条件を打ち込んでみたところ、真央は奨学金給付と授業料減免の対象者だった。募集説明会には一番乗りで申し込んだ。

この制度がもし入学前に実施されていれば、と想像したら目の前が暗くなりかけたが、今は考えまいとした。シミュレーション結果が正しければ、社会に出るとき、真央が背負う借金は当初想定していたよりも、百万円くらい減ることになる。そう考えたら、気力が湧いてきた。

引き続き、掲示板を見続けたおかげで、冬からの採用情報もいちはやく得ることができた。四葉さんが教えてくれた、日本橋のあのホテルが来年年始から三ヵ月間、大学二年生対象でインターン募集をかけるという。周囲よりもひとまわり小さな張り紙だった。

履歴書と志望動機をダメもとで送ってみたら、面接の通知が来た。

町から緑のにおいが完全に消えた頃、真央は千代田線直通の小田急線と銀座線を乗り継いで、日本橋を訪れた。高層ビルが立ち並ぶ中、赤レンガ造りの三階建てのホテルは、サイトで写真を見ていなければ、通り過ぎてしまいそうなほどこぢんまりとした建物だった。それでも、「メアリー・ポピンズ」の挿絵のように、屋根からは本物の煙突がせり出していた。

車寄せを抜け、短い階段を上ると、絨毯《じゅうたん》を敷き詰めたロビーには話に聞いていた通り、暖炉があった。真央はその前の低いテーブルで、矢上《やがみ》さんという社員から面接を受けた。五十嵐店長と同世代らしきその人は、力を入れていない風なのに身体のどこもかしこもがまっすぐに伸びていて、シャツの袖口はナイフの刃のようだった。

ちゃんとしてきて、良かった、と胸をなでおろした。シャツもスカートも安物だけど、四葉さんが重たい鉄アイロンを自転車の籠に入れて自宅アパートまで運んできてくれたおかげで、パリッと糊付《のりづ》けされている。彼女に教わったやり方でローファーもぴかぴかに磨いてある。ソファのとろけるような座り心地に飲み込まれまい、と背筋を正し、練習した通りに話をした。

　実家に余裕がなく、ホテルに泊まったことは今まで一度もない。でも、このホテルの歴史に興味がある、と言ったら、矢上さんがほう、という顔をした。ネット情報ではない、四葉さんから聞いたものだ。このホテルは戦後、ＧＨＱの接収を受けている間も、滞在する将校やその家族たちから欧米の生活習慣を貪欲に吸収し、高度成長期はその文化的資本と人脈で、唯一無二のブランドを確立し、小さいながらもロンドンに支店を持つまでになったというエピソードを、真央は気に入っている。

　四葉さんは自分が話を盛る癖があるのを自覚していないようで「真央さんの思ったそのまま伝えれば大丈夫。嘘は絶対にバレちゃうから、むしろ損よ」と言って送り出してくれた。

　矢上さんは「今日はありがとうございます。面接はこれで終わりですが」と前置きした後で、暖炉の上の作りつけの本棚から、分厚いアルバムを持ってきてくれた。そこには接収中のホテルの内装や当時の従業員たちのモノクロ写真が収められていた。「あの時はシャワーヘッドどころかシャワールームの壁紙まで将校たちの家族の好みで取り替えられてしまったんですよねえ」と、矢上さんはまるで昨日その光景を見てきたような口調で、浴室の薔薇《ばら》の壁紙を太い指で差した。

四葉さんとみつばさんが大好きだったという一階のティールームは、紅茶一杯が千円以上もして入店は不可能だった。でも、ティーカップを手にしたマダムたちが笑いさざめく店内を覗き見ることができただけで、真央は来たかいがあったと思った。


教務課の掲示板に、都心にある本キャンパスのクリスマスツリー点灯式のボランティア募集の張り紙を見るようになった頃、インターンの合格通知が来た。四葉さんはすでに真央に内定が出たかのように喜んでくれ、お祝いにパーティーを開きましょう、よければ、うちにきて欲しい、と提案された。親しくなって四ヵ月が経つけれど、お互いの家を行き来したことはこれまで一度もない。食べ物やアイロンを届けてくれる時も、彼女は真央の部屋まで入ることはなかった。

そもそも、四葉さんはここ二ヵ月、真央の働くスーパーマーケットに姿を見せていない。川の向こうのドラッグストアで、酵素ドリンクを売っているそうだ。こちらへの連絡や待ち合わせ場所の指示は全てそこの業務用パソコンから送られてくる。ドラッグストアの近所に住む杉下さんから、四葉さんは「痩せる」とは一言も口にしていないのにもかかわらず、近隣住民の間では酵素ドリンクのダイエット効果が噂されて、在庫が追いついていないと聞いている。

アルバイトが終わる時間が待ちきれなかった。教えてもらった住所をGoogleマップ検索し、真央は自転車で、四葉さんのアパートを初めて訪れた。日が沈むのがすっかり早くなった。二人がいつも別れ別れになる、ビニールハウスのある家の庭は、柿の木がたくさん実をつけていた。そのいくつかはアスファルトに落ちて、車に轢《ひ》かれて地面に塗り込められているのが、自転車の車輪を通じて身体に伝わってきた。

　古いアパートの二階から、試食販売の時とは違う、ウエストをきゅっと絞るデザインの花柄のエプロンを身につけた四葉さんが、こちらに向かって手を振っていた。室外機がやっと一つ置けるほどの小さなベランダなのに、たくさんのハーブの植木鉢がハンギングされているせいで、四葉さんは植物園のような緑にさわさわと守られていた。両隣の部屋が殺風景で、見ず知らずの住人がふと気の毒に思えた。

「いらっしゃい。狭いところで恥ずかしいけれど」

　鉄階段を上っていくと、四葉さんが、まったく恥ずかしくなさそうな口調で言って、ドアを開けてこちらを招き入れた。肉やバターのにおいが、汚れた洗濯機の並ぶ外廊下に解き放たれた。真央は勧められたふかふかのスリッパを履くと、不躾《ぶしつけ》にならないように注意し、室内を見回した。わあ、と自然に声が出た。

　真央が住んでいるのとそう変わらないような六畳間だったが、部屋全体が、沈んだ緑と明るい藍色を合わせた色調ですっぽり包まれている。葉っぱと飛ぶ鳥を組み合わせたテキスタイルの壁紙が一面に貼られ、天井には小さなランプが吊り下げられ、落ち着いた灯りで照らされているせいだ。畳の上には分厚いペルシャ模様の絨毯が敷いてある。

　大柄なのが申し訳なくて、最初は背中を丸めていたが、だんだん部屋の方が広がっていくような気がした。飾り細工のしてある大きな木のベッドは、四隅に刺繍《ししゅう》があるカバーで覆われ、その上には大小様々なクッションが載っていた。それぞれ、ヨーロッパ風の古城やら騎手を乗せた馬やら真顔の犬やら、一般的にキュートとはいえないモチーフが精密なタッチで刺繍されている。剝製みたいな質感の狐やアライグマのぬいぐるみもそこに埋もれていた。抱き寄せるととても硬く、毛がごわごわしていて真っ黒な光る目をしている。床には黒電話が置かれていて、オブジェかもしれないと思ったが、これが唯一の通信手段のようだった。

ベッドのすぐそばの丸いテーブルにはテーブルクロスがかけられ、中央にはコスモスを中心とした草花が花瓶にたっぷり生けられていた。高い背もたれにベルベットのクッションが縫い付けられた焦げ茶の木製椅子がその側に置かれている。椅子の座面には、スタンドランプが載っていて、その縁からはカーテンを束ねているものと同じ質感の長い房が垂れ下がっている。収納は緑色の分厚い布で目隠しされた押入れと、片隅に置かれたシールだらけのぼろぼろの大きなトランクだけのようだった。

部屋中の至るところ隙あらばという感じで、幅五から十センチほどのベニヤ板がめぐらしてあり、古びた小さな置物、一輪差しの花、写真や雑誌の切り抜きらしきコラージュがはまった額、果物の形をしたガラスの文鎮、猫や犬の顔がついた本立てに支えられた色とりどりの背表紙が並んでいる。

振り子が揺れる掛け時計はとても古いもののようで、文字盤の数字が消えかけていた。

「賃貸だから、釘は打てなくて、全部粘着テープで留めているの。地震が来たら、みんな落っこちてきて、私は頭を打って死ぬんでしょうねえ」

四葉さんは台所に立ってこちらに背を向けたまま、なんでもなさそうに言った。

「でも、壁紙……。これいいんスか？」と真央が尋ねると「ごめんなさい。聞きとれなくて」という声が、じゅうじゅうという音とともに返ってきた。

銅でできた写真立ての中に、みつばさん、一葉さんと十二歳くらいの四葉さんが一緒にいるのを真央は見つけた。みつばさんは想像していたよりずっと小柄な、華奢《きゃしゃ》なおばあさんで、豪胆さは感じなかった。ただ、顎がしっかりと四角で、口は真一文字に結ばれ、まったく笑っていなかった。ジャケットとくるぶしまでの揃いのスカートは硬そうな素材で、細い指にはめられた指輪の透明の石は確かに大きくて、ギラギラしていた。

反対に、みつばさんの個性に押されてか、話の中で印象が薄い一葉さんは、目を見張るような美女だった。センター分けの長い黒髪はウェーブがかっていて胸下までを覆い、ロングブーツも革のスカートも身体にぴたりと張り付いている。アイラインが太く、まつげはクジャクの羽のように広がっている。そのどちらの女性にもまったく似ていない四葉さんは、胸に刺繍のはいったワンピース姿で三つ編みを下ろし、気弱そうな笑顔を浮かべ、今と印象があまり変わらない。

芝生に立っている三人の後ろには、煙突がついた白い洋館が写っていた。パーティーの最中なのか、周辺には客らしき人の姿があった。洋館一階のテラスにはバイキング料理が並んだテーブルが出ていて、カーテンの向こうには舞踏会でも始まりそうな広間が覗いていた。透き通ったガラスのボウルは、缶詰ではないフルーツと発泡性の液体で満たされていた。そういった写真がたくさんあった。

この一族はどうしてパーティーばかりしているんだろう。山戸家がどうやって生計を立てていたのか、真央は知らない。でも、写真立ての横に飾られた、女の子の肖像画に気を取られ、そこから先は推理を深められなかった。おそらく子どもの手による、ざっくりした淡い水彩画だが、それはあきらかに幼い日の四葉さんだった。青白い小さな顔や細い髪の毛が、背景の海ととけあっている。決して上手くはないのだが、四葉さんの持つ優しさが表れているような気がした。

「これ誰が描いたんスか？」と声を掛けたら、四葉さんは嬉しそうな顔で振り返ったが、シチューが吹きこぼれかけ、中断された。

窓側の棚の上にはエッフェル塔やビッグベンの置物が並んでいる。世界各地の観光地シンボルを閉じ込めたスノードームをひっくり返すのは飽きなかった。ドールハウス用らしき椅子やストーブや銀色の鍋はおそらくは全体のごく一部を持ち出してきたものだろうが、そこにあるだけで小さな夢の世界を作り出している。

みつばさんとハリウッド俳優のような長身の白髪の老人が一緒に写っている写真も見つけた。彼女の柄にもなく照れ臭そうな表情からして、みつばさんがおっかけしている有名人か誰かなのだろうか。犬の顔が写実的に描かれた青い皿には「Dan 1999」と銘打たれていた。掃除がよく行き届いていて埃をかぶっているものは一つもない。

中でも、人間や動物、食べ物をかたどった陶器の小物入れを、真央は好きになった。フランスのリモージュ地方で作られる、リモージュボックス、というらしい。小指くらいのおもちゃはフェーブというもので、フランスのお正月のお菓子「ガレット・デ・ロワ」の「あたり」だそうだ。お正月になったらフェーブを入れてデ・ロワを焼いてあげる、一緒に食べましょうね、そうそう、クリスマスのシュトーレンももう仕込まなくちゃ、シュトーレンの美味しさはね、「重さ」で決まるのよ、などと言いながら、四葉さんはようやくこちらに完全に向き直り、両手からミトンを外した。クリスマスもお正月も彼女と一緒に過ごせるのか、と思ったら、胸が弾んだ。

「どうぞ、召し上がれ。真央さん、あらためておめでとう。もう二十歳だから、いいわよね」

そう言って、彼女は椅子からランプを床に下ろし、こちらに勧めると、自分はベッドに腰を下ろし、慣れた手つきで赤ワインのコルクを抜き、深いグラスに注いでくれた。

幼い頃から、祖父も父も酔うと大騒ぎするのを見て育ったせいで、真央はアルコールに対しては慎重だ。口にするのは、参加費を払うのが惜しくて仕方がなかったゼミ飲み会以来である。あの時は胃と喉が痛くなっただけだったのに、これは柔らかな舌触りで、渋みもない。みつばさんが生前大好きだったワインで、家を失う時に、一本だけ取っておいていたものだ、と言う。

恐縮する真央に「こういう時に開けたかったの」と四葉さんは微笑み、自分もよく飲んだ。何杯グラスを重ねても、彼女はまったく顔が赤くならなかった。

真央が初めて経験する本物のパーティーだった。テーブルがすぐいっぱいになってしまうような大きなお皿が何枚も出てきて、分厚い布ナフキンの上のナイフとフォークはずっしり重かった。台所はどう見てもコンロ一つと冷蔵庫、オーブンレンジだけのはずなのに、こっちの顔が映るほど磨かれた蓋つきの銀食器の料理が、次から次へと現れ、洗いものが大変じゃないのか、と不安になった。果物とチーズと手作りらしき小さいパン。ダンプリングというもちもちのお団子が煮込まれたシチュー。ローストビーフ。コーンウォール風パイ。キドニーパイ。パイ生地は使っていないけど「シェパーズパイ」という名のじゃがいもとひき肉のグラタン。ぜんぶ赤ワインによく合った。添えてあるのは青豆やにんじんのバター煮くらいで、生野菜が今なお好きではない真央には、茶色尽くしのメニューが嬉しかった。

「ダンプリングって美味しいんですね。初めて食べました」

四葉さんにおすすめしてもらったファージョン「銀のシギ」という児童小説で知って以来、どんな味がするんだろうとずっと気になっていたのだ。

「よかった。苦手だったらどうしようって不安だったの。ミャーコもそういえば私の作るダンプリングが大好きで。ミャーコはね、もちもちした食感の小麦粉料理が大好きだったの。すいとんとか、ちくわぶとか。いくら食べてもスポーツをよくするせいか、スラッとしていたわ」

「ちくわぶってなんですか？」

真央の故郷では聞かない食材だった。

「そうか、九州のおでんにちくわぶは入らないのね。じゃあ、今度、作ってあげる。ちくわみたいな形をした、固めの白いすいとんみたいなものっていえばいいかな？」

みつばさんや一葉さん同様、真央はミャーコにも詳しくなっている。中学一年から高校三年までずっと親友だった、ショートカットの似合う長身の、おそらく爽やかな魅力を湛《たた》えた少女。

「ミャーコを好きな女の子はいっぱいいてね。一緒にいる私はいつも羨ましがられたのよ。後輩の女の子たちが、教室に手紙をもってきて、みんな私に預けたの。ファンクラブまであって。おふざけじゃなくて、みんな本当にミャーコに恋していたの」

「そんなこと、本当にあるんスね……」

真央の通った公立高校にも、女の子が好きな女の子はいたのだろうが、それを大っぴらにしていい雰囲気はなかった。男と女が付き合うもので、交際相手がいる子はそれだけで偉くて、誰からも告白されたことのない真央は、勉強とバイトに打ち込むしかなかった。

「ミャーコは私とは正反対だった。私は彼女が羨ましかったなあ。センスがよくて、自由で、絵を描くのがうまくて、ちょっと生意気で、なにをしても許されてねえ」

四葉さんの作る料理でおなかいっぱいになりたい、という夢がついに叶った。りんごのプディングを食べ終わる頃には、アルコールのせいもあって真央はとろとろと眠くなっていた。

「はい、これ。プレゼント」

そう言って四葉さんは、緑の葉をつけた枝と小鳥の柄の、封筒を差し出した。中からでてきたのは一枚の色あせたチケットだった。「テーラー・ゴウダ　シャツお仕立券」と明朝体で印字してある。右下には横浜・元町の住所が書かれていた。

「そこでオーダーメイドの服を作れるの。昭和初期から続いている老舗なのよ。もうずっと行っていないけど、必ずお店は開いている。チケットに期限はないから、今でも作れると思う。ゴウダさんにお願いすれば、生地が丈夫で縫製がしっかりしてるサイズぴったりのお洋服が手に入る。自分で洗えて、一生着られると思う。私の着ている服のほとんどがそこで作ったものなの」

四葉さんがどんな場所でも浮かないし、地味だけれど、決して野暮ったくはないのは、着ているものの素材と縫製にあったことを、真央はやっと知る。彼女の不思議な力を紐解いていくと、そこには必ず、明確な理由があった。

「こんな高価なもの、いただけないです」

真央が返そうとすると、四葉さんはこちらの薔薇の模様のティーカップに熱い紅茶を注いでくれた。魔法瓶の蓋や紙コップでも十分美味しかったが、掌になじむ陶器で飲むお茶は、植物いっぱいの温室で浴びる陽射しのような味がした。

「ううん。いいの。昔、もらったものだから気にしないで。お祝いなのに申し訳ないけど……。この間、部屋を整理していたら、文庫本に挟まっていたのが、出てきたの」

元町はメディアでしか見たことはないけれど、小田急線と南武線と横浜線を乗り継げばすぐいける。シャツが必要になるのは少し先の話だが、もし作るのであれば、四葉さんと一緒にその店にいきたい、オーダーメイドのやり方、私、知らないし、と真央は口をとがらせた。かつての自分は、どうしてあんなに甘えることが苦手だったんだろうか。

「そうねえ……」

四葉さんはティーポットに、キルトで作った帽子のようなものをかぶせた。もしかして、お金持ちだった頃の知り合いに会うのがいやなのかな、とちらっと考え、それ以上しつこくしないと唇を引き締めた。でも、二人で歩く海の見える街はどれほど楽しいだろう。本当は、日本橋のホテルも、四葉さんについて来て欲しかった。

真央は、図書館のリサイクルコーナーでタダで手に入れた「クマのプーさん」をトートバッグの中から取り出すと、四葉さんを真似てチケットを挟み込んだ。ティーポットの口から湯気とともに落ちてくる赤に近い褐色のかがやきに見とれながら、真央はもう、話してもいいかな、と思った。

「うちの親、母の妊娠をきっかけに結婚したんですよ。十九歳と二十歳。今の私と同じくらい。七歳上に姉が、五歳年下に弟がいます」

母は実家と折り合いが悪かったから、街の電気店を親子で経営している父と一緒になることで、居場所が急に出来たようでとても嬉しかったという。しかし、母が弟の真平《しんぺい》を出産してから数年で、状況は一転した。離婚後ずっと糖尿病をわずらっていた祖父が自宅で息をひきとった時期と、その看病に追われていた母の妊娠期間が重なったことは、その後、若さを失っていく彼女の心身を蝕《むしば》んだ。

幼い真央から見ても、母はいつもだるそうで、抱きつくとこっちが飛びのいてしまうほど手足が冷たかった。後になってわかるのだが、その頃はもう母のアルバイトが家計を支えていた。母が最初に仕事を休み、一日中眠り続けていた日のことを今もよく覚えている。すうすう、と薄い胸が上下していた。寝息を立てるたびに、鎖骨が複雑に動き、あばらが浮き上がった。

　その日をきっかけに、母は横になって、かつて売り物だったテレビを眺めていることが増えた。ママ、病院に行った方がいいよ、と真央が言っても、うん、そのうち、と顎をかすかに引くばかりだった。クビになってから長いこと、母は決まった場所で働けなくなる。父はそんな母を「怠け者」だとキツめにからかった。それを言い訳に自分も新規の顧客を開拓することを完全にあきらめ、カラオケ店のアルバイトを始め、そこで再会した高校の同級生たちと飲み歩くことが増えた。隣町の駅ロータリーに出来た家電チェーンが、購入者への定期的なメンテナンスを請け負うことを売りにするようになったこと、祖父の腰の低さでつないできた顧客が、ぶっきらぼうで粗野な印象がある父の代で、途絶えてしまったせいもある。

　その頃には、真央が真平の面倒を見ることが当たり前になっていた。おしめを替えるのもベビーフードをスプーンで与えるのも、それらをドラッグストアで買い求めるのも、真央の役目だった。すでに中学生になっていた姉は掃除や料理を担当していて、いつも横に彼女がいたからさほど苛酷だとは思わなかった。

　それに小学校低学年の頃、真央はクラスで人気があって、毎日楽しかった。周囲より一回り身体が大きいことはあの頃はプラスに働いた。放課後になるといつも後ろをついて回る真平のせいで、離れていく友達もいたが、そのことを悔しいとは思わなかった。

　真平は、父と自分に似て固太りで肩幅が広いのに、言葉が遅く、六歳になってもおしめがとれなかった。眠る時は必ず、真央の脇の下に潜り込んで、くう、と小さな声を漏らした。熱いふさふさした髪の毛に鼻をうずめると、明日は彼のためにあれもしてやろうこれもしてやろうと、自然に考えが浮かんでくる。四角い小さな身体からは、安売りを狙って買った低刺激のボディーソープの香りがした。

　姉の高校の卒業式直前に、東日本大震災が起きた。都心はまだまだ余震が危ないから、と母が引き止めるのも聞かず、姉はいちもくさんに地元を離れた。家事の負担は一気に増えた。真央は高校一年になると、近所のコンビニでアルバイトを始めて、そのほとんどを家計に入れた。本当はバスケ部に入りたかったが、あきらめた。バイトの後はスーパーの安売りチラシを片手に買い物して帰宅し、姉と同じやり方で、ご飯を炊いて出汁入りの味噌で汁物を作り、値引きされたお惣菜や冷凍食品を並べた。みんなが食べ終わると後片付けし、余裕がある日は風呂を洗ったり、掃除機をかけ、それから宿題を始めた。勉強は好きだったけれど、高校卒業後はアルバイトを続けながら、地元にいるつもりでいた。

「だから、しっかりしているのね、真央さん」

　ここまで聞いて、四葉さんは感心したようにため息をついた。

「考えてみたら、私の人生の半分ってほとんどが真平のためにあったんですよね」

　真央が高校二年生になったあの日、バイト先のコンビニの前の駐車場に、年上の友達数名としゃがみこんでいた真平は、こちらを無視した。一瞬、大人の男だけがたむろしているのかと緊張したほど、いつの間にか、真平は日に焼け、肩幅ががっちりしていた。自分に会いに来たのかな、とちらりと思ったが、目も合わせず、「しんちゃん」と声をかけても聞こえないふりをされた。その頃、真央は人生で一番太っていた。

　思春期の入り口だから友達に家族を見られるのを恥ずかしく思うのは当たり前かもしれないし、その夜、帰宅した真平からは申し訳なさそうな雰囲気がないでもなかったが、真央の中で何かがはっきり区切られた瞬間だった。

　数日後、真央はアルバイトを辞めた。掃除も食事の支度ももうしない、と宣言した。母は「まーちゃんはわがままだよ」と泣いてなじったが、今更自分が家事をやる気力は湧かないようだった。そのせいで、弟はいっそう家に寄り付かなくなった。父は嬉々として同級生たちの集まりに向かうようになり、母もどうやらパート先で知り合った誰かと会っているようで、家族は夜の街に散り散りになっていったが、真央は気にしないと決めた。

　時間ができた分、授業を真剣に聞き、予習復習に力を入れた。進路指導の先生に自分から熱心にコンタクトを取った。高二の終わりには、今の大学と学部を視野に入れた。毎日、図書館の閉館時刻ギリギリまで勉強した。

　父に大学に行きたいと言ったら、案の定、我が家にそんな余裕はない、万が一受かっても、仕送りは絶対不可、と釘を刺された。真央がそれでいいよ、と言うと、父は動揺しているように見えた。

根はお人好しだが、一度強い言葉を使うと後にひけないたちの人だ。今でも時々酔って「まーちゃん、困ったことないか」と電話をかけてくるが、実際に助けてくれたことは一度もない。

真平は、目立つグループの中の子分のようなポジションだった。卑屈な態度で自分が笑われるようなことばかりをして、周囲の要求に先回りして応えるうちに行動がエスカレートしていくようだった。真央がどんなに耳を塞いでも、同級生や近所の人が、弟のみっともない様子を教えてくれる。

今、真平は高校一年だがほとんど学校にもいっていない様子で、母は真央に「まーちゃんに連絡いってない？」「どうしよう、しんちゃんが集団万引きで補導されちゃった」と泣き顔のスタンプと一緒にしょっちゅうＬＩＮＥしてくる。

——知らない。私、もうあの子のことよくわからないもん。

と、真央は短く答えるようにしている。

「なんか、あの時、自分のことは自分一人でやらないと、大変なことになるんだなって気がついた感じですかね。私が本当に相手が大切でやったことでも、感謝されるだけでは生きてはいけないし、感謝される可能性がゼロってこともあるから」

吐き捨てるような口調は、この部屋の紅茶にかぶせる帽子やリモージュボックスにはそぐわないと思った。真央はグラスの底に少しだけ残っていたワインをなめた。さっきまでなかった澱《おり》の味がした。

この話を誰かにしたことは一回もない。どんなに言いつくろったところで、まだ十二歳だった弟を、たった一回態度が気に入らなかったという理由だけで、切り捨てたことに変わりはない。

　ずっと黙っていた四葉さんが、こう言った。

「お姉さんて今、どうしているのかしら」

「ええと、ＬＩＮＥがつながらなくて」

　真央は面食らいながら、久しぶりに姉のことを思い出していた。高校生になると派手なメイクで友達と出歩くようになり、父とは喧嘩ばかりだったが、真央には優しかった。家を出て、都心でネイルの仕事を始めてからは、三年に一回くらいしか帰ってこなくなったが、真央と真平を必ずファミレスに連れていってくれ、好きなだけ食べさせてくれた。

　最後に会った時は、エステティシャンをしていると言っていた。真央が大学にいくつもりだと打ち明けたら「あんた、すごいじゃん。なんかあったら私がいつでも助けるから」とこちらの髪を乱暴にかき回し、店員を大声で呼び止め、前祝いだと季節限定の桃のパフェを頼んでくれた。ＬＩＮＥを交換したものの進学や新生活の準備に忙しく、何回か返信をしなかったら、いつの間にか連絡がとれなくなってしまった。どこかにあのエステの名刺があっただろうか。

　ザッと背後で音がして、土の香りが立ち上った。

「あら、雨が降ってきちゃったわね」

と、四葉さんが外に目をやった。四葉さんはガラス窓を開け、花の鉢をいくつか部屋に運び込んだ。湿気を含んだ冷たい空気が紅茶やプディングの香りを飲み込んでいった。

真央は四葉さんを手伝うこともなく、鋭い雨粒をぼうっと眺めていた。こういう雨の後は、気温が一気に下がり、冬が突然こちらを見つめる。

「今日はなんか、帰りたくないです」

雨音で聞こえないかもしれないから、恥ずかしくなかった。こんな話をした後、一人になるのが怖かった。

「そう……ね」

ゼラニウムの鉢を抱きしめた四葉さんが両腕を固くしたのがわかった。ああ、この人もか、と胸が冷えた。同級生でもバイトの仲間でも、ある段階から、自分とは線を引く。真央が余裕がない目をしているから、歯止めが利かなくなるまで甘えられたらどうしよう、と警戒されているのだ。ところが。

「泊まってもらえるのは嬉しいの。実はね、真央さん。実は」

と、四葉さんは言って、しばらく口ごもっていた。ついに、きた。宗教の勧誘か、犯罪の告白か。それでもいい、と思った。その時は、四葉さんがついてこいというなら、真央はどこにでも一緒に行くつもりだった。

彼女はセージを床に置きながら、力なくこう言った。

「私、なかなか眠れない体質なの。真央さんくらいの時……、いいえ、三十代半ばくらいまではそんなことまったく、なかった。祖母も母も四十歳になるなり不眠になったから、眠れない女三代なの。最初は更年期障害かと思った。調べたけど、違った。だから、私、この後、様子が変わっているかもしれないけれど、それでもいいなら……」

なんだそんなことかと真央は、拍子抜けして笑いそうになった。

四葉さんはすぐにお風呂を用意してくれた。真央は、ガーゼクッションに入った生ハーブが、澄み切ったお湯に浮かぶユニットバスに浸かり、ビジネスホテルの備え付けのようなパリッとしたロングシャツを借りた。

部屋に戻ると、照明が落ち、甘い香りのするキャンドルがところどころに灯っていた。テーブルと椅子が隅に寄せられ、床にはぺたんこの布団が敷いてあった。

その上ですでに始まっていた四葉さんの儀式は、確かに真央を面食らわせた。灰色のスウェットに着替え、眼鏡をかけた四葉さんは知らない老人のようだった。足のツボをゴリゴリと短い棒で押し、頭全体をつかむようにマッサージをした。どろどろした黒い飲み物をマグカップで飲んでいて、真央が興味を示したら、同じものを黙って差し出してくれた。口をつけたら吐き出すほど苦かった。その後、四葉さんは色とりどりの錠剤を飲み、手足の間から頭を突き出すような、変なストレッチを始めた。こんなに色んなことをしていたら、逆に眠気が覚めてしまうのではないか、と真央は思った。そんなことより早く横になって目を閉じればいいのに。

布団は四葉さんが占有しているので、しばらく迷ったが、断りを入れてベッドに入ってみることにした。ひんやりしたシーツにマットレスのバネの反発が心地よい。一見たっぷりした掛け布団の軽さに、驚いた。寝具全体からさっきお風呂に入っていた生ハーブと同じ香りがする。アルバイト先のビジネスホテルで、シーツをピンと張らせてマットレスの下に挟み込んだ後にふと、はずみをつけて飛込んで、これまでの作業を台無しにしてしまいたい衝動に駆られるのだが、誰かが整えたベッドってこんなに気持ちがいいのか。いつもよりずっと早い就寝時間だが、すぐにでも眠れそうである。

キャンドルをすべて吹き消すと、四葉さんは押入れからタブレットのようなものを取り出した。持ち手のついたポータブル式のテレビらしい。そういえば四葉さんはテレビっ子なのだったが、この部屋に一番そぐわない気もする。ニュースでも見るのかとおもいきや、アップテンポの電子音楽が流れ、画面いっぱいに電話番号と割引価格と、紫色の宝石が映し出された。

――残りあと、わずかになりました。あなたの生活にパワーと華やぎを与えるアメジストのリング。残りあと三十個となります。

四葉さんはベッドの真央に背中を向けて、布団の上で正座して、クッションを抱え、それに見入っていた。

「私、どうでもいい番組じゃないと眠れないの。この『姫のジュエリーショッピング』は数ある番組の中でも一番どうでもいいものなの」

彼女は、薄い背中を蠢《うごめ》かせた。今夜は四葉さんとたくさんおしゃべりするつもりでいたのだが、ベッドで横になって番組を見ているうちに、真央の瞼は重くなった。

画面では、濡れたような質感のおかっぱに、黒っぽい口紅の六十歳くらいの女性が、スワロフスキーでデコレーションされた電卓を軽やかに叩きながら、今日の目玉商品であるアメジストとやらについて力説している。

——毎月たった二万円のローンで、毎日の暮らしに神秘の力を与えてくれるアメジストがあなたのものです。今日の私の服、上下黒で目立たない装いですけど、このアメジストをつけるだけで、ほら、印象がガラッと変わりませんか。こんな風にほんものの宝石を一つ添えるだけで、全身から放たれるオーラはまるで違ってきて、若々しい印象になるんですよ。エステよりドレスより、コスパがいいのがジュエリー……。

この人、必死すぎるな、とあくびをしながら思った。商品のいい面をはっきり言語化しすぎる。売ろうとしすぎてる。画面いっぱいのアメジストとやらは大きすぎて、確かに、縁日の宝石すくいの宝石とか、駄菓子屋のぶどう味のジュエルリングみたいだった。月々二万円という金額だけが、なんだか気にかかった。

「四葉さんが売れればもっと売れるのにな」

とつぶやきながら、真央は眠りに落ちた。四葉さんからだったら、たとえ、石ころだって、みんな喜んで買うんじゃないだろうか——。

明け方、一回だけ目が覚めた。カーテンから差し込む白い光に薄目を開けると、四葉さんはまだ同じ体勢で、テレビを見ていた。あの番組は続いている。別の女の人が、今はオパールという石を売っていた。こちらの気配に気付いたのか、彼女は横顔を見せた。

「真央さんはいいわね。スッと眠れるのね。本当に気持ち良さそうに、ふかーく眠るのね」

テレビ画面と朝日の狭間《はざま》で、四葉さんの顔の影は深くなっていた。眠るくらい誰にでもできることですよ、と真央は、取りなそうとしたが、すぐにまたベッドのぬくもりに引き込まれていった。

目が覚めると、陽は高く昇っていて、ベランダのハーブが揺れていた。枕元のスマホを確認すると、もう十時だった。

「おはよう。ねえ、ビジネスホテルのアルバイトは夕方からよね。朝食はピクニックにしない？　よく晴れているわ。すぐそこにいい場所があるの」

あんまり眠っていないのが信じられないくらい、四葉さんは台所で機敏に動き、バスケットにせっせと食べ物を詰めている。たっぷり十二時間は寝たはずの真央は、まだ視界も頭もぼんやりしているというのに。もしかして、四葉さんはいつもこんなに寝ないで、あれだけの立ち仕事をこなし、就業後も家事にいそしんでいるのか。四葉さんは部屋を出る時、小公女セーラの挿絵のような、暖かそうなケープをさっと身につけた。

真央はそのまま帰れるように身支度をし、四葉さんの後についてアパートを出て、畑沿いの小道を通って、雑木林に入っていった。昨夜の雨のせいで、空気はじっとりと暗く、足元はぬかるんでいる。

視界が急に明るくなったと思ったら、そこは平らな丘だった。赤ちゃんの髪の毛のような柔らかな短い草がそよいでいて、よく陽があたるせいか、ここにはまったく水気がなかった。

見渡すと小田急線や真央の大学、川、バイト先が一望できる。随分前にマンションの建設が予定されていたのだが、この地に住みたがる人が激減しているせいで、着工の目途が立たず、空き地になっているのだという。四葉さんはバスケットを下ろし「残りものばかりだけど」と言いながら、赤と白のギンガムチェックのクロスを草の上に大きく広げた。スコーンに昨夜のローストビーフを挟んだサンドイッチ、同じく昨夜の残りのパイ、りんご。魔法瓶の濃いミルクティー。昨日はあんなにお腹がいっぱいになるまで食べたのに、雨上がりのからりと甘い空気のせいもあって、真央の手は止まらなかった。四葉さんは最後に、バスケットの底から両手に載るくらいの、小箱を取り出した。

明るい水色と灰色の中間のような落ち着いた色合いで、つるつるした素材でコーティングされている。生クリームを絞ったような金の縁取りがついていて、中央には葉っぱを集めたデザインの同じ素材の飾りがついていた。箱の四隅を猫足が支えている。ところどころに丸いダイヤみたいな石が輝いている。

「これが私の全財産」

そう言いながら、彼女は蓋をあけた。オルゴールが流れ出した。カノンという曲らしい。その音色に合わせて、金とダイヤで出来た蝶々がゆっくりと羽を動かしている。

真央は小さな声をあげた。指輪にネックレス、ブローチ、イヤリング。明るいクリーム色のベルベットが貼られた二段構えの箱の中には、色とりどりの大きな宝石が輝いていた。

蝶々や馬やとんぼの形にびっしりと細かい宝石をまぶしたものもあるが、大抵が飴玉くらい粒が大きい。赤、緑、濃い褐色、透明なもの。しかし、その光は、昨夜のテレビショッピングや縁日の宝石すくいとまるで違っていた。目を凝らすと、カッティングされた面から、無数の小さな星のような光が絶え間なく放たれていた。その一つ一つが、こちらの目を射り、脳の奥にじゅっと焼印をつけるような、強い輝きだった。

「宝石は午前中の光の中で見ないとだめっていうのが、祖母の口癖だった」

　言葉を失っている真央に向かって、四葉さんが言った。

「私、小さな頃からずっと祖母のお気に入りで、大学を出てからも祖母の身の回りの世話とかみんなしていて、社会経験が少ないの。祖父が借金をたくさん作って、それは返済し終わったんだけど、祖母が死んで母が死んで、その後、いろいろあって……。私は失敗ばかりしてもなんとかなってるのに、真央さんみたいにちゃんとした人にはたった一回の失敗も許されないなんて、そんなのおかしい」

　四葉さんは自分に言い聞かせるようだった。彼女がいつも口にする失敗とは一体どんな種類のものだろう。完璧とまでは思っていないが、無謀な挑戦や突発的な行動を好まない人だから、真央は四葉さんが好きなのだった。そんな彼女の失敗とは？　投資か株か。

「これは祖母の結婚指輪。結婚した当初はお金がなかったから、十五年目に祖父がパリで買ったダイヤモンド。これは母の結婚指輪のエメラルド。父に会ったことは幾度もないけれど、時代も時代で実家も大きくて、羽振りはいい人だったみたい。そして、これは私の……」

　透明や緑の大きな指輪を一つ一つ手に取りながら話しているうちに、四葉さんはふいに暗い顔になった。翡翠《ひすい》という、周囲に比べると随分小さな地味な色合いの石だった。

「四葉さんて、結婚していたんですか？」

恋愛での大失敗をはなから排除していたのは、四葉さんが誰かに夢中になっている様子というものを思い描けなかったためだった。好きな俳優とかの話さえ、あんまり聞いたことがない。

「ううん。結婚まではいかなかったの。婚約だけ……。彼はうちから、お金をたくさん持って行ってそれっきり。近所に住んでいる小学校からの幼なじみで、ご両親のこともよく知っていて、なにより、初恋の人だったから、完全に油断していた。私、三十二歳まで恋愛経験とかなくて、あの時は、母も亡くなってすぐで、つい……」

四葉さんの声はどんどん消え入りそうになっていく。真央は、あー……、としか言えなかったが、彼女への親しみは、むしろ増した気がする。ルビーやトパーズより、真央はこの翡翠や珊瑚《さんご》など少し地味な色合いの石の方がしっくりする。

「これ好き？　虫が入っている琥珀。珍しいのよ」

と、黄金糖のような一粒を見せてくれた。目を凝らしてみると、中心に蚊のような羽虫が硬直していた。宝石の中で死んでいくのってどんな感じなんだろうか。

「これはね、オール・ノットっていうの」

四葉さんはそう言って、蓋の裏部分に下がっている、真珠の短いネックレスを指に絡めた。きらびやかな石の中で、ほの暗く輝く白い珠のつらなりは、なんだかほっとさせられる。

「真珠の種類ですか？」

「ううん。真珠を絶対に離れないようにつなぐ、そういうネックレスの技法。ほら、昔の映画で、パーティーの場面とかで、パールのネックレスが、切れて、ゆっくりと真珠が床に散らばっていく、そういう場面がよくあるでしょ」

そういえば、二人で区役所で観た昔の邦画の中にそんな場面があった気がする。床に落ちた真珠の珠は、好き勝手にはねていき、スローモーションで雫《しずく》のように四方八方へ飛び散っていった。

あれ、カラー映画だった？　モノクロ画面でも白は変わらずに白だから、記憶がはっきりしない。

「昔は、パールのネックレスは一度切れたら終わりだったの。オール・ノットは一粒真珠を通すたびに、しっかり固く結んで、たとえ切れたとしても真珠がバラバラにならない技法。六〇年代にアメリカから入ってきたの。いかにも合理主義的でしょう？　真央さん、オール・ノットのパールは一つ、持っていてもいいかもしれないわね。冠婚葬祭にもパーティーにも、とても便利だから。このネックレスも二十歳の時に祖母からプレゼントされたんだけど、もとは……」

宝飾品そのものより、四葉さんのこうした話を聞く方が真央ははるかに好きだ。毎日、あれももっていない、これもできない、と漠たる不安に押しつぶされそうになるけれど、四葉さんと一緒にいると、やるべき具体的道筋をしっかり示してもらえるし、それが押し付けがましくもない。やっぱり「姫のジュエリーショッピング」は四葉さんのような人間が出るべきなのだ。

「母はあんまり宝石に興味がなくて、ここにあるのはだいたいは祖母のものなんだけど。祖母は死ぬ時に言ってた。横浜の墓地にこの宝石を全部埋め込んだ、ピカピカの自分のお墓を作って欲しいって、でも、私は……」

みつばさんぽいですね、と言おうとしたが、その時、何故か、喉がひきつれ、うまく声が出せなくなっていた。海を望む丘できらめくミラーボールのようなお墓の光景を思い浮かべただけなのに。宝石が陽射しを撥ね返すせいで、目の前が白っぽい。いつの間にか、オルゴール曲が消え、金の蝶々もはばたかなくなっていた。

「私、帰ります」

そう言って、真央は慌てて立ち上がった。膝からパイのくずがざっとこぼれ落ちた。

「宝石を見た後は疲れるかもしれない。私は、いつも泳いだ後みたいに、ぐったりするの」

と、四葉さんの慌てた声が背中を追いかけてきた。真央は振り向かず、雑木林を抜け、アパートの前に停めていた自転車にまたがった。

それは本当だった。帰宅するなり、真央は敷きっぱなしの冷たい布団に倒れこんだ。全身が重く、だるかった。その日、生まれて始めて、真央はバイトの休みの連絡を入れた。うつらうつらしながら、真央はやっと思い出した。

「姫のジュエリーショッピング」の毎月二万円のローンは、真央が社会人になったら毎月払わねばならない奨学金の返済と同額である。

本当ならそろそろアメニティのセッティングを終えている時刻に、インターホンが鳴った。ドアスコープを覗くと、そこに四葉さんの頭が真横に伸びていた。

「具合が悪そうだったから……」

と、ドアを開けるなり、四葉さんが小さな声で言った。

「ごめんなさい、四葉さん。途中で、帰っちゃって」

真央はすぐに彼女に背を向け、布団に戻った。昨日おもてなししてもらった上にたくさん眠らせてもらえたのに、今は縦になって出迎えるのがやっとだ。あんな豊かな部屋に住んでいる四葉さんから見て、ここはさぞ無機質に映るだろうと思った。

「ううん。いいの。私が変な話を急にしたからね」

お茶を淹れたかったが、台所に立つ気力がない。四葉さんはすぐに枕元にしゃがみ込み、トートバッグから魔法瓶を取り出した。それはあたたかで点滴のような飲み物だった。塩味はほとんどなく、牛肉の旨味とセロリや玉ねぎやにんじんの香りが強くした。胃がほぐされ、指先にまで熱と栄養が行き渡り、少しずつ、元の自分に戻っていくのがわかる。

「ビーフティーっていうの。小さな頃、食事の間に飲まされていたの。私はあんまり丈夫な方じゃなくて」

飲み終わると、真央は布団の上に座ったまま、窓の外を見た。空がだんだん灰色になっていく。大家さんのトマト畑では、枯れた草が昨夜の雨で地面に張り付いたまま、乾いて固まっている。

「私、怖いんですよ、もし、動けなくなったら、私どうなるんだろう」

最初にアルバイトを休んだ日の母を、この頃、毎朝のように思い出す。

真央の本当の望みは、あんな風にただ寝て過ごすことかもしれない。インターン先のホテルだって本当に好きなのかどうか、わからない。自分の選択を無理に正当化して理由付けして、足を止めたくないだけなんじゃないだろうか。四葉さんの好みを自分の好みにしているだけではないか。そもそもインターンを経験したって採用される保証などどこにもない。こうやってずっと掲示板を見張り続けるだけの人生なのだろうか。何か一つ情報を取りこぼしたら大変なことになると、毎日緊張して、えらい誰かが気まぐれにはじめた制度で、生活が急に向上したり、破綻したり、それを一生繰り返す。真央一人の力で決められることなど何もない。

その時、ふと視線を落とすと畳の上に、この部屋に不釣り合いな、あの宝石箱があった。

「この宝石箱をあなたにあげる。全部売れば、奨学金を全部今のうちに返して、将来を設計する分くらいにはなると思う。今朝、そういうつもりだったの。祖母の墓石にするくらいなら、あなたの役に立てなきゃいけないって」

真央はびっくりして身を引いた。

「そんな、受け取れないですよ。四葉さんの全財産なんでしょ。私、給付金制度を受けられるかもしれないし、うまくいけば就職できるかもしれないのに」

真央の手を取って、四葉さんはまっすぐにこちらを見た。

「真央さんは自分の人生を自分で支えられると思う。だから、これはあなたの失敗のために使って。失敗は誰だって、していいものなの。祖母も母も、喜ぶと思う。受け継ぐのなんて不眠だけでいいの。だから、もうこれからはそんなに、気を張らなくていいのよ。真央さん」

そう言って、真央の手の平に宝石箱を載せた。真央はそっと蓋を開けた。カノンが流れ出し、蝶々がはばたいた。

こんなに宝石が眩《まぶ》しく歪《ゆが》んでいるということは、自分が勘違いしているだけで、今はまだ午前中なのだろうか?

第二章

港から遠ざかっても、ずっと海の気配がある。

「ごめんください」

戸口に立って暗いレジの奥にそう呼びかけても、なかなか人が出てこなかった。「テーラー・ゴウダ」という年季の入った看板がでてはいるものの、回転するラックには、韓流アイドルの生写真が並び、低めのテーブルには同じく韓流アイドルのグッズらしきマグカップやぬいぐるみ、Ｔシャツが飾られている。だがアイドルショップとして機能しているのは店頭だけのようだった。一歩足を踏み入れると、濃い飴色の木材で出来たがら空きの棚やガラスケースが続き、なにも着ていない男性のスタンドボディが埃をかぶっている。ストライプの壁紙の模様に沿って並んでいるランプは随分と昔のもののようで、ろうそくの形をしていた。大きな赤褐色の机には、細かく目盛りが打たれている。

振り向くと、石畳が十月の陽射しに白っぽく光っていた。さすがにマスクをしている人は最近は減ったけれど、観光地だというのに外国人をまるっきり見ない。元町に限らず、感染症が収束の兆しをみせてもなお、日本の観光業界は冷え込んでいる。

そういえば、真央が大学二年の冬、インターンに受かった日本橋のホテルが倒産したと、四月にニュースで見た。

もう帰ろうか、と思いかけた時、店の奥からやっと、大柄な五十歳くらいの女性が出てきた。なにか食べている途中なのか、口を押さえ、もごもごさせている。にんにくのにおいがプンとして、かつてサービス業を志したこともある真央は、咄嗟《とっさ》に嫌だなと思った。

「はいはい、ごめんね、誰が好きなの？　あ、ごめん、よければ画像あれば見せてくれる？私、ＢＴＳから先はなかなか顔と名前が一致しなくて。今、着ている推しのグループだけは、かろうじてわかるんだけど。ほら、めちゃくちゃルックスがいいでしょ？」

その人は、韓国の女性アイドルの顔写真がプリントされたＴシャツの胸の部分を指で広げてみせたが、体格がふくよかなせいでアイドルの顔も身体も伸びてしまい、あまりその子の良さというものが伝わらない。

そもそも、同僚たちが語るアイドルや俳優の話に、真央は入っていけない。真央が好きなコンテンツは、学生時代と変わらず、現在も最新シーズン放送中の「ブリティッシュ・ベイクオフ」ただ一つで、倍速再生しないのは、あの番組だけだ。返事の代わりに真央は黙って、オーダーメイドシャツのチケットを差し出した。彼女は、口元を押さえ、食べ物を飲み込みながら、店内を億劫そうに仰いだ。

「ごめんね。ええと、この券、もう使えないんだ。祖父が亡くなってから、後継もいないし。店も変わって。払い戻しもできないけど、いいかな……」

ここに来る前からうっすら予想していたし、ダメもとだったので、真央はすぐにチケットを引っ込め、トートバッグに仕舞った。

「いや、これ、随分前に知り合いからプレゼントでもらったんです。タダだったんで。大丈夫です」

知り合い、と言ってしまって、真央は自分にかすかに傷ついていた。女の人は急に、手を口から退けた。

「もしかして、山戸四葉の知り合い？」

そのフルネームを他人の口から聞いたのはこれが初めてで、聞き流すこともできたのに、真央は彼女の目を見て、うっかりうなずいてしまった。思いがけず、切れ長の涼やかな目だった。

「もうずっと連絡をとってませんけど」

「私、あの子の親友。中一から高三までずっと一緒だったの。話聞いたことない？　私、郷田《ごうだ》実亜子《みあこ》！」

飛沫と米粒を飛ばしながら、早口でしゃべりだした。

実亜子。この人があのミャーコ。

今度は真央がまじまじと目の前の中年女性を眺める番だった。肌は化粧気がなく、浅黒く、頬の毛穴が開ききっている。首にも背中にも分厚い肉がついていて、十代の部屋着のようなペラペラのＴシャツのせいで、よりいっそうだらしない体型に見える。自分と体重はそんなに変わらないのかもしれないが、全部の肉が下がっているせいで、とけたソフトクリームのようなシルエットだ。自分も歳を重ねたらこんな風になると考えたら、ぞっとした。運動だけは習慣化しなければ。

「ちょっと待ってて。今すぐ、店閉めるから、どこかで飲まない？　予定ある？　おごるから」

逃げることも出来たが、真央は正直に、今夜は新横浜駅前のビジネスホテルに帰って寝るだけだ、とミャーコさんに告げた。おごりと聞いて心も揺らいだ。同僚はみんな、真央が切り詰めた暮らしをしていることを知っていて、外食には決して誘わない。同情はしてくれるが、ごちそうされたことはない。

「そっか。ならよかった。そこの大きな鞄屋を右に入ったところにある小道にお酒もご飯も出す、ババアが一人でやってる喫茶店があるから、そこに先行ってて。暖簾出てるから、わかるよ。どうせうち、客も来ないし、すぐレジ閉めていくから」

それだけ言うと、ミャーコさんはまた店の奥に消えてしまったので、真央は仕方なく、表通りに出て、鞄屋を目指した。来る時に横目で見ただけだけれど、ウインドウ越しに、金具がきらりと光るハンドバッグを手にした常連らしき女性が、白髪の店主と言葉を交わしている。チェーン店もそこそこ目に付くが、服飾や嗜好品《しこうひん》を扱う個人の専門店が生き残っているのが、真央にはおとぎ話のように思える。道の脇には木製のベンチが並び、寄せ植えの草花が揺れている。

「軽食・ビール」ののぼりが揺れている、その店のドアを押すと、真鍮《しんちゅう》のベルが鳴り、まるで人の家に来たような、醬油とドライフラワーの匂いが押し寄せてきた。飾り棚にはアクセサリーや猫のオブジェが並び、全部手書きの値段がついていた。壺や本物そっくりの陶器の虎が床置きされている。売り物に見えないこともない、全部デザインの違う古いテーブルと椅子を前に真央が立ち尽くしていると、藍染のワンピースを着た六十〜七十代くらいの女主人が「最初は骨董品屋を目指したんだけど、うまくいかなくて。どうぞ好きなところに座って」と声をかけてくれた。すぐに来るといったのに、ミャーコさんはなかなか現れなかった。

四葉さんが、ミャーコは気まぐれな遅刻魔で、と懐かしそうに話していたのを思い出す。これがボーイッシュな少女なら魅力の一部、となるのかもしれないが、おばさんだとただ単に腹立たしい。真央は女主人に「人を待ってます。注文はその人が来たらにします」と短く告げ、数年ぶりに「クマのプーさん」を取り出した。壁の振り子時計が十七時を告げた。

学生時代、ちょっとだけ読書にハマっていた時期もあるが、働き始めてからはそれどころではなくなった。そんな真央が久しぶりに本を開いたのは、アパート上階が水漏れしたためだ。

一昨日、いつものように仕事が終わり、弁当屋で値引きされたお惣菜を買い、二十一時半に帰宅したら、空気が冷んやりもったり重く、真央のにおいが消えていた。カーテンも壁も色合いが濃い。部屋を間違えたかな、とありえないことを思った次の瞬間、自分から今まで一度も聞いたことがないような金切り声が出た。辺り一面、水浸しだった。

真っ先に無事を確認したのは、折りたたみテーブルの上に置いていた、お菓子の懸賞であてたノートパソコンだった。被害にあったのはキッチンと東側の壁だけだったので、マットレスと衣装ケースの全滅で済んだ。

冷蔵庫はびしょ濡れでも無事だったが、電子レンジは動かなくなっていた。いずれも、大学一年の時に上級生から譲り受けた家電が壊れてしまったのをきっかけに、実家から送らせた最新の商品だ。これまでのことを考えたら、それくらい当然だと思ったが、弟は電話口で「え、いくらすると思ってるの？　自分は好き勝手暮らしていて、ありえないんだけど」と苛立った声をあげた。その後ろでは生まれたばかりの赤ん坊の泣き声がした。

大家にうったえ、真上の階を訪ねた。何度か階段ですれ違ったことのある、真央と同じくらいか、それより下のカップルが出てきた。クリーニング代と電子レンジの買い替え、さらに部屋が使えるようになるまで二泊分の宿泊費を請求した。

——ごめんなさい。洗濯機のホースが外れていたことに気付かなくて。

そう言って男性より早く頭を下げた女性の後ろから、怯《おび》えた顔の小さな女の子がこっちを覗き込んでいる。奥からテレビの音がした。こんな時くらい、消せよと思った。見ればみるほど、この二人は弟夫婦によく似ていると思った。

——そんなにキツい言い方、することないじゃないですか。

と、大家がとりなすように間に入った。

――じゃあ、誰が私の時間を返してくれるんですか？

真央が激昂しないように注意を払って言ったのに、女の子はしくしく泣き出した。夫婦がすぐに弁償は無理だというので、真央が宿泊代を立て替えることになった。給料日までもう数千円しかないので、奨学金返済分に手をつけるしかない。湿った部屋の真ん中に座っているだけで、呼吸が浅くなり、頭がうまく働かなくなる。

幸い、ベッドの下の収納スペースにしまっていた本や書類の類《たぐい》は無事だった。それでも濡れていないかひとつひとつ手のひらで触って確認していた時、「クマのプーさん」からぱさりと落ちたのが、このシャツの券だった。

せっかくなら、元町に行こうと閃《ひらめ》いた。チケットを払い戻そう。一生使えるシャツなんかよりも、真央には今、現金が必要だった。

手取り十五万五千円。水道光熱費、家賃、スマホ代。さらに奨学金返済となると、学生時代とほぼ変わらない節約生活だ。いや、身なりに構わなくてもよかったあの頃の方がずっと生活は楽かもしれない。さらに、売れ残りのお惣菜ももらえないのが痛手だった。それでも、絶対に身体は壊せない。弟が恋人の妊娠をきっかけに結婚し店を継いでからは、いっそう実家に帰りにくくなっていた。

二〇一九年十二月から新型コロナウィルスが世界中に蔓延《まんえん》し始めた。まっさきに打撃を受けたのは観光業界だった。年始のホテルのインターンが中止になった時は絶望したが、真央はまだどこかで楽観視していたと思う。きっと春には全部が元に戻る、と信じていた。しかし、それっきりあのホテルの募集を掲示板で見ることはなかった。

　真央は今、川崎のアパートに住み、蒲田《かまた》の雑居ビル二階を占めている海外品専門の通販サイト運営会社に通っている。真央の出た大学の名を出すと、同僚は驚く。なんで正社員にならなかったの？　と首を傾《かし》げる。実家から通勤していて給料はすべて自分で使える後輩、卒業した大学の入学金の額などまるで知らない新卒で入社した正社員が隣で働いていて、千五百円のランチに行かないかと声をかけてくる。まれに奨学金返済中の非正規社員を発見して、心を許しかけても、自分よりローンが少なかったり、家族と頻繁に連絡を取り合う様子を目《ま》の当たりにすると、どうしても好きになれなくなって、自分から距離をとった。

「ごめんね。待ったよね。ええと、名前、なんだっけ」

　三十分以上経《た》って、真央がもう帰ろうと思った頃、ミャーコさんはようやく姿を現した。

「宮元真央です。どうしてすぐに、四葉さんの知り合いだってわかったんですか」

「そりゃ、わかるよ」

　そう言いながら、ミャーコさんは、おでんと焼酎のロックを女主人に注文し、向かいに腰を下ろした。真央にも何か頼めというので、千代紙のカバーがかかったメニューをよく読んで、ホットビスケットと紅茶を頼んだ。

「ミャーコちゃん、お酒はもうこれだけにしなね」

　と、女主人がなだめるように暗い色の陶器に入った焼酎を二人の間に置いた。ミャーコさんはにやにや笑って立ち上がり、飾り棚にあったウイスキーのボトルを勝手に下ろした。

「あのね、真央さん。このシャツのチケット、七万円するの。そんなもんをポンポンと人にあげるのは、山戸四葉くらいじゃん。あなたも、四葉からいろいろもらったクチなんだ」

声が詰まって、うまくでてこない。遠くで船の汽笛の音がしたのは気のせいか。

「あの人からもらったものは、このチケットと宝石箱だけです」

「宝石箱？　え、もしかして、みつ婆のダサい宝石箱!?」

ミャーコさんは手を叩いて、大ウケしている。急にあの写真立ての女三人がくっきり浮かび上がった。あの怖そうな老婦人をこんな風に軽く扱っていいのか、と真央はちょっとびっくりした。

「あれ、まだあるんだ？　あの飴玉みたいな宝石がいっぱい入ってるやつでしょ!?　それより、四葉、今なにしてんの？　元気なの？」

「コロナ禍に入ってすぐの頃から四葉さんとは連絡をとらなくなりました。あの人、スマホもパソコンも持っていないし、それに……」

試食販売の仕事は、あの頃から日本でまったく見なくなった。

大学の授業はすぐにオンラインに切り替わった。アルバイトは自宅待機を余儀なくされ、真央は苦渋の選択で奨学金に手をつけて、数ヵ月をしのいだ。四葉さんから、今は仕事がないから自宅待機中である、早くまた会えますように、という絵手紙が何度か届いた。そんな報告よりも真央は、彼女と、なんでもないことをただしゃべりたかった。せめてオンラインでもいいから、と思ったが、四葉さんは勤務地に行かない限りパソコンを使えない。漫画喫茶やネットカフェは当時は感染する可能性が高いと考えられていて、出てこいと無理強《じ》いすることはできなかった。

真央も四葉さんも頼れるものが自分しかいない。寄り添うことが危険になった以上、倒れないように自分でまっすぐ立つことでしか、彼女と繋がっていられなかった。四葉さんの部屋にあった黒電話は、あれがオブジェなのか、それとも通信手段なのか、聞きそびれていた。

しかし、真央にとって一番の打撃は、給付奨学金制度を使えなかったことかもしれない。コロナ禍に入ってから、新規の仕事が入り始めたと、母から嬉しそうな連絡が来た。みんな、遠出をしなくなり、割高でもいいから定期的なメンテナンスをしてくれる、近場の電気屋で買い物をするようになったらしい。

なによりも、弟が自粛をきっかけに、高校の先輩らと疎遠になり、すっかり大人しくなった。個人宅に工事に行く父を手伝うようになったのも大きいという。せっかくだし店を改装し、リニューアルオープンしようと思うというので、真央は面食らった。

――そんなお金どこにあるの？

――おじいちゃんの残してくれた、駐車場のお金を貯めておいたから。ほら、あの……。

そこは真央たちが住む街の駅前にある、小さな駐車場だった。数え切れないほど、その前を通っている。もしかすると、小学生の時、車の陰にしゃがみこんでかくれんぼをして遊んだこともあるかもしれない。あれが自分の家のものだったなんてその時まで真央はまったく知らなかった。

アルバイトも家事もやっていない後ろめたさもあって、高校の修学旅行はあきらめた。今日までお金の心配をしなかった日など一日もない。絶対に休めないと信じ込み、風邪気味でも身体を引きずってアルバイトに通い続けた。

――どうして教えてくれなかったの？

――ごめんね。おじいちゃんの残してくれたものだから、これだけはお店がいざという時のために貯めて、残しておきたかったの。最終的にお店を継ぐのは、長男のあの子でしょ。

実家にある程度の定期収入が確保されているということは、給付奨学金制度の対象にはなれない。始まったばかりの制度で、完全なる自己申告制だ。まだ穴だらけだ。知らないふりをして申請することはできた。だけど、真央は制度の申請をあきらめた。そもそも高校三年生の時点で自分に奨学金制度をつかう資格があったのかどうかも怪しい。罪悪感で「つらい」と感じることをその時から自分に禁じるようになった。

「で、宝石箱はどうした？　売ったの？」

と、ミャーコさんはゆったりと、焼酎の入っていた陶器に、ウイスキーを手酌している。普通ならこの辺りで同情の色が見えそうなものだが、酔っているのかそもそもそういう性格なのか、彼女はただ単に続きを知りたいだけのようだった。

オンライン上で宝石の価格を査定しはじめたのは、給付金制度を使えないと知り、すぐのことだ。商品を一つ一つスマホで撮り、鑑定専門サイトにメールを送るだけでいい。自粛生活のせいで、家にあるものを売りたい人が増えたらしく、スマホさえあればあの頃はもう、いくらでもプロの意見を知ることができた。

「でも、全部売っても、そんなにお金にならなかったんです」

四葉さんと疎遠になった決定的な理由はそこだった。みつばさんの宝物だった「家一軒買える」と言われていた大きなルビーでさえ、二十万円と少しだった。豪華に思えた宝石箱は、一万円に満たなかった。宝石箱の中身を売れるだけ売っても、百二万五千九百八十円にしかならなかった。ネット上で質屋を回って、それぞれ一番高い値をつけてくれたところ五つとやりとりした。うち三つは宅配サービスを利用してコンビニから送った。二つは繁華街の雑居ビルと、最寄り駅近くの個人店まで足を運んだ。そんなにまでしても、売れなかった宝石もある。

――これはそもそも、ダイヤではないです。ガラスです。戦後はよくある話ですよ。当時は、なんの資格もない商人が個人宅にやってきて、言い値で売りつけるのが当たり前の時代でしたから。

アクリル越しに、中年男性の主人に事も無げにそう言い放たれたのは、よりによってみつばさんの結婚指輪だった。ちなみに四葉さんの婚約指輪は二百円くらいだった。

――翡翠なんてたいした値段にならないですよ？　新潟の砂浜でも、とれるんですから。

石そのものより、それを支えている金や銀の方に価値を見出された指輪もあった。

一つだけ、もっているといいと言われたパールだけは自主的に売らなかった。ただ単に値段がつかなかったみつばさんの偽物ダイヤ、あまりにも安かった翡翠と虫入りの琥珀、それと手放すのがしのびなかった宝石箱以外はすべて売り、奨学金繰上げ返済に充てた。

百二万五千九百八十円は真央にとっては大金だ。自分にとって恩人がいるとしたらそれは、この世で四葉さん一人しかいない。でも、申請するつもりだった給付奨学金制度で支給される額とほぼ同額だったことは、失望に拍車をかけた。

なんかもういいや――。自然にそう思えた。

卒業の年になっても、コロナは収束する気配をまったく見せなかった。真央は観光・サービス業はあきらめ、一般職から技術職まであらゆる業界を受け始めた。

判断が遅かったのかもしれないし、志望動機や学生生活の思い出を聞かれても、何も答えられなかったせいもあるかもしれない。五十二社にアプローチしたが、内定は一社も出なかった。真央は派遣会社に登録することにした。卒業式もオンラインだった。

――真央さん、久しぶり。あのね、私、ようやくスマホを買ったの。久しぶりに会えないかしら。

四葉さんの声を最後に聞いたのは、一番メンタルが落ち込んでいた大学三年の夏頃だった。最後に会ってから半年近くの時間が流れていた。

――宝石はどう？　売れた？

真央が何もかもうまくいっていると信じてやまない響きだった。適当なことを早口で言って、電話を切り、四葉さんから連絡があっても決して出ないようにした。やがて、手紙も電話もメッセージもこなくなった。そのうち、真央のスマホが壊れて機種変し、彼女とはもう連絡をとる方法がない。社会人になったのをきっかけに引っ越すことになり、一回だけあのアパートを訪ねたが、見知らぬ中年男性が住んでいた。

以来、四葉さんのことはできるだけ思い出さないようにしている。

そもそも、彼女が全部本当のことを言っていると何故信じ込んでいたのだろう。あの宝石箱の逸話も、元はお金持ちだというドラマチックな物語も、みんな彼女の口から聞いたものだ。四葉さんは嘘をつくことを、なんとも思っていないのに。真央はあの時から、どんなものであれ、簡単に信用できなくなった気がする。

今でも、たまに宝石箱を開けてカノンに耳を澄ますことはある。宝石が徐々に輝かなくなってきたのは、価値がないと知ってしまったせいか、それとも真央が早起きができなくなってきたせいか。こころなしか、金の蝶々のはばたきも小さくなってきた。結局、大学卒業時の借金はおよそ三百七十八万円。毎月二万円ずつこのまま返済するとして十五年と九ヵ月かかることになる。真央は一人の女性の全財産を奪い、なおかつそれを全部つかっても、人生を好転させられなかったのだ。何度も彼女を探そうと思った。でも、会ったところで、話さなければならなくなる。——あなたの大切な宝石箱は、私を救いませんでしたよと。

姉と連絡が取れなければ、真央はもしかすると生き延びられなかったかもしれない。インターン合格祝いのパーティーの後、四葉さんのアドバイス通り、真央は姉の勤めていたエステの名刺の連絡先に電話をかけた。店長によれば、もうやめているとのことだったが、今の職場を知っていると言われた。しばらくして、向こうから連絡がきた。スマホの乗り換えがうまくいかず、連絡が滞っててごめん、と軽く謝られたが、疎遠になったのは自分が返信をサボったことがきっかけなので、腹は立たなかった。

――マジで？　うち、駐車場があったの？　あいつら頭おかしいんじゃないの？

と電話口で姉は激昂していて、それだけで真央の心は軽くなった。今は大阪で接客業をしているという。会う機会はほとんどないが、時々スマホで愚痴るだけでも、完全な孤立からは救われている。

「そうかあ。歳とるわけだなあ。私ももう四十七歳なんだもんなあ」

ミャーコさんは芝居がかった口調で、陶製の器を傾けている。その時、ふと気付いた。目の前にいるミャーコさんの年齢に真央がなる頃、奨学金はとうに返し終えている計算になる。それは途方もないほど、先のように思えた。四葉さんがいなかったらそれが四年遅い、四十二歳になっていたはずなのだと思うと、胃が冷たくなった。

「私も、ずっと四葉と連絡とってないんだ。行方もわからない。十年くらいになるかな。ま、私のせいなんだけどね」

真央はミャーコさんを見つめた。早くも酔って身体がぐらぐらしているように見える。この人、もしかして、話し相手をずっと探していただけなのではないか。

「え？　山戸四葉で、検索したことないの？　あの家で何が起きたか、全部わかるのに」

正直、検索窓に打ち込んだことは数え切れない。だが四葉さんの魔法を魔法のまま残しておきたい気持ちが、まだ真央の中に残っていて、リターンキーを押せないでいた。

薄々は感じていたが、やはりちょっと調べただけでわかるくらいの大事件が起きたのだ、と思ったら、四葉さんの小さな身体や申し訳なさそうな笑顔に手を伸ばせば、触れるような気持ちがした。この元町に足を踏み入れた時からそう思っていた。海も山も、にぎやかな中華街も、港を望む公園も、英国のような商店街も、全部が小さなエリアにきゅっと詰まっている。それは一度だけ訪れた四葉さんのアパートのようにも、彼女自身のようにも感じられた。

「まじで、山戸家のこと、真央さん、なんも知らないの？　え、それで、仲良くなったの？　何から話そうかな……。そんなに若いとわからないかな。『りぼんのぼうし』」

　四葉さんがお菓子についているマークを溜めていたお菓子の缶。横浜では一世を風靡したお土産のクッキー。パッケージが変わってから、売れなくなったと聞いている。

「この辺じゃ知らない人はいないくらい、山戸家は有名な実業一家だったの。レストランをいくつも経営していた。そこのお土産だった『りぼんのぼうし』は爆発的に売れた。そうだよね、おばちゃん」

　まるで置物の一部になったように、その気配を消していた女主人が、ようやく声を発した。

「そうだよ。そこの通りにも山戸家の経営する店がケーキ屋とレストランとカフェだけで三軒あったよね」

　おばさんはどうやら、食べ物を運ぶのをずっと忘れていたようだ。ようやく、おでんの大きな鉢がやってきた。濃い色に染まった大根と白いちくわのようなものと卵とタコが入っている。

「それ、ちくわぶっていうやつですよね？　初めて見る……」

ミャーコさんがまっさきに白いちくわのようなものにカラシをつけたので、真央はつぶやいた。伊万里焼に載ったホットビスケットと紅茶もようやく前に置かれた。醬油のにおいが強いおでんの湯気がかぶさってくるせいで、すぐに食べたいという気持ちにはなれなかった。

「昔、ダンプリングを作ってくれた時、四葉さんは、こういう料理とか、ミャーコはちくわぶとかすいとんが好きだって……」

ついそう言ったら、ミャーコさんは驚いた顔をし、それから鼻をくしゃっとさせ、ちくわぶにかぶりついた。この人が何故女子校で人気があったのか、真央は急にわかった気がした。

中等部に入学したその日から、学校中が山戸四葉に注目していた。

「うちなんて、そんなに面白くないと思うけど」

四葉はきょとんとした顔で、そう言った。

「もしよければ、今日、このあと、遊びにくる？　学校のすぐそばなんだ」

絶対いく！　と叫びそうになったが、実亜子は肘をつきながらできるだけつまらなそうに、

「うーん、どうしようかなー。私、バスケ部に入りたいんだけど、まだ体験入部どころか勧誘も始まってないし、今日うちかえってもやることもないし。まあ、いいかなー。行っても」

と、言った。四人で使っている作業台の、斜め向いの席の子が筆先をバケツで洗いながら、ちらっとこちらを見た。

この席からだとヒマラヤ杉や松の合間から海が切れ切れにきらめいている。いいなあ、と腕

の裏に鼻をこすりつけながら、実亜子は思った。貨物船が空と海をゆっくりつないでいく。

　ここ山手の丘にある中高一貫のプロテスタント系女子校の、通学路から横浜の海を見下ろせるロケーション、有形文化財に指定された赤い屋根の木造校舎やブレザーの制服に憧れる女の子は多い。でも、進学校の教師をしている父は、実亜子ならもっと上のレベルの学校を狙えるのに、と最後までもったいながっていた。でも、女ばかりで過ごす六年間という一点で、受験を決めた。

　そんな中等部一年の最初の美術の授業は、くじ引きで決まった二人一組で、お互いの顔を水彩で描き合うというものだった。実亜子が描いた四葉は、小さな眼にちんまりした鼻も貧相に尖《とが》った顎もそのまんまで、さすがにもう少し可愛く描いてあげるべきだったかなと反省したのだが、

　——郷田さんて絵が上手なんだねえ。

と、四葉はため息まじりにつぶやいた。実亜子は、ふーん、よければ交換する？　と無関心を装って申し出たが、本当は脇腹から熱くなっていた。

　実亜子が両親と暮らす関内《かんない》のマンションから歩いていける、元町通りでオーダーメイドのシャツ店を営むおじいちゃんは、実亜子の美意識の高さに気づいていた。将来はあとを継がせたいと考えているようだが、生まれた場所で生きて行くのなんてごめんだと思っている。実亜子はあのきらきらした海のもっともっと遠くへいきたい。たくさんの人にすごいね、と言ってもらいたい。

山戸四葉はまったくもって、実亜子の好きな外見ではなかった。ただ、おさげでブレザーとプリーツスカートを校則の通りにきっちり着ているだけなのに、野暮ったいという感じがしないのは不思議だった。隣を歩かせても損はないかな、と頭を忙しく働かせる。

実亜子は幼稚園の時から、瞳が大きくて、華やかな雰囲気を持つ人気者の女の子が好きだ。そういう女の子を時間をかけて振り向かせ、自分に夢中になっていくのを息を詰めて見守っていると、自信が湧いてくる。もし、自分がキスをしたり抱き合うことがあるとすれば、その相手は絶対にいい香りのする肌がやわらかな女の子だと思っている。

入学式の日から、渋沢《しぶさわ》さんという明るい茶色の目をしたクラスメイトが気になっている。本当はその子とペアを組みたかった。渋沢さんは今、隣の作業台で、向かいに座った吉田《よしだ》さんが描いた自分を覗き込んで「私、こんな丸顔かな？」といって悲しそうに自分のピンクの頬をひっぱっている。マジで可愛い。

――嬉しいな。私、この絵を自分の部屋に額に入れて飾ろう。

お姫様みたいな彼女と比べたらコマネズミのような風貌の四葉はそう言って、実亜子の絵からまだ目を離そうとしない。

――あなた、山戸さん、だっけ。なんか、すっごい有名なうちの子なんだっけ？

爪に挟まった筆の毛を取るのに夢中なふりをした。全身で、彼女が次の瞬間、自宅に呼んでくれるように祈りながら。

この辺りで、山戸家と聞いて知らない者はいない。

すべての始まりは創業者・山戸幸《こう》太《た》郎《ろう》が戦後間もなく、野毛《のげ》に開いた一軒のレストランだった。チーズマカロニ、ミートボールのトマト煮、バニラシェイクといったアメリカの定番家庭料理は、駐屯が長引く米兵を懐かしがらせ、彼らの溜まり場となり、その意見はどんどん取り入れられた。ギンガムチェックのカーテンやアリゾナから取り寄せたジュークボックスは目新しく、いつしかジャズを生演奏するバンドが出入りするようになり、六〇年代初期、その店で食事をするのはハマっ子のステイタスとなっていく。

馬車道での二号店はうって変わって、日本人好みのクラシカルな味付けの洋食屋だった。行列ができる有名店となり、東海道新幹線開通のタイミングに合わせ駅構内でも売り出した「横浜洋食弁当」も人気を博す。

ダイアナ妃のご成婚ブームに湧いた八〇年代、おじいちゃんが営む「テーラー・ゴウダ」から歩いて数分のところにある元町通りの真ん中に、山戸家は本格的英国式アフタヌーンティーを楽しめるティーサロンを出店。さらに国民的人気を誇る女性シティポップ歌手がこの店を舞台にした失恋ソングを大ヒットさせたことから観光名所ともなった。母はよく「おじいちゃんの店も歌詞に出て来れば、うちも二世帯住宅が山の手に建てられたのにねー」とぼやいているが、山戸家のおかげで恩恵を被っていることは、周辺のお店はみんな自覚している。

横浜港を望むホテルで始めた高級路線のフレンチでは、そのコース料理がホテルの結婚披露宴で重宝されるようになり、鎌倉の老舗ホテルにも二号店を出した。バブル崩壊後も山戸家は横浜飲食業界のトップに君臨し続けていた。なんといっても、その名が全国に轟《とどろ》いたのが、三年前に発売した「りぼんのぼうし」だろう。中身はりぼんの形をしたごく普通のバタークッキーだが、日本を代表する油彩画家・壁山《かべやま》純《じゅん》之助《のすけ》が手がけたパッケージが発売当初から評判を呼んだ。うるんだ大きな眼を見開いて、りぼんがついた小さな帽子を顎の下にぎゅっと握りしめる、セーラーカラーの服を着た美少女の絵は、缶に施されたエンボス加工の効果もあって、一度見たら忘れられない愛らしさだった。今なお日曜日の朝、アニメーションのCMが流れている。「りぼんのぼうし」のパッケージを再現したレトロなラッピングバスが、今日も街を行き来し、母は「市電が走っていた頃を思い出すなあ」と目を細める。

　実亜子も、入れ物欲しさに、母にねだったことが何回もあった。山戸家が横浜だけの販売にこだわったことから、かえって希少性が増し、おみやげの新定番となった。そんな「りぼんのぼうし」のモデルは山戸幸太郎のたった一人の孫娘なのではないか、というのがもっぱらの噂だったが、隣で帰り支度を整えているおさげの女の子は、似ても似つかない。

　校門を抜けた後、実亜子がそのことをちょっとだけ意地悪く指摘したら、四葉はこう答えた。

「あの子が私のわけないよ。確か純之助おじさまのご近所に住んでいたんですって。舞《まい》ちゃんというの。ええと、子役をしていたんじゃないかしら？　それに、私たちの二つ上だから、もうあんなに小さくはないのよ。私は話に聞いただけで、会ったことはないんだけれど……」

　この辺りは、道行く人のために季節の花で彩った庭が多く、桜の花びらがずっと宙を舞っていた。ほぼからっぽのカバンの中でお互いのペンケースがガラガラ転がっている。四葉は筒状に丸めた実亜子の絵を指でつくった輪っかで守っていた。景色は豪邸と呼ばれるエリアに変わっていった。

「へえ、壁山純之助と付き合いあるんだー？」

いい加減、つまらなそうな芝居をするのが滑稽に思えて、実亜子はもう、四葉の次の言葉を聞き逃すまいと、自分の顎より下にある横顔を見つめた。横浜高島屋で催された壁山純之助展にはつい先週、母と出かけたばかりだ。母は実亜子の絵の才能を自慢に思っていて、日曜日の朝日新聞に載るような美術展には大抵連れて行ってくれる。

「うん、よくご家族そろってうちにくるよ。お嬢さんが三人いて、それぞれ中学生、高校生、大学生で、私とも遊んでくれるの。お土産のクッキーをうちで製造すると決まった時に、バーベキューパーティーにたまたま来ていたおじさまに、おばあちゃまが缶のデザインを依頼したのよね。私、その時を今でもよく覚えてる。私、純之助おじさまに絵を時々習っているんだ」

実亜子は、カバンの中に乱暴に突っ込まれている、四葉が描いた自分を思い出していた。思いがけず筆運びが力強く、構図が決まっていて、朱色の使い方が大胆だった。実亜子よりも断然うまく、自分はかなり嫉妬深い性格なのに、悔しいとはまったく思わなかった。たぶん、実亜子が「こうであってほしい自分」がそこにいたからだろう。切れ長の怜悧《れいり》な目をしているのに、口元には愛嬌がある。ひょうひょうとした風のような女の子。これから始まる学園生活はあんなイメージでいこう。小学生の頃は、一部の男子に「おとこおんな」扱いされ、彼らの顔色をうかがう女子たちも多かったせいで、クラスの中心人物とまではなれなかったのだ。

　周辺の豪邸よりも一回り大きな、赤い屋根に真っ白な壁の二階建ての屋敷の前までくると、何もしていないのに、見上げるような鉄門がゆっくりと左右に開いた。最初に実亜子の目を引いたのは、その家の屋根から突き出している太い煙突だった。横浜では珍しくないものの、文化的価値があるとされる公共の建造物以外で見るのは、これが初めてだった。緑のアーチをいくつもくぐり、大きな犬がつんのめるように走ってきた。その犬の吐く息と熱は周囲の空気を変えるほど、あたたかな湿度を帯びていた。「ただいま、ダン」と四葉は、ミルクティー色の背中を毛並みにそってやさしく撫でると、日なたのにおいが立ち昇った。

　門から玄関までの石畳の道は、実亜子がこれまで足を踏み入れたどの個人宅のそれよりも長く、迷路のようにくねくねしていて、全部の花壇を鑑賞しながら進むことになった。あずまやの下にはベンチがあった。木の間にはぶらんこが下がっていて、おままごと用らしき小さな家もあった。実亜子は花の種類はよく知らないが、普通は薔薇なら薔薇一つが花壇に収まっているのに対して、この家はいろんな花が入り混じっていて咲き乱れ、一見無造作風なのだが、よく見ると、背が高いものは後ろ、小さな花は前に配置され、彩りの調和がとれていた。車寄せの手前にある、石でできた噴水から澄んだ水が吹き上がっていた。

　雨よけで守られた石の階段を数段上ると、ステンドグラスをはめこんだ玄関ドアが開いた。そこに立っていた、エプロンをつけた母より一回りくらい若い女の人を「家政婦の竹本《たけもと》さん」だと四葉は紹介した。

玄関は吹き抜けになっていて、焦げ茶色の木の手すりのついた幅の広い階段が途中で二つに分かれながら、二階に続いている。おじいちゃんの店みたいな、ストライプの模様の壁には馬とか外国の街の絵がかかっていた。ところどころに開いた、丸い窓が特徴的だった。

「なんかディズニーランドみたいな家だねえー」

庭一面を見渡せる居間に通されたら、予想通り、黒い大理石のマントルピースで飾られた暖炉があったので、実亜子は思わずそう言った。シャンデリアも濃い色の重々しい作りの木の家具も、じっと見ていると、背景のかきわりのようにすっと退いて、青空と絶叫に変わりそうな予感があった。親には、ディズニーランドなんてもう子どもっぽいよ、と顔をしかめてみせているが、実亜子は小さな頃から、あの場所がけっこう好きだ。

葉っぱと鳥の模様の壁紙のせいか、さっき目にしたばかりの、あずまやの延長のような印象だ。実亜子が思い浮かべるお金持ちの家というと、ベージュや白で統一され物があまりないイメージがあるが、山戸家は椅子もクッションも絨毯も柄で覆われ、小さな陶器や動物の形をしたおもちゃが飾り棚にたくさん並んでいて、見どころがいっぱいあった。

「なんていったの、あなた、今」

振り向くと、そこには恐ろしい顔をした小さなおばあさんが立っていた。白髪に大きくウェーブがついていて、薄い紫色のメガネをかけている。絨毯を踏みしめるスリッパから伸びる足首と口の横のひきつれが、鋼《はがね》のように見えた。

「あんな作り物の子どもだましの偽物と一緒にされちゃこまるね。この家は、イギリス人の技師に依頼して、屋根瓦もレンガも上海《シャンハイ》から材料を全て届けさせた、とっておきのコロニアルスタイルなんだよ」

この辺で道を尋ねてくる外国人観光客みたいに、身振り手振りをつけて話すので、ぽかんとしてしまう。おばあさんの手が動く度に、指にはめた大きな宝石が陽射しを受けて、居間がぐるぐる回転した。

「ママ、やめてよ。コロニアルスタイル？　冗談じゃないわ」

隣の部屋から、ティーセットと焼き菓子が載った銀のトレイを手にしたすごい美人が現れて、実亜子はたじろいだ。

「近隣諸国を植民地支配した日本人がいうことじゃないわよ。本当にこの建築のコンセプトは最悪。それに、子ども相手にムキになるのやめてよ。四葉がまたいじめられるじゃない。なにが偽物よ。うちだって偽物みたいなものじゃない」

すっぴんに大きい花柄の引きずるようなワンピース、真ん中でわけた長い髪は傷んでいてバサバサだけれど、おばあさんの宝石をかすませるほどの華をまとった人だった。

四葉はその人から銀のトレイを受け取ると、暖炉前の低いテーブルに置き、薔薇の模様のティーポットから紅茶を注ぎ、実亜子の前に置いた。美人はこちらに気づくと、

「あ、ごめんなさいね。四葉のクラスメイトさん？　四葉の母です。どうか、仲良くしてやってね？」

そう言ってこちらを覗き込んだ大きな目の白目の部分が、血走っている。近くで見ると、実

亜子の母よりも、肌がずっと乾燥していた。唇をきゅっとあげて笑うところは芸能人みたいだけど、同時にピリピリした感じがする人だと思った。

「同じクラスの郷田実亜子です。祖父は元町でテーラー・ゴウダを営んでます」

と名乗ると、すかさず、おばあさんは「ミャーコ？　猫ちゃんみたいな名前ね」と嘲笑《ちょうしょう》した。むっとして実亜子はおばあさんを睨《にら》みつけた。上に行こう、と四葉はすまなそうにささやき、銀のトレイを手にして、早足で部屋を出た。促されてそれに続いたものの、おばあさんとお母さんの金切り声の応酬が、背中を追いかけてくる。

「そもそも一代で築いた財産なんて、この辺りじゃ成金もいいところよ。うちなんか、もとはただの米軍相手の食堂じゃないの」

「食堂じゃない、ダイナーだよ！　マッカーサー元帥だってお忍びでお見えになったんだよ！」

長い階段を上がって、二階にたどり着き、ふかふかの絨毯が敷き詰められた廊下を進み、四葉の部屋の分厚いドアを閉めるまで、二人のやりとりは聞こえていた。

「ごめんね。うちのおばあちゃま、すごく失礼で」

そんなことよりも、実亜子は目の前に現れた、巨大なドールハウスに釘付けになっていた。胸の高さくらいまである英国風の邸宅で、裏に回ってみると、数え切れないほどの小さな部屋で区切られていた。その一つ一つに柄が違う壁紙が貼られ、山戸家同様にそれぞれその部屋に合った家具が設《しつら》えられ、複数の絵が飾られ、照明器具がある。作り込みが本気だった。

例えば、階段の下にある使用人の部屋は小さく、二段ベッドと洗面台だけしか置かれていない。でも、ご主人様の寝室は大きなダブルベッドと鏡台と書き物机とランプがある。夢中になって覗き込んでいると、長いテーブルに果物や肉がたっぷり並び、床は市松模様、シャンデリアで照らされた大広間の窓から、四葉の目が見えた。子どもみたいに夢中になっている顔を知られてしまったので、実亜子はもう気取るのをやめることにした。

二人は人形遊び用のガラス窓越しに笑い合った。こうしてみると、四葉はすっきりと頭の良さそうな顔だちをしていることがわかった。

ドールハウスから離れ、改めて部屋を見渡すと、四葉の部屋もまた作り物みたいだった。一人で眠るにはかなり大きなベッドには、剝製みたいなぬいぐるみがいくつも載っている。いたるところにあまり可愛くはない昔風の人形や陶器が並んでいた。ガラス戸がついた本棚にはぎっしりと海外の児童文学が詰まっていて、窓辺のライティングデスクにはふさのついたランプが置かれている。薔薇模様の壁のあちこちに、さまざまな大きさの絵が飾られていた。

四葉はさっそく、実亜子が描いた自分の顔を、胡桃《くるみ》の殻のような質感の額に収め、目立つところにかけた。自分の作品がこの部屋にしっくりなじむことが、実亜子は誇らしかった。

四葉が出窓を押すと、レースのカーテンをはためかせる風に海のにおいがかすかにまじっていた。部屋から突き出している白い手すりのバルコニーには、丸いテーブルと椅子が二脚あって、学校からよりはるかによく海と港が見渡せた。そこで四葉が淹れてくれた熱い紅茶は、真冬の花束みたいな香りがして、ショートブレッドは一口かじると、砂のように崩れバターの風味がさっと鼻に抜けていく。それ、私が竹本さんと一緒に焼いたんだ、と告げる時、四葉は嬉しそうだったが、二杯目の紅茶を注ぐ頃には、言い訳がましい口調になった。

「さっきはごめん。おばあちゃまとママ、本当は、仲が悪いわけじゃないんだよ。二人とも、真夜中になると、一緒に暖炉の前に座って、通販番組を見ているくらいなんだもん」

「通販？　包丁とか売ってるやつ？」

　四葉の分のショートブレッドももらえないかな、と考えながら、実亜子はそう尋ねた。

「ううん。宝石。宝石の通販番組。面白くないほどいいんだって。二人とも眠れない体質なの。全部正反対なんだけど、そこだけは一緒。通販番組を見ていると、眠くなるんだって。そうやって紛らわせないと『夜の重さ』に耐えきれないんだ、ってママが」

「夜って重いかなあ？」

　まだまだ青い空を見つめながら、実亜子はつぶやいた。遮るものが何もないせいか、汽笛の音が聞こえたような気がする。

「ほら、酸素がないと人間生きていけないとか、地震がいつかは絶対来るとか、ノストラダムスの大予言があたるかもしれない、とか一回でも意識すると、今なんで無事でいるんだろう、とか怖くならない？　そういう風に一度でも眠れなくなるとね、眠れなかったらどうしようって焦って、部屋の空気がどんどん重くなっていって、自分一人の身体に夜が載っかっているみたいな感じがするんだって」

　実亜子が首を傾げたら、私もよくわかんないんだけどね、目をつぶったらすぐにぐうすか寝ちゃうもん、と四葉が笑った。私も、と実亜子も笑う。こちらが何も言っていないのに、四葉は、よかったらどうぞ、と自分の分のショートブレッドを花柄のナフキンに載せてくれた。

　でも、なんとなく、本当は実亜子にはわかった。自分も眠りにおちる寸前にふっと考えないこともない。おじいちゃんが死んで、お父さんが死んで、お母さんが死ぬ。この世界でいつかひとりぼっちになる未来は避けられない。自分が男と結婚して、子どもを生む未来というものが実亜子はまったく想像できない。でも、隣に誰もいなくて大丈夫と言えるほどは強くない。だから、一人でも多くのファンをつなぎとめておかなくちゃ、といつもどこかで焦っている。一回でも意識してしまうと、何をしていても心がそっちにもっていかれて、絵を描いていても友達と遊んでいても、気がそぞろになる。お風呂で熱いお湯に入る瞬間、鼻の奥がうっとつまり、一人きりで居ることが無理になってきて、用もないのに「おかあさん」と呼んでしまうことがある。そんな心持ちは絶対に目の前の女の子にバラしたくないことだったので、実亜子は話を変えることにした。

「四葉のお母さんてなにかしてる人？」

「小さな芸能事務所を経営してる。ママ、私が小さい時に離婚してるの。私とママ、小学校二年までは東京の麻布《あざぶ》で二人だけで暮らしていたんだよ。おばあちゃまは早く家業を手伝わせたいらしくて、こっちに呼び戻したの。でも、ママは事務所の方に夢中で、ここにはあんまりいないんだ。週の半分くらいは今も東京にいるよ」

　道理で、と実亜子は納得した。でも、あのお母さんだったら、自分が女優をやる方が合ってそうである。そう言うと、ママは昔、本当に女優だったんだよ、本名の山戸一葉で活動していたの、と四葉は嬉しそうに言い、ライティングデスクの引き出しから、ボロボロになった二色刷りのパンフレットを取り出した。なんだか陰気そうな舞台で、出演者は全員白塗りの上、黒いマントみたいなものを身につけているせいで四葉のお母さんがどこにいるかわからなかった。

その時、近くでコーンと小気味いい音がした。実亜子がきょろきょろしていると、四葉がすぐに応えた。

「裏庭で、おばあちゃまが薪割りしているんだよ。暖炉に入れるやつ。まだまだ夜は肌寒いでしょ」

「へえ、あの暖炉って本当に燃えるんだ」

「そうだよ。でも、暖炉って不便なんだよ。時々ね、煙突にカラスが飛び込んできて出られなくなって暴れて死んで、ドサッと落ちてきたりするの」

あの居間に、カラスの遺骸が突然現れるところを想像し、実亜子は身震いした。

薪割りはしばらく続いたが、門が開く音で中断された。二人が庭を見下ろすと、映画の英国スパイが乗るみたいな大きな外国車がゆっくりと門から入ってきて庭を半周し、噴水横の車寄せに停まった。すぐに竹本さんが玄関から出てきて、車の後ろに回り、トランクからゴルフクラブを運び出した。

運転席から姿を現したのは、オールバックの白髪の紳士だった。新聞やチラシで見る山戸幸太郎よりもさらにかっこよくて、外国の俳優さんみたいだった。お腹はぺたんこで背が高く、さらりとした麻のシャツを着ている。シャツ屋の孫娘なので、それがとてもいい素材のものであることは一目でわかった。山戸氏はすぐに実亜子たちに気付いてバルコニーを見上げると、日焼けした顔全体をくしゃくしゃにして笑い「どうも、こんにちは。四葉のお友達ですか？どうぞ仲良くしてやってくださいね」とハリのある声で言った。実亜子は立ち上がって頭を下げた。

　さっきのおばあさんが屋敷の左側から斧を持ったまま飛び出してきて、彼にまとわりつきながら、パパ、おかえりなさい、と顔をほころばせ、はしゃいだ声をあげている。その周りをダンがぐるぐる走っている。

「おじいさまは元はコックさんで、小さなお店にやとわれていたの。お料理は昔も今もそんなうまくない。『りぼんのぼうし』だってそこまで美味しくはないと思わない？」

　四葉は竹本さんたちと一緒に玄関に吸い込まれていくおじいさんの頭を見下ろしながら、そんなことを言った。彼はスタイリッシュなだけじゃなくて、おばあさんやお母さんには皆無な、おだやかな雰囲気があった。

「うん。それはそう思った。わりと普通の味のクッキーだよね」

　と、実亜子は遠慮しながら頷いた。四葉が悪《あ》し様《ざま》というほどではないが、家業を冷めた目で見つめていることに内心驚いていた。

「すごいのは、おばあちゃまのカンなの。何をやったら人気が出るか、どこで何が売れるか、お見通しなの。表向きはおじいさまを立ててるけど、本当はうちのことは全部おばあちゃまが考えてる。最初のダイナーは、チーズマカロニもミートボールもほとんど輸入してきた缶詰をあけて温めただけ。だから料理がうまくなくてもバレなかったし、むしろそれがアメリカっぽくて珍しがられたの。二号店からは、腕のいいシェフを引き抜いた。私があの学校に入るのも、おばあちゃまが決めたんだ。うちではおばあちゃまの命令は絶対。必ず正しいんだもん」

　その口調に恐れはあまりなく、楽しそうでさえあった。

　十六時を過ぎたので、そろそろお暇《いとま》しようと四葉に断りを入れて、彼女と一緒に一階に降りていくと、一葉さんが待ち構えていたように駆け寄ってきて、そっと耳打ちした。

「あのね、実亜子さん、お願い。あの子と仲良くしてやってね。この近所の小学校に通っていた頃、いじめられていたせいで内気になっちゃって。友達をうちに連れて帰ってくるのなんて、初めてなのよ。小さな頃は、身体も丈夫じゃなかったし。私もこの家にはあまりいないし、面倒を見てやってくれないかしら」

　今日の四葉にそんな様子は微塵《みじん》もないし、割とよくしゃべる子だなと思っていたが、一葉さんのすがるような目を見ていたら、得意な気持ちになってきて、任せてくださいとばかりに大きく頷いた。賄賂《わいろ》をそっと握らせるように、一葉さんはこう続けた。

「このあと、みんなで中華を食べに行くの。おうちに電話して、よければ実亜子さんもいかが？」

スパイ車の助手席にいそいそと乗り込んできたあのおばあさんは、硬そうなジャケットのポケットにチーフをあしらい、大きな赤い果実のブローチを光らせ、口紅もつけていた。相変わらず甘えた声で、先ほどのシャツに同じくしっかりめのジャケットを羽織った運転席のおじいさんに向かって「パパ、このお嬢さんね、テーラー・ゴウダさんとこのお孫さんなんだって。久しぶりにパパもあそこでシャツを作らない？　私も夏もののシャツワンピースが欲しいわ」などと、こちらなど居ないように話しかけている。おじいさまの頭からは、洋風のポマードのような強い人工の匂いがした。

一葉さんと四葉に挟まれて広い後部座席に腰を沈め、だんだん近づいてくる、夕暮れの海を斜めの窓から眺めながら、実亜子は決めた。隣にいるこの子と親友になる。それが自分が生きて行く一番間違いのない道だ。

考えてみればあの時の直感だけが、実亜子の人生で唯一正しいものだった。九〇年代初期の横浜で、山戸四葉にぴたりと寄り添うことは、この世界すべてを味方につけるに等しかった。実亜子は中高六年間、平日はもちろんのこと、週末ごとに開かれる山戸家のパーティーも皆勤賞で、四葉が祖父母と長期の欧米旅行に出かけている時以外はほぼ入りびたりとなった。

父も母も、実亜子が四葉と親しくなったことをとても喜んだ。とりわけ祖父は、山戸家が家族総出でシャツのオーダーにしょっちゅう来るばかりか、裕福な知り合いまで引き連れてくるようになったため、普段はむっつりしていることも多いのに、相好《そうごう》を崩しっぱなしだった。

学校帰りに、四葉と一緒にテーラー・ゴウダに遊びに行き、店番のまねごとをしたり、古い大きな鋏で硬い布を裁断する祖父を見守るのが、二人の放課後のお気に入りの過ごし方になった。四葉と実亜子が巻尺でお互いの身体をぐるぐる巻きにして笑い転げていても、祖父はにこにこしていた。

学校でも、学年が進むにつれ、実亜子のファンは、着実に増えていった。内心嬉しくて仕方がなかったが、そんな時、実亜子は四葉が描いた自分の絵を自宅の引き出しから取り出してはじっくり眺めた。絶対にはしゃがないよう、人気なんてまったく興味がないよう、冷静で大人びた物言いをするよう、心がけた。「私はさ、四葉が心配なだけなんだよね」を口癖とし、あぶなっかしい世間知らずのプリンセスをしぶしぶながら導いている振りをした。四葉は何もできない女の子扱いされることに最初とまどっていたが、そこは飲み込みが早いので、すぐにこちらの要求を汲んだ。実亜子に頼りきっている、鈍臭いお嬢様風を装うようになった。

常に注目を浴びる四葉の隣で、ナイトの役割を果たす背の高い実亜子は目を引き、自然と生徒たちの憧れと尊敬を集めるようになった。バスケ部の試合にはいつも、応援の旗をもった女の子たちがかけつけた。さして練習しているわけでもないし、この学校ではテニス部人気が高いせいで、ほかの部員たちもそこまで真剣に取り組んでいるわけではなかったが、観覧席からは歓声が上がりっぱなしだった。ラブレターを手にした女の子たちが上級生下級生問わず、教室に詰めかけた。

一方、大人が集まる山戸家では、実亜子は怖いものなしの、ちょっとわがままでエキセントリックな女の子になりきった。壁山純之助一家を中心に、その人脈である絵描きや陶芸家、山戸家の店に飲み物一杯で粘り、インスピレーションを得たことでヒット作を生み出した横浜在住の作家や漫画家、この土地に長く暮らすアメリカ人やイギリス人の外交官一族、さらに一葉さんの事務所に所属する女優たちが毎週のようにやってくるそのパーティーで、実亜子の生意気な物言いは面白がられ、いちやくアイドルになった。四葉の親友とあっては、どんな発言も笑ってゆるされる。

　そのキャラクターの使い分けにいち早く気づいたのはやはり、おばあさま改め、みつ婆である。

「あんたはズルい子だね。人を利用して。嘘をついて。いつかバチがあたるよ」

　斧を振り上げて薪にまっすぐ振り下ろしながら、彼女はよくそんな風になじった。みつ婆が木を割ると、空のてっぺんまで響き渡るようないい音がする。この家では、暖炉にくべるための薪作りは全てみつ婆だけがやることになっていて、竹本さんはもちろん、特に四葉は危険だからと固く禁じられていた。

　みつ婆の目を盗んで、一度だけ実亜子もチャレンジしたことがあるのだが、斧は見た目よりずっと重いし、確かに指が吹っ飛びそうで怖いし、そもそも木がミシミシと繊維に変わりながら古い割り箸のように割れていくだけで、あんなに気持ちいい音もしないのだった。

　みつ婆の薪は断面が明るい山吹色で、暖炉の大理石のようになめらかだった。

「みつ婆だって、おじいさまの前では態度がぜんぜん違うじゃん」

実亜子が口をとがらせると、

「それはいいんだよ。パパはとっても性質《せいしつ》のいい人でなにしろよく働くんだから、うちでくらい気持ちよく過ごさせてあげなくちゃ。私たちがなんの苦労もなく過ごせるのは、みんなパパのおかげなんだからね」

そうは言うものの、おじいさまは今や飲食業界の表舞台から退いて、みたところ、毎日ゴルフしてばかりだ。四葉によると、おじいさまは、妻の力を借りずに今度こそ自分のセンスだけでやってみたい、と横浜からちょっとだけ離れた、鎌倉や湘南《しょうなん》あたりでバーや喫茶店をたまに立ち上げてはすぐに失敗し、後始末のため、必ずみつ婆が駆り出されるそうなのだが、彼女はそんなことはおくびにも出さない。

「ほら、ごらん。これはパパが、パリで私に買ってくれたダイヤモンドだよ」

みつ婆は薪割りの途中でもよく、薬指の冗談みたいに大きな透明の石をみせびらかした。ただでさえこの庭は日当たりがよいので、それは太陽の光を集めすぎた。目がチカチカする、と実亜子が嫌がると、みつ婆は「午前中の宝石の光は本物だからね！　あんたは、本物におびえているんだね！」とかえって嬉しがり、二人をさあさあと、夫妻の寝室に押し込んでいく。ホテルみたいに整えられたダブルベッドからはあのポマードの匂いがした。

ベッド脇の引き出しから大切そうに取り出される青灰色の飴玉みたいな質感の箱を開けると、辛気臭い音楽が流れ出し、不気味なギラギラの蛾がうごめく。ぎょっとするほどダサい。大きな宝石や真珠がぎっしり詰まっていて、ひとつひとつに長い物語があるのだが、実亜子はほとんど聞き流していた。

「パパと私はね、終戦後すぐに、私が小田原でやっていた貸本屋で出会ったんだよ。私は戦争未亡人だった。死んだ夫の残した店をひとりきりもりしていた。みんな特高の目を気にして我慢していた外国の本をやっと読めるようになったから、店はいつもお客さんでいっぱいでね。私は昔からカンだけはよくてね、お客さんが次に求める本がどんなものかすぐにわかったから、お店は元夫がやっていた時よりも、ずっと繁盛していたね。父の後妻に厳しく育てられたせいで、私は生まれた時から気を張っていた。女学校は首席で卒業したくらい頭も良かったんだよ。目上の人に言われたことはなんでも聞いて、期待に応えなければならないと思い込んでいた。だから当時の習慣に従って、死んだ元夫の弟と再婚させられることも、疑問もなく受け入れてたんだよ」

　みつ婆はこの話をするのがとても好きだったが、何度も何度も聞かされて覚えてしまったので実亜子が爪をいじり始めると、イライラした顔になる。そんな時、四葉が必ず、

「ひどいね。昔は女はモノ扱いだったのね。おばあちゃま、かわいそう」

と合いの手を入れ、みつ婆が「あんたはいい子だね。一葉とは大違い」と涙交じりに微笑むまでがセットの流れだった。

「そうなんだよ。だけど、そんなある日、パパが店に現れた」

　みつ婆はこのくだりになると頬を紅潮させ、目をうるませる。実亜子を好き、と打ち明けに来る女の子たちとほぼ同じ顔だと気付くと、オエッとなる。

「あの人は戦争から帰ってきたばかりでね。中学までしか出ていないし、身寄りもなかった。でも、パパが歩くと、みんな振り返った。日活からスカウトがくるほど容姿がよくてね、学はないけど、向上心があった。そうそう、うちの店でよくバルザックなんて借りててね。私たちは一目で恋に落ちた。当時は年下の夫なんてありえなかったし、私の両親は猛反対したんだよ。そりゃ、ただの農家だけど地元じゃちょっとした名家だったからね。でも、死んだ夫の弟と無理に祝言《しゅうげん》をあげさせられることになったあの日、パパが大広間に飛び込んできて、角《つの》かくし姿の私をさらって逃げてくれたんだよ。あれで、実家とは縁が切れた。頼れるもののない私たちは横浜の港にたどり着いて、小さなレストランで住み込みのコックと女給になった。辺りは一面焼け野原だったよ。でもね、あの人は立っているだけで、客に好かれてね、よくアメリカ人に間違われた。その時、ピンときたんだよ。米兵に特化した店を……」

なんかこの話、作り話っぽいなあと、実亜子は睨んでいる。

ただ、山戸家に出入りしていると、煙突だの宝石だのに限らず、いかにも作り物っぽいキラキラしたものこそが案外本物だったりするのを目の当たりにしているので、なんとも判断がつかず、ふーんと興味なさそうに鼻を鳴らすことだけが、せめてもの主張だった。

例えば、一葉さんの事務所に所属する三、四十代の女優さんたちは、みんな、実亜子のお母さんと同世代とは思えないくらいお洒落で、よくしゃべり、オーラがある。でも、テレビドラマに出演する時は、普段とは別人のように地味ないでたちですっぴんに近いように見える。主人公のお母さんや先生、または職場のいびり役としていぶし銀的演技力を発揮するものの、山戸家のパーティーで一葉さんとはしゃいでいるときの方がはるかに魅力的だし、若々しい。正直な話、プライベートの方がはるかに芸能人ぽいのだ。

「しょうがないの、今の日本のテレビドラマには、若くない女、正統派のルックスじゃない女には、同じような役しかこないんだから」

小和田《おわだ》レイ子《こ》という、独身の口うるさい眼鏡をかけたベテラン会社員を上手に演じることで有名な彼女は、元町でしか手に入らないアメリカ製の葉巻に火を点《つ》けながら、そんな風に言った。普段のレイ子さんは一葉さんとまではいかないが、紫の口紅の似合う面長《おもなが》の美女なのに、テレビの中では明らかに「ブス」として扱われていた。

レイ子さんには悪いが、実亜子にはこういう会話が楽しくて仕方がない。世間に名の知れた大人が、対等に話しかけてくれるところが、山戸家に出入りする醍醐味《だいごみ》だ。

「でもね、ずっと続けていたら、いつか、何か変わるかなあって思ってるの」

と、レイ子さんはあまり悲しそうではない口調で言って、暗い色の唇を丸めて甘い香りの煙を吐き出した。

「うん。絶対そうなる。ここにいるみんなが主役になれるような仕事を、いつか必ずとってくるからね」

一葉さんが割って入ってきて、力強く宣言する。テレビドラマがどんどん盛り上がっていった七五年、一葉さんはかつて同じ舞台に立っていた彼女たちのために、この事務所を立ち上げたのだと、四葉から聞いている。仲間に囲まれている時の一葉さん、みつ婆にやりこめられて歯ぎしりしている時とは別人のような、頼れるレディに見えた。

レイ子さんたちのやりとりから知ったのだが、一葉さんはその昔、みつ婆に命令されるままに、実亜子や四葉と同じ中高に通っていたそうなのだが、まるっきり馴染めなかったのだという。

「一葉って、学生演劇で知り合った時は大人しそうなお嬢様で、まさかこんな姉御肌だなんて思わなかったよ」

レイ子さんはよくそんな昔話をし、そこから先は声をひそめる。

「だから、みつばさんは、私たちのこと長らく不良仲間だと思って認めてくれなかった。こんな風にお宅に呼ばれるようになったのなんて、本当にこの数年だよ」

「今だって、そう思っているよ」

姿は見えないのに、どこからかみつ婆のキンキン声が飛んでくるのもいつものことだ。

さて、実亜子の傍にいる四葉はというと、相変わらず地味であった。

ピアノと日舞とお茶を習っているせいか、部活には入っていなかった。成績はまんべんなくいいけれど、何かが突出して秀でているということはない。ただ、ギャルともオタクともフラットに口を利く。誰かを悪くいうことがないのに、いい子ぶっている感はまったくなかった。

例えばみんなから嫌われている先生のことも「あの先生の黒板の書き方は抜群にうまい。あの黒板をノート見開きにそのまま移動するつもりで、ノートをとれば高得点が狙える」と四葉がぽつりとつぶやいただけで、みんながそれを真似するようになり悪口が収まった。四葉が言うと、なんでも現実化する。だから、彼女が「ミャーコは絶対に素晴らしい画家になるよ」と口癖のように言うので、実亜子は絵を描く時間があんまりとれなくても焦りがない。

そんな四葉なのに、いつかやってくる卒業が今からとても怖い、と中学三年のある秋の日、夕方のダンの散歩中に打ち明けてくれた。

日が沈むのが早くなった。お互い急激に身長が伸びたせいか最近、急坂を降りる時、腰から上の重さでつんのめりそうになる。気をぬくと二人してまっさかさまに元町まで転がり落ちてしまうような気がした。

でも、それは実亜子も同じだった。十五歳になるけれどまだ恋愛らしい恋愛をしたことはない。でも、実亜子がレズビアンだと、わざわざ口にしなくても、学校のみんなも山戸家の人々ももちろん、みつ婆まで、いつの間にか認識している。ただし、みつ婆は「あんたは今に痛い目にあうよ。ええかっこしいで、自分が人に好かれることしか考えてないんだから」といつも苦々しい顔で呪いをかけてくる。ただ、実亜子が「その前に、みつ婆が死ぬんじゃないの？」と言い返すことを、許していた。

父親だけは「思春期の一時的なものだろう」と言ってまともに向き合うことを拒否していたが、少なくとも、無理に異性を好きなふりをしたり、隠す必要はなかった。生徒に人気があった三十代のアメリカ人英語教師が朝の礼拝で自分はレズビアンだと宣言した影響も大きかったかもしれない。ここがどれだけ自分にとって安心できる環境なのか、実亜子はこの時、まだ知らない。

小学校時代は何をやってもいじめられていたの、と四葉は小さな声で言った。ずっと前に一葉さんからそれは聞いていたが、実亜子は初めて知ったふりをした。

「『りぼんのぼうし』の空き缶が毎朝、私の席にいつも置かれるの。片付けても片付けても。この女の子の真似してみろ、とか、お前はそんなに可愛くない、とか金があるなら整形しろ、とか言われるの。おばあちゃまが学校に怒鳴り込む度に、みんながおばあちゃまの真似をするようになって」

自分も同じようなことを入学したばかりの頃、彼女に言ってしまった気がしたので、実亜子は少し反省した。コーン、とこの急坂にまで響くいい音がした。みつ婆がこの秋、初めての薪割りを開始したらしい。薪割りの音を聞くと、実亜子はいつも空の高さを感じることができる。音楽の授業でカザルスを聴いた時みたいに。

四葉は自分の身体くらいはあるダンの前にかがみこみ、お腹を撫で、ビニール素材をふくらませた皿でペットボトルの水を飲ませながら、今の学校はミャーコもいるし、楽しいよ、とこちらを微笑んで見上げた。

「わかる。うちの学校の子って、みんな優しいよね。のんびりしているっていうか」

と、実亜子が頷くと、四葉は少し考えてからこう答えた。

「優しいというより、全員満たされているんじゃないの？　生活やお金で苦労してないから。自分とは完全に違う人がいて、わかりあえないとしても、何かが奪われる不安がない。別に心をかき乱されないいんじゃないのかな。私もそうだし、ミャーコももちろんね」

あんたは大金持ちだけど、うちは庶民なんですけど、と実亜子は反論した。元町通りにはたくさんのオーダーメイドショップがあり、そのほとんどが明治時代にこの地で暮らしたイギリス人たちの要求に応えるため、磨いてきた技術を伝承している老舗だ。だから、「肩身がせまいよなあ」とおじいちゃんは昭和創業の小さな店舗をよく自虐している。昔は店員さんがもっとたくさんいたそうだ。八〇年代後半にトラディッショナルな服装のブームが終わってからは、二代目にあたるおじいちゃんがずっと一人で続けている。おじいちゃんやお母さんがやけに山戸家びいきなのは、一代で築いた新興のお金持ちだから、コンプレックスを刺激されないし、応援したくもなるのだろう。

ダンが散歩中のお隣のチャウチャウを見つけてしまったので、四葉は引きずられるように坂を下りていった。

学校では実亜子を好きだという女の子はたくさんいる。ますます美しくなった渋沢さんから夏の修養会の夜、真剣な告白をされた。でも、実亜子は同級生にはとうに興味を失っている。山戸家で知り合う、歳が近いかっこいいお姉さんたちの方に夢中だった。有名な親と一緒にやってくる前途有望なアーティストの卵が大勢いて、みんな四葉の親友である自分を面白がって相手してくれる。とりわけ、壁山純之助の長女で美大生の蔦子《つたこ》さんと次女の百合《ゆり》さんとは親密な関係を築くことに成功した。三女の咲子《さきこ》さんだけはドイツ留学中で、実亜子は一回しか会ったことがない。壁山姉妹は元は壁山氏のモデルだったという陶芸家の若いお母さんによく似た、すっきりとした頭の形と長身で細身、物《もの》憂《う》げな垂れ目が特徴的で、四葉と違っていかにもお金持ちの娘らしい、不良っぽさと貴族のような鷹揚《おうよう》さをバランス良く共存させていた。「ミャーコちゃん、うちの大学受ければいいのに」と蔦子さんはしきりに誘い、東京の共学私立高でバンドをやっている百合さんは「実亜子ちゃんがうちのグループに入ってくれたらビジュアルはばっちりなのに」と褒めそやした。

姉妹はよく元町のクラブやライブハウスに連れ出してくれた。そういう時は、実亜子は四葉には絶対に声をかけなかった。蔦子さんはお酒を飲むとスキンシップが激しくなり、キスやハグを頻繁にしてくる。蔦子さんの紹介で、女性同士のカップルたちと知り合い、実亜子は初めて心から安堵したのだった。

父親の壁山純之助は、知り合う前は美術史上の人物のような存在だったのだが、白いひげをたくわえた赤い顔の太ったおじさんで、幸太郎さん秘蔵のウイスキーで酔っ払うと留学先で覚えたというドイツの歌を大声で歌い出す愉快な人だった。月最後の日曜日は、赤レンガ倉庫のよく見えるアトリエで、実亜子と四葉だけのためにデッサンを教えてくれた。時々、二人を忘れてキャンバスの前でいびきをかいて眠ってしまったり、ふざけてばかりで難しいことを言わないのが、かえって、本物の芸術家っぽかった。ミャーコちゃんの絵はセンスがあると、お世辞ではない口調で褒めてくれた。

「四葉、彼氏とか作らないの？」

絵画教室の帰り道、実亜子がそう尋ねたら、四葉はうつむいた。日曜日のこの時間、再開発が進む赤レンガ倉庫近辺はカップルだらけになる。同じ学校の女の子が同世代の男の子と腕を組んでいるのを、今日だけで何組もみた。

「男の子は怖い。一人だけ、大丈夫だなって思える人がいるけど」

あ、あいつか、と実亜子はそれだけで、もう気がついた。山手隧道《ずいどう》の入り口で出くわした四葉の小学校の同級生だという男だ。華奢なのに首だけが太くて、さらさらの髪の毛は自然に明るい色をしていた。顔立ちには猛々《たけだけ》しさがなくて、よくみると整っていないこともないけれど、こちらと目が合うと、びくっとした様子で逃げていくくらいだから、ただの腰抜けだ。丘の麓《ふもと》にある小さな戸建に吸い込まれていくのを、何度か目にしている。

「『けいくん』だけはちがった。いじめに参加しなかった。きっと、ただ単に幼馴染でご近所だからだと思うけど……」

どんなに価値があるものを前にしても緊張せず、無造作でさえある四葉なのに、その時はこわれものにそっと手を伸ばすような繊細さがあり、それは実亜子をイラつかせた。

「へー！　あいつ、けいくんていうのか。じゃあ、告白して付き合えばいいのに！」

そう言うと、四葉は泣きそうな顔になってうつむいた。

「そういうんじゃないもん」

四葉が怒ったところを実亜子はまだ見たことはないが、ほんの一瞬、激昂したみつ婆よりも硬い目尻になったため、それっきり、この話はお終《しま》いとなった。

二人が中等部から高等部に上がり、ブレザー制服のリボンの色が赤から紺色に変わる頃、山戸家にはある異変が起きた。おじいさまがゴルフのコンペ中に心臓発作で倒れたのだ。

大手術の末、ペースメーカーをつけるようになったのをきっかけに、前々から一葉さんに迫られていたように運転免許を返上した。もう山戸家からスパイみたいな車が出入りするのを見ることはなくなった。

みつ婆も慌てて人間ドックを受けたところ、夫婦揃って、主治医に食生活の改善を促された。実亜子は初めて知るのだが、みつ婆はこの時すでに八十歳で、おじいさまは七十六歳だった。二人とも、自分のおじいちゃんと同世代のはずなのに、それに比べると現役感があるというか、暮らしの細部まで美意識が行き渡っているように感じられた。おじいちゃんはテーラー・ゴウダに立つ時は、身なりのいい小粋《こいき》な老紳士で通っているけれど、普段は寝間着みたいなスウェット姿でお茶漬けやおでんを好んで食べている。家族で食事していて揚げ物が出ると「実亜子が食べなさいよ」と言ってこちらに押し付けてくる。「笑点」を楽しみにしているし、好きなお酒は梅干しのはいった焼酎だ。

その点、山戸夫妻は普段から、いつ誰に見られてもおかしくない完璧な英国風の暮らしをしている。眠る時でさえ、大きなベッドに揃いのガウンにナイトキャップ、英語のラジオを聴き、ワインのグラスを重ねるらしい。口にするのも脂っこい外食か竹本さんが作るソースがかかった肉やパンの食事ばかりだ。お年寄りなのにすごいなあ、と実亜子は前から思っていた。

「もうこれからは身体のことを考えて和食にしましょうよ、私、昔っからしつこい味は嫌い」と一葉さんは主張したが、みつ婆はこれに猛反対した。自分たちは半世紀近く、欧米の食生活にあわせようと頑張ってきたから、横浜の飲食業界を牽引できたのだ、と。そういえば、よく

「山戸家は『ベロ』が命だよ。誰よりもたくさんレストランに通って、ベロを鍛えて、本物を知らなければいけないよ」と言っている。

しかし、実亜子にははなはだ疑問である。ベロを鍛えているはずのおじいさまは、家族や客のために時々腕を振るい、ローストビーフやミートローフを作ってくれて、見とれるような手つきで取り分けてくれるのだが、その肉はいつも硬くて噛み切れなかったりパサついていたりする。ソースも変に薄甘い。妻のために毎朝コーヒーを豆からミルで挽いて淹れてあげて、みつ婆はとろけそうな顔ですすっているけれど、あれだって本当に美味しいのかな。

そういえばこの家は、みつ婆も一葉さんも料理ができなかった。

手術の後、おじいさまは常に家の中にいるようになった。庭いじりかダンの相手をするか、大きな瓶に入れる船の模型を作っている。外出する予定もないのにニットベストを着て、その襟元からは糊のきいたシャツを出している。以前よりやつれたとはいえ、にこにこしていて肌ツヤはよく、今なおポマードの強い匂いがする。彼が「そうだねえ」「面白いねえ」ばかりで、あまり自分の考えというものを口にしないことに、ある時、実亜子は気付いた。

医師からの厳しい警告とみつ婆のわがままの板挟みとなり、竹本さんまでがうんざりした顔をするようになった頃、四葉は学校の図書館や大きな本屋に通い、プロ仕様の料理書を読み漁《あさ》るようになった。

そして、たんぱく質多め、脂質控えめの、クラシックな英国風でありながらヘルシーなオリジナルメニューを考案した。高校の授業が終わると早めに帰宅して、竹本さんに手伝ってもらいながら、フリルがついたエプロンをつけて、実亜子たちの住むマンションくらいの広さがある台所に立つようになった。

「そもそも、イギリスの家庭で食べる料理なんて、本来みんな質素なはずなんだよ」

　四葉が作る、バターや塩気を控えた野菜たっぷりのパイやスープは、お客様用の銀食器に載って出て来る。取っ手つきの蓋を退けると、いい香りの湯気がふんわり広がる。童話から飛び出してきたみたいな風情《ふぜい》なのだけれど、優しい味がして、スパイスの利かせ方が意表をついていたり、素材にちょっとだけ焼き目がついていたりして、食べ疲れるということがなかった。みつ婆もおじいさまも絶賛し、その席では一葉さんも徐々に見かけるようになった。若い頃から完璧なスタイルを維持するために、朝は手作りの野菜ジュースとゆで卵、ランチは打ち合わせで外食な分、夜は一切炭水化物をとらないといった暮らしをずっと続けてきた一葉さんも、娘の作る味わいはおおいに気に入った様子だった。

　年老いた両親が相次いで体調を崩したためか、一葉さんも東京での社長兼マネージャーの仕事を部下たちに委ねるようになり、横浜での時間に比重を置くようになっていた。

　九〇年代後半、テレビドラマは、映画化を見据えた作りのちょっとぶっとんだ設定の一話完結のミステリージャンルが花盛りだった。小和田レイ子をはじめとする舞台出身の脇役の中年女優たちはゲスト役や犯人役として引っ張りだことなり、ときにはその存在感で主役を食うことさえあった。わざわざその活躍を追いかけなくても「昨日の、天井にこっそり住んでいた、蜘蛛《くも》おばさん、凄くなかった？」などと、学校でその演技が話題になることが多かった。

一葉さんがつきっきりでなくても、彼女たちはどんどん活躍の場を広げていた。テレビで名が売れると、そもそも本業だった舞台にも客が入るようになったらしい。そのせいもあってか、レイ子さんたちはパーティーに顔を出すことが減った。一葉さんはそれを露骨に寂しがり、夕食時に、みつ婆自慢の地下のワインセラーから年代物のコルクを勝手に抜いて、ガブガブと飲んだ。

「私なんて昔から演技も大根、裏方としてもさして必要とされてないですからね！」

娘たち相手に自虐し、実亜子たちが対応に困っていると、みつ婆に「わかってるじゃないの」とニヤニヤされ、そのままワッと食卓に泣き伏したりしていた。

実亜子は、ダンプリングという四葉の作るすいとんのような煮込みが大好きで、四葉にねだって何度も作ってもらった。

しかし、それからすぐ実亜子は嵐のような、生まれて初めての本物の恋を経験するので、四葉はもちろん、山戸家で起きたもろもろのことはそこから約二年間、すっぽり抜け落ちている。

運命の出会いは高校一年の秋「ダイナー・ヤマト」の閉店パーティーでやってきた。赤と白のギンガムチェックのカーテンから、野毛で飲み歩く会社帰りらしき男女が見えていた。ジュークボックスから聞きなれないオールディーズが流れ、赤いネオンのロゴが輝くその壁際で、

――随分変わったね。最初は誰かわからなかった。いつも姉ちゃんたちから噂は聞いているよ。

二年ぶりに会う壁山家の三女、咲子は、自分からそう声をかけてきた。ドイツ留学を終えたばかりの、丸刈りに鼻ピアス、柔らかなレース素材に見えて身体の線がすっと出る黒いミニドレス姿の彼女は、高校三年生とは思えないほど、大人っぽかった。

てっきり骨董品だと思っていた、小さな丸っこいコーラの自販機に、咲子はおもむろにコインを入れた。瓶コーラを二本取り出すと、慣れた手つきで、自販機の右下にある栓抜きに蓋を引っ掛けてぽん、ぽんと開け、一本をこちらに差し出した。この子だ、とコーラのはぜる泡を受け止めながら、実亜子はわかった。今までの女の子たちとのじゃれあいなんて全部、山戸家で出るオードブルのようなものだったのだ。ひたすら小さな料理が出てきて、メインになかなかたどり着けないのが、あの家の食卓の特徴である。

思い出してみれば、あの頃はほぼ年二回のペースで、山戸家が関わってきたレストランの閉店パーティーが行われていたように思う。馬車道の二号店も海沿いのホテルに入っていたフランス料理店も次々に終わっていった。

ただ、どの会も豪華で有名人が詰めかけ、メディア取材がたくさん来ていた。そういう時は、山戸夫妻は隙のないトラディッショナルな服装で、古き良き横浜の歴史をわかりやすく語った。あまりにも絵になるので、ひとつの時代が終わる切なさは皆無だった。元町のティーサロンが終わる日には、紅白歌合戦で必ず見る五十代のあの女性歌手がかけつけ、店を舞台にしたあの曲をアコースティックギターで弾き語りし、地元住民をうっとりさせ、テレビで特番まで組まれた。

咲子さんと再会したのは、山戸家恒例、Ｒがつかない月に生牡蠣を好きなだけ食べる、テーブルにビオフェルミンの大瓶がいくつも置かれたパーティーだった。二人きりになった時に「いいかな」と見つめられ、実亜子はうん、とうなずいた。人生初めてのちゃんとしたキスは、四葉の部屋のバルコニーだった。レースカーテンの掛かったガラス越しに暗い室内を見ると、あのドールハウスが今もそこにあった。小さな窓から四葉のつぶらな目が覗いているような気がしたが、彼女なら、この恋を絶対に応援してくれるだろうと思った。

それから始まった日々は、実亜子がその後の人生で経験したどの恋よりも長く続き、またオープンで、なによりも大勢から受け入れられた。

美大生になったばかりの咲子は、バイクを買い、後ろに実亜子を乗せてどんな場所にでも連れて行ってくれた。有名な美術展はもちろん、クラブやレストラン、若葉町「ジャック＆ベティ」のレイトショー。咲子と一緒なら、どんな場所でも歓迎された。壁山家とも家族同然の付き合いをするようになり、大磯の豪邸にもしょっちゅう遊びに行くことが叶った。実亜子が女の子と親密に付きあうことを反対していた父でさえ、相手があの有名人の子というだけで、応援してくれるところがあった。

学校の門の前に停まった彼女のバイクに、女の子たちの視線を浴びながら駆け寄って行く時、実亜子はこのまま、咲子とバイク事故で海につっこんで人生を終えてもいいかな、と本気で思った。視界の片隅で、渋沢さんが、机に突っ伏して、みんなに慰められながら泣いているのを何度か確認したが、微笑ましく感じただけだった。

山戸家に実亜子が再び足を踏み入れたのは、咲子から、美大の卒業制作で忙しいからもう会うのをやめようと突然言われ、食事も喉を通らず、息を吸っているのがやっとな時だった。まだ二年にもなっていないのに、卒制なんてどう考えても早すぎる。

竹本さんと一緒に玄関に現れた四葉の心配そうな様子を見たら、こらえていた涙があふれ出した。学校ではクラスはもうとうに別々で、廊下ですれ違えば言葉を交わす程度で、こんな風に彼女と息を感じられる距離まで近づくのは久しぶりだった。

――ごめんね。ミャーコちゃん。私なんかより、もっといい人に巡り合えるよ。

咲子はずるいと思った。山戸家と気まずくなりたくないから、なんとかして実亜子の人生から、自分のにおいを消そうとしている。なんの悪気もなさそうな口調で、実亜子との関係を、ごくごく軽い友達の延長だったもののように、巧妙に改竄《かいざん》していく。

そうはいくか、と実亜子は何度も電話をかけた。自宅を訪ね、壁山のおじさんの個展に突撃したり、味方になってもらおうと蔦子と百合に迫ったりした。最初、姉妹はあなたは悪くない、咲ちゃんは本当に身勝手、と同情的だったけれど、ある瞬間から冷ややかになった。いつのまにか壁山氏の絵画教室もなくなった。そもそも、実亜子はもうずっと絵を描いていなかった。部活もあまりにも顔を出さないので、いつの間にか退部扱いになっていた。

「あんたのせいで、うちから客が減ったじゃないの」

みつ婆は記憶の中の姿より、ふた回りくらい小さくなっていたが、サンルームで紅茶をたくさんお代わりしながら、実亜子に当たり散らした。トイレが近くなって、しょっちゅう、マホガニーテーブルに難儀そうに手をついて立ち上がるので、話は何度も中断された。壁山一家がパーティーに姿を見せなくなると、画家や漫画家勢の足が遠のくようになったそうだ。おじいさまも最近は、人が来なくて張り合いがないのと体調不良で、横になって過ごすことが多いという。ダンまでが先ほどから、暖炉の前でずっと丸くなっている。

「やめてよ。おばあちゃま、ミャーコは今、こんなに悲しんでるじゃない。もう壁山の人たちなんてどうでもいいわよ。咲子ちゃんてひどい。昔はそんな子じゃなかったのに。私もう、あの家の子たちと絶交する」

四葉はきつい口調で言い放ち、案外強い力でこちらの肩を引き寄せた。切なそうに目を伏せながらも、あれ、私、悲しいっけ?　と冷めた気持ちで、実亜子は自分の内側を点検している。悲しい、というより、また一からやらなきゃいけないんだ、という面倒臭さが大きい。すぐにこの大きな穴を埋めないといけないし、埋めないまま生活するタフさは自分にはないとわかっている。でも、いいや、と思った。四葉の隣にまたくっついていれば、絶対に次の女の子との出会いはすぐに訪れる。

気付けば、実亜子も四葉も高校三年生になっていた。美大に進みたいという意思はあるが、この分だと浪人は確実である。実亜子がそう打ち明けると、四葉は焼きたてのスコーンをトングでこちらに取り分けながら、こう言った。

「私は、おじいさまとおばあちゃまが心配だし、上に推薦で進むつもり。ここを離れるつもりはないもの」

その瞬間、実亜子の中で四葉に対する熱のようなものがスッと引いた。

それはこれ以上、山戸家に出入りしても面白いことには遭遇しないだろう、という確信だった。付属の女子大はここからそう離れていない場所にあるが、ほとんどの生徒はそこに進まない。

四葉が祖母のために焼いたスコーンは、豆乳と全粒粉とオイルで作られていて、手作りの柿のジャムをたくさんつけてもなお、なんだか食べた気がしなかった。

それから間もなく、高校の卒業式を迎える。学校での人気はもうとうに終わったと思っていたから、下級生たちに取り囲まれて泣かれ、カレッジリングが争奪戦になった時、実亜子は本当に嬉しかった。渋沢さんからは便箋八枚におよぶ、小説みたいな手紙をもらったが、東京の共学の私立に進むと末尾にあって、こういう子は男にモテまくって、きっと自分のことなんてすぐに忘れてしまうだろうと思って、捨ててしまった。


山戸幸太郎さんが倒れて、この辺りでは一番大きな総合病院に運ばれた、もう長くないらしいと、店番のアルバイトの最中に、休憩から戻ってきた祖父から聞いたのは、浪人一年目の秋だった。手に入れたばかりのＰＨＳで、半年ぶりに自分から四葉に連絡を取った。

四葉によれば、みつ婆はショックで倒れてしまい、今、別の個室病棟で一葉さんに看病されているそうだ。二人とも取り乱していて、今、おじいさまの面倒を見られるのは四葉と竹本さんだけなのだという。

実亜子は前から、みつ婆だけではなく、一葉さんも四葉に甘えているな、と思う時があったが、やっぱりだ。お母さんと子どもがいれかわったみたいな時があるのに、実亜子には「四葉は頼りないから、ミャーコちゃん、本当によろしくね」とコソコソ伝えてきたりして、そのあたりのことは一葉さんの中でどういうバランスになっているのかがよくわからなかった。

「ミャーコ、今から私、東京の六本木に行かなきゃいけないんだけど、付き合ってくれない？　理由は電車の中で説明する」

電話口の四葉は命令に近い口調で告げ、それから二人は石川町駅で待ち合わせた。JR根岸線で桜木町に向かい、東横線に乗り換えた時はすでに夜十時を回っていた。四葉は顔色が悪く急激に痩せていた。一葉さんから慌てて借りてきたとおぼしき、ブランド物の黄緑のツイードジャケットと痩《こ》けた頬がまったく合っていなかった。

「なんで六本木なの？　おじいさまの側にいなくていいの？」

その頃、実亜子は渋沢さんと付き合うようになっていたので、東京の地理には詳しくなっていた。

夏季講習で通っていた青山で偶然再会した渋沢さんは、茶色の髪の毛先をきちんと巻き、パステルカラーのぴたぴたのツインニットから浮かび上がる凹凸が見事で、まつ毛をきっちり持ち上げていた。高校の頃の渋沢さんは自分の美貌に無頓着なところがあり、四葉ほどではないけれど垢抜けない優等生で、そこが彼女にのめりこめなかった要因でもあるのだが、実亜子は今の彼女ならばと、二人が立っていたちょうど真横にあったビル地下のイタリア風居酒屋に引っ張り込んだ。

　彼女は思いがけず苦そうな酒を飲みながら、四月に入ったばかりのテニスサークルは人間関係に疲れ、もうやめてしまったと、と打ち明けた。房総半島の夏合宿で口にしたくないほど嫌なことがあって、合宿二日目で退部届けを叩きつけ、逃げてきたのだという。「女子校に戻りたい。なんであんな勉強までして共学になんて入ったんだろう」とこぼしていた。ふいに彼女は据わった目でこちらを見た。なんだかセクシーでドキドキしていたら、「昔から思ってたけど、郷田さんて、最低の人間だよね」と言い放たれた。「郷田さんて自分が一番で、他人なんてコマくらいにしか思ってない。本当に誰かを好きになるなんてこと一生なさそう。山戸さんのことだって引き立て役くらいにしか思ってないじゃん。それなのに独り占めしたがるから、山戸さん、郷田さんの他に友達まったくできなかったじゃん。あの娘が貧乏になったら、絶対相手にしないでしょ」

　もちろん笑って流してみせたが、一瞬息がうまくできなくなった。自分の薄情さはジョークとして許されるもの、魅力の一つとして換算されるものとばかり思っていた。渋沢さんのこの言葉を実亜子はその後何十年にわたって反芻し続けることになる。地上に上がる階段の踊り場で、仕返しのつもりで唇を奪ったらふわふわだった。キスをしてしまえば、先ほどとは別人のように全身がくたっとたおやかになって、瞳がうるんでいる。咲子と違って急に連絡がとれなくなったりしないし、言葉で説明しなくても、なんでもわかってくれる。なんで最初から渋沢さん、じゃなくて香織《かおり》にしておかなかったんだろうか、と実亜子はこの七年間をたちまち悔いた。

東横線に揺られながら聞いた四葉の説明によると、おじいさまは現在、抗生剤の影響で錯乱状態にあるという。都心に向かう車内は空いていたが、時折擦れ違う下り電車は、こんな時間なのに、窓ガラスに乗客の顔や手が押しつぶされ肉の色になって広がっていた。

――俺は騙《だま》されたんだよ。あの女に。

見たこともない険しい顔でおじいさまは、小一時間近く、はっきりした声でわめき続けているそうだ。額やこめかみの血管が盛り上がり、それが今にもパンと弾けてしまいそうで四葉は怖いのだという。

――全部偽りの人生だった。あの女に全部騙されたんだよ。本当はずっと好きな人がいたんだ。

やはり、という気持ちだった。みつ婆との出会いから結婚にまつわる物語はほとんど嘘だったのだ。戦後、貸本屋で二人が出会ったところまでは事実だが、みつ婆の熱烈なアプローチを受け、幸太郎さんは引いていたらしい。そもそも彼には出征前に想いを寄せていた相手がいた。その人は、市井《いちい》昌子《まさこ》さんという、みつ婆と違って、大人しい性格で顔も可愛い女学生だったという。幸太郎さんは、戦争から帰ってくるなり彼女を探したが、彼女はすでに親に無理やり結婚させられた後だった。そんなわけで、「心に決めた人がいるから、あなたの気持ちは受けられない」と幸太郎さんは誠実に応え、みつ婆は一度はそれを受け入れた。「ただ、このままでは、私は戦死した夫の弟と強制的に結婚させられてしまう。それをなんとしても阻止したい。友人として両親を説得するのに協力してくれないか」と頼まれた。罪悪感も手伝って、幸太郎さんは、みつ婆の実家を訪れる。

――そうしたら、広間に祝言の準備がしてあって、家族や親族も全員揃っていて、その場で無理やり結婚させられたんだって。

と、四葉は話し終えた。列車はすでに中目黒に着いて、酒の匂いがする乗客がどっと乗り込んできたが、実亜子はすぐには立ち上がれなかった。

中高時代、おじいさまにはよくしてもらったし、もう二度と会えなくなると思うと、胸が痛くもある。しかし、悪いなあと思いつつ、この話に実亜子はワクワクしてしまい、身体が火照っていた。やはり山戸家はこうでなくちゃ、という気持ちが湧き上がる。普通に生活していたんじゃ巡り合えない場面や感情に出会わせてくれなくちゃ。

「私はこれから十時間以内に昌子さんを探し出そうと思うの。おじいさまの言葉が正しいのなら、六本木の東洋英和に通っていたんだって、その人」

「え、そんな昔からあるんだっけ？　あの学校」

東洋英和は母校となんの関係もないはずなのに、昔からなんとなく姉妹校のような感覚がある。

「そうだよ。明治時代から続いてるんだよ。うちの学校と同じ。プロテスタントの宣教師が、英語を教えるために始めた学校だよ。ああいう学校には、かなり昔からの同窓会名簿があるんじゃないかと思う。職員の人に、事情を話したら見せてもらえるんじゃないのかな。その女の人、まだ生きてるかもしれない。すぐに探し出して、おじいさまに会わせてあげたい」

地下鉄に乗り換えながら、四葉はそんなことをしゃべり続けた。そういえば、神奈川県の外で彼女と顔を突き合わせるのは初めてだった。ちぐはぐな服で顔も疲れているのに、先ほどのドラマチックな物語のせいか、それとも夜が始まる周囲の浮ついた空気のせいか、四葉が出会った頃のような全能感を醸《かも》し出しているのがわかった。

酔っ払いやしつこいスカウトでごった返す六本木駅周辺を抜け、静かな住宅地に入っていった、真っ暗な急坂の途中に、その学校はあった。西洋のお城のようなシルエットは実亜子たちがついこの間まで通っていた学校に確かに似ていた。

当然、窓の灯りは全部消えていたが、四葉はさして残念がっていなかった。学校が開くまで時間をつぶそう、と言うので、高速道路の陰になっているファミレスに入ることになった。まだ十二時にもなっていない。今のこの子と朝までしゃべるネタあるかな、と実亜子はやや不安になったのだが、通りが見える窓側の席に落ち着いて、ドリンクバーを二人分頼んだ。

四葉はドリンクバーのシステムがさっぱりわからないようだった。彼女を窓の反対側のカウンターに誘い、ホットドリンクのマシンの使い方から、実亜子は説明した。ここからお湯が出る、ここの下のケースに並んだカップを使う、冷たいものはこっち、と指示した。四葉は真面目な顔で頷いていた。

急に、中学に入ったばかりの頃、こんな芝居を毎日打っていたことを思い出した。プリンセスと騎士のコンビ。打ち合わせしたわけでもないのに、あの時、四葉は呼吸をぴったり合わせてくれた。でも、今のは確かに本物だった。実亜子が見守る中、四葉は恐る恐るといった様子で、カップをマシンに置いてココアのボタンを押す。あさっての方向から茶色の液体が飛び出してきて、慌ててカップをその真下に平行移動する。思わず顔を見合わせたら、同時に笑い声が出た。

　四葉がおごるというので、実亜子は遠慮なくパンケーキと唐揚げとパフェも頼んだ。昔は部活をやったり、咲子と朝まで踊っていたせいもあり、いくら食べても太らなかったが、最近は毎日、骨の外側にぶらさがる肉を意識している。それが少しずつ柔らかく、重くなっていく感覚がある。胸が大きくなることだけは嫌だった。それでも食欲は止まらない。

「でもさあ、その昌子さんを見つけて連れて行ったところでどうするの。みつ婆も傷つくし、すごい修羅場になるだけじゃないの？」

　言葉にしてみたら、そうなったら面白い、という気持ちがちょっとだけ湧いてしまい、実亜子は慌ててパンケーキに「バター風」と銘打たれたケース入りのマーガリンを塗りたくり、シロップを一気にかけた。

「そうかもしれないけど……」

　四葉は口ごもって、手元のココアを覗き込んでいる。

「でも、実際、おじいさまはみつ婆の犠牲になっているわけじゃない？　嘘でみんなを支配したわけじゃない。とんでもなくひどい話なんじゃないの？」

　まあ、そうだけどね、と四葉がつぶやき、しばらく、窓の外を見つめていた。四葉や実亜子とそう年齢の変わらないような男女が、酔って縺《もつ》れ合いながら、通り過ぎていく。アフリカ系アメリカ人の同性カップルが歩きながら器用に口づけを交わしている。派手な広告のついたトラックが、こんな時間だというのに何台も通った。

「私、おばあちゃまがすごくかっこいいと思ってしまった。それが、おじいさまに申し訳なくて、だから昌子さんを見つけたいのかもしれない」

　頭、大丈夫？　と冷やかしながらも、実亜子も先ほどから気力が泉のように湧いていくのは否定できなかった。確かに、嘘はついたけれど、みつ婆は、その償いのように人生をかけて、おじいさまに与えられる限りのすべてを与えたではないか。

　みつ婆のような腕力の強さが自分にあれば、自分は咲子を失わなかったのかもしれないし、そもそも人の態度に一喜一憂せず、やるべきことに邁進《まいしん》できたのではないか。

四葉はココアに息を吹きかけた。添えられた指先がぴんと伸びている。一口飲むなり、びっくりした顔でカップを見下ろしている。この子、こういう、作り置きの味に慣れていないのかな、と実亜子は察して「無理して飲まなくていいよ」と言いかけたが、四葉は勢い良く立ち上がった。ドリンクバーの調味料棚から、てきぱきとシナモンや塩の瓶やコーヒーミルクをとってきて、それぞれ少しずつカップにふりかけた。テーブルが調理台に早変わりした。

　さらに「ちょっといいかな？」と言って、こちらのホットケーキに添えられたバター風をスプーンでひとすくいして、ココアに溶かし込んだ。黄金の輪がぽかりと浮かんだ。一口飲んで、四葉が納得した様子で、頷いている。実亜子は我慢ができなくなって「私にもちょうだい」と言って、カップを奪った。

「あ、竹本さんのココアと同じ味がする」

「でしょう？」

塩気と脂分とスパイスのほのかな香りは、山戸家のぱちぱちと炎がはぜる暖炉の前で、ブランケットにくるまって味わったものと同じだった。あとは暖炉であぶったマシュマロがあれば完璧。

そう考えたら、あの家のにおいや細々とした置物が、あたりに広がっていくような気がした。これまで四葉と何か食べるのは大抵山戸家か、横浜の名店か、葉山の別荘地だった。あの街から遠く離れたファミレスにいるのが、嘘のようだった。でも、この子といれば、どんな場所でも山戸家風味になるのかも、と思ったら、急に、背のところが大きく破れたソファの座席まで、おおらかな風合いが感じられた。

「あ、そうだ。あの、けいくんとかいう男、どうなったの」

実亜子は冷めてしまった唐揚げにふと思いついてケチャップを回しかけながら、そう尋ねた。

「連絡先もわからない。高校二年の時に、お父さんのお仕事がうまくいかなくなったみたいで、あの家からは引っ越しちゃった」

四葉の声はココアの中に閉じ込められている。

「その話、初めて聞いたかも」

「実亜子、高校の時、いつも忙しそうだったから、言いそびれちゃった」

壁一面のガラス窓から、高速道路の上の夜空がだんだんと淡くなっていって、絡み合っていた藍色と桃色が離れていくのがわかった。なんか、海みたいだな、と思った。

「けいくんね、最後に会いにきてくれたんだ。結局、言葉は交わさなかったけど。何か言いたそうな顔で、帰って行った」

四葉は小さく微笑んだが、実亜子は飽きて、大きなあくびをした。それをきっかけに、隣の席に四葉がいそいそとやってきて、お互い肩をもたせあって、少しの間だけ仮眠をとった。彼女が隣にいると、短い時間でも案外深く眠ることができた。

四葉が一葉さんから借りてきたという携帯電話に、病院にいる竹本さんから着信が来て二人の目が覚めたのは、朝の六時だった。東洋英和に職員がやってくると見越していた時刻よりずっと早かった。すぐに戻ってくるようにと言われ、二人は慌ててファミレスを飛び出し、タクシーを捕まえた。高速を使ったので、山手の総合病院まで二万円近くかかってしまったが、四葉の取り出した黒い長財布にはたくさんのお札が入っていた。

二人が病室にたどり着く少し前に、おじいさまは息を引き取ったらしい。みつ婆と一葉さんは遺体の両手をそれぞれ握り合って、声をあげて泣いていた。竹本さんによれば、母娘が病室に来る頃にはおじいさまの錯乱状態も落ち着いていて「幸せな人生だった。みつばさん、一葉、ありがとう」と微笑んで目を閉じたという。

葬儀は、横浜駅すぐそばの斎場で、その名に対しては比較的規模が小さいものだったけれど、山戸家でかつて姿を見た面々が出席した。祖父とともに弔問《ちょうもん》に訪れたら、久しぶりに壁山一家に出くわした。咲子はこちらを平気な様子で見ている。声をかけられる前に、実亜子は逃げ出した。

結局それから、実亜子はもう一浪することになる。

香織は、ちゃんと予備校に行っているか、課題をこなしているか、と、自分は教職課程をとる身で多忙な傍ら、マネージャーのように世話を焼いてくれたが、二度目の受験の直前、実亜子が緊張感に耐えられなくなって追い込みに手を抜いたあたりから、どんどん冷たい顔つきになっていった。それでも「実亜子が合格するのを見届けるまでは、私は絶対に別れないからね」と謎の宣言をされ、合格した夜は、おじいちゃんの店までスーパーの袋を下げてやってきた。手作りのクリーム系パスタとワインとパステルのケーキでお祝いしてくれた。帰り際、彼女はふいにこう言った。「そういえば、もう実亜子、山戸さんち全然行ってないよね」返事に困っていると、「やっぱ、実亜子は最低」といって笑われた。すぐに笑い返した。その夜を境に香織は次第にそっけなくなり、やがて疎遠になった。

美大一年の最初の一ヵ月だけで、実亜子は彼女がしきりにこぼしていた愚痴がやっと理解できるようになった。

——実亜子ちゃん、それじゃあ、彼氏なんて一生できなくない？

と、当たり前のように男の同級生に服装や言動を注意される。出身校を口にしただけで「お嬢なんだねー、どうりで」と、舐められる。男と女はセットにならなければいけない、とみんな当たり前のように信じている。こんな環境で、彼女がいた話なんて出来るわけがなかった。かなり名の通った美術文化史の教授でさえ、女の描いてきた絵を馬鹿にしている。デッサンの授業にやってきた女性のモデルさんの体型や特徴について、学食で下品な言葉が飛び交う様子は、小学校の教室と何も変わらなかった。

　普通の共学大学ならまだしも、ここはアートを志す若者が集まっている、ある意味、選ばれた場所ではないのか？　一年先輩であるが年下のアミと付き合い始めるまで、実亜子はキャンパスに行くのが嫌で嫌で仕方がなかった。

　しかし、感情のぶつかりを器用に避けていた咲子や、たまに別人のようにキツイ時はあっても根はおっとりしていた香織と違い、アミは容赦がなかった。学校のすぐそばのアパートで堅実に一人暮らしする、がっしりと大柄な彼女の媚《こ》びない態度に惹かれたが、新潟出身の母子家庭育ちで奨学生であるアミは、授業をサボっちゃおう、と実亜子が冗談半分に持ちかける度に、激怒した。

　——ミャーといると、時々、本当にイライラする。自分が恵まれていることに無自覚なんだよね。

　単位を落としたことから口論となり、アミのアパートから追い出された夜、生まれて初めて、実亜子は消えてしまいたいと思った。絶対に彼女には言えないけれど、どうしても授業に出たくなかったのは、アミとの仲を同級生たちに噂されるようになって、怖くなったためだった。アミのように堂々とは振る舞えなかった。二四六沿いをぶらぶらと歩けるだけ歩いてから、電車に乗った。終電で地元に帰り着いたけれど、両親の居るマンションや祖父の店には帰りたくなかった。

「来てくれて嬉しい」

アポなしで訪ねたのに、四葉は薔薇の模様のネグリジェ姿と濡れた髪でも、熱い紅茶やカリッと焦げ目をつけたトーストサンドイッチを用意して、もてなしてくれた。最近、ダンが亡くなったのだと小さな声で言った。暖炉の上には、ダンの顔が描かれた絵皿が飾られていた。

いつもは客間を使わせてもらうが、竹本さんはもう帰ってしまい、寝具やシーツの準備が出来ていないというので、その夜は、四葉のベッドで並んで眠った。十分な広さがあり、彼女は横になるなり寝息を立てたが、実亜子はまったく寝付けなかった。夜が重い、という感覚が初めてわかった。

夜が重いっていつ聞いた話だっけ？

何か温かいものでも飲もうかな、と一階に降りていくと、居間から光が漏れている。暗闇にぼんやりと赤や緑の光を浴びて浮かび上がるのは、みつ婆だった。傍には、一葉さんが座ったまま、うつらうつらとしていた。二人は何故か暗いままの部屋で、ソファに並んで座り、テレビを見ていた。

それを眺めていたら、中学一年生の頃、四葉に聞いた話が正確に蘇った。こうして寄り添っていると、二人とも親子というより、同い年の仲良しみたいに見える。いくつか、と問われると迷うけれど、五十から六十の間くらいの友達同士といえばいいだろうか。ある時期を超えると人間、年齢差というものは関係なくなるのかもしれない。

「同じようなものを買っちゃもったいないからね」

こちらに気づくと、みつ婆は言い訳がましく早口で言った。手元にはあの宝石箱があって、テレビ画面の明かりを受けて、薄く光っていた。カノンは流れていなかった。実亜子が隣に座っても、みつ婆は画面から目を離そうとしない。例の宝石の通販番組だった。紫色のメッシュが入ったショートカットの女性が、黒い大粒の真珠の指輪を手に「これを一つ持っているだけで、どんな場面にも対応できます」と力説している。どんな場面でも、ってことはないだろうと思った。寝間着姿で老眼鏡をかけたみつ婆からは、変に甘酸っぱいにおいがした。

「暖炉つければ？」

と、言うと、みつ婆はそっけなく、

「最近は、腰が痛くて、薪割りができないんだよ」

と、返した。空調は十分に暖かく加湿もされているはずなのに、こんな季節はいつもパチパチ橙色の炎を燃やしていた暖炉が闇にしんと沈んでいると、広すぎる居間が肌寒く感じられた。

「あの子も二十歳を超えたし、そろそろこれを四葉にあげようと思ってね。まだ内緒だよ」

そう言いながら、みつ婆は宝石箱から真珠の首飾りをすくい上げた。暗闇の中でも蛾の羽は光っている。

「そろそろ私の葬儀も、近いだろうしね。本物の真珠は一つ、持っていた方がいいんだよ。あんたも郷田さんに真珠を買ってもらいなさい」

「えー、いらない。私、こういうのすぐ切っちゃうか、なくすと思う」

葬儀という言葉がやけにショックで、実亜子はこの話をすぐ終わらせたかった。香織が丸井で買ってくれたペアリングをもらった翌日になくし、泣かれたことを思い出した。アミは実亜子が画材の手入れが雑で、すぐに筆を絵の具で固めてしまうことを、よくなじる。

「大丈夫だよ。オール・ノットの真珠にすれば。あんたみたいながさつな子も。これは絶対に切れない、そういうつなぎ方をしているんだよ」

みつ婆の「オール・ノット」の発言がやけによくて、高校時代のレズビアンのアメリカ人英語教師の朗読を思い出し、実亜子はついクスクス笑ってしまった。

「え、オール・ノットって、全部ダメだって意味じゃなかったっけ？」

「それは all not だよ。このつなぎ方は all knot ね。あと all not は全部ダメって意味もあるけど、全部ダメってわけでもない、っていう意味もあるんだよ。そうだよ。全部ダメってわけじゃないんだよ。なにごとも」

と、みつ婆は得意そうに答えた。

「これ、もとはこの子のものなんだよ」

そう言って、傍らの一葉さんを見やった。彼女は軽く歯ぎしりしている。細く尖った顎を持つ彼女だけど、歯ぎしりする時だけ、みつ婆そっくりの頑丈そうなフェイスラインになった。

「私はね、娘には、貸本屋で人気があった外国の小説みたいな暮らしを送らせてやりたかったんだよ。いい学校にいって、最高の教育を受けて、本物の真珠を身につけるようなレディになって、この世界を変えるみたいな大きな仕事をしてもらいたかったんだよ」

みつ婆の吐く息が熱く湿っている。テレビ画面からはとうに黒真珠が消え、トカゲの形を黄や緑の小さな宝石でかたどったブローチの話題に移っている。これは幸太郎さんはもちろん、一葉さんも逃げ出したくなって当然だな、と思いながら、実亜子は真珠の連なりをそっと手ですくってみた。冷たいのに、肌によくなじんで、自分に触れているみたいだった。

「一葉さん、こういうの、好きじゃなさそうだね〜」

そう言うと、みつ婆は暗い中でもそうとわかるほど苦虫を嚙み潰した顔になった。

「そうなんだよ。この子は私が与えるもの、古臭いとか保守的だとかいって、全部拒否するんだよ。せっかく真珠をあげようと思っていた二十歳のときによりによって、一葉はねえ」

そこまで話した時、一葉さんの歯ぎしりが止んだ。みつ婆は言葉を切って、こちらから真珠を奪い返すと、ギスギスした口調になった。

「四葉はね、私の期待通りに育ってくれてる。だから、ミャーコ、あの子を利用するんじゃないよ。四葉に迷惑をかけたら、私がタダじゃおかないからね」

はいはい、と適当にあしらって、実亜子は四葉の部屋に戻った。カーテン越しに漏れる庭の灯で、彼女の寝顔を見ているうちに、この子が目を覚まさないうちに、書き置きをして自宅に帰ろうと、と決めた。

なんだか、急にこの屋敷が、大きな古道具屋みたいに思えたのだ。巨大なドールハウスどころか、額に入った実亜子の描いた四葉の絵も、あの頃のままだった。実亜子はもう四葉が描いた自分の絵なんてとうに失くしてしまったのに。掃除が行き届いているのに、室内全体がほこりっぽいような気がした。

なによりも四葉ってこんなにダサかったっけ、とその顔をまじまじ眺めて、驚いている。昔から変わらず同じ名前の学校に通っているせいか。山戸家から人の出入りが減ったせいだろうか。それとも、年寄り連中とずっと一緒にいるせいだろうか。

実亜子が山戸家を再び訪れることになるのは、美大を一年留年してから卒業した、その五年後だった。

――おばあちゃま、最後にどうしても、実亜子に会いたいっていうの。忙しいと思うけど、お願い。

もちろん、忙しいわけではなかった。卒業して一年間はギャラリーでアルバイトをしながら、ペンシルバニアへの留学資金を貯め、翌年渡米した。アルバイト先を紹介してくれたのは咲子である。

結局、幸太郎さんの葬儀の後からちょくちょく呼び出されて、いつの間にか求められれば寝る関係になってしまった。それでも、自力で海外に渡ったことで自尊心は回復した。アートスクールのカリキュラムは日本の大学とはうって変わって充実していた。しかし、冬の寒さと韓国人留学生への失恋に耐えられなくなって帰国し、祖父の店を手伝いながら、次は一体何をしようかと考えていた矢先だった。

　山戸家の花壇から植物は消えていた。玄関に入ると、あの甘酸っぱいようなみつ婆の体臭と粉薬のにおいがした。四葉は、付属の女子大を出た後、山下公園前の小さな貿易会社の経理部にコネに頼らず就職したけれど、祖母の容体が悪化したことをきっかけに仕事を辞め、ずっと自宅で祖母の介護をしていると語った。中高の頃からよく着ているセーター姿なのに、目尻が乾燥していて、すでに四十代くらいに見えた。おばあちゃまは、おかあさん、おかあさん、ともう何日も泣いてる、実のおかあさんに一度も会ったことないの、かわいそうで見ていられない、と言って、四葉は泣いた。実亜子は四葉をそっと抱きしめた。いつの間にか、みつ婆そっくりの薄くて小さな体で、顔つきに疲労と心細さがにじんでいた。お金も能力もあるのに、どうしてこの子は家から離れられないんだろう、自分でさえたった一人の力で海外にいったのにと、どうしても疑問が湧いてきてしまい、そこまで気の毒には思えなかった。

　居間のソファに座って、こっちに気付かないのか、ぼうっとしてテレビドラマを見ている一葉さんは、長い髪が真っ白で、皺が増えていた。おそらくちゃんと化粧をしたらモード風に見えるだろうに、今は山姥《やまんば》のようだった。こんな局面で一体何を見ているのかと思ったら、今話題の、世代が違う女四人の同居コメディだった。主要登場人物の一人を小和田レイ子さんが演じていて髪を白く染め、薄い色のサングラスをかけ、若々しい老人のように見せていた。早すぎる老け造りのせいで、もはやヒロイン格の二十代の俳優よりも、ずっと目立っていた。

実亜子が一人で通された、二階の山戸夫妻の寝室には、まだ幸太郎さんと二人で使っていたあのベッドが置かれていて、ポマードの匂いがした。その隣の小さな介護用ベッドで、ひからびた小さな子どものような人間が、首だけ懸命に起こして、こちらを睨みつけている。

――ミャーコ、あんた、私に似ているんだよ。だから、最初からいじめてやりたくなったの。

なんだよそれ、と実亜子は言った。一刻も早く帰りたい気持ちになったが、怖すぎて、すぐにベッドの縁までたどり着いてしまった。みつ婆は、実亜子の右の手首を冷たい指でぎゅっと握りしめた。

――なりふり構わず誰かをつなぎとめようとすると、心は寂しいままだよ。相手はあんたじゃないんだからね。あんたは世界に一人のあんたなんだよ。

振り払おうとしたら、左の手首までいつの間にかみつ婆に拘束されていることに気付いた。あの薪みたいにまっぷたつにされてしまう、と実亜子は泣きそうになった。

「だけど、すぐにまた恋人ができて、忙しくなってしまって。みつ婆はその後、すぐに亡くなった。山戸家はますます傾いていって、あの家も売りに出されるんだけど。あ、正確には私があの子と知り合った頃にはもうあの家はヤバかったみたい。それから私は四葉も一葉さんも苦手になって、あんまり会わなくなっていくんだよね」

と、彼女はとろんとした口調で話を終えた。

「あなた、それは、ちょっと……」

言葉を選びながら、真央は言った。自分だって四葉さんとは疎遠になっておきながら、しかし、この人の話はあまりにも薄情ではないかと思った。自分と違って、食うに困っているわけでも、時間がないわけでもない。しかし、ミャーコさんはまったく悪びれていない。

「四葉は私がいなくても大丈夫だと思って」

酔ってくると、ミャーコさんはさらにだらしなくなり、椅子から何度もずり落ちた。寂しい、と八つ当たりのようにさわいで、入ってきた客が彼女を見るなり慌てて出て行った。お店のおばさんも、だんだんと嫌な顔になっていき、

「なにも変わらないのよね。ミャーコちゃん」

実亜子はテーブルに突っ伏してしまった。彼女の騒々しい酔い方に、父や祖父を思い出して、真央はげんなりした。

「前はアルバイトをしながら、絵を描いてたんだけどね。時々、この辺で個展をしたりもしていた。おじいちゃんのところで服飾の修業した時期もあるんだけど、なんだか続かなくて。そうこうするうちに、あそこのおじいちゃんも亡くなって」

おばさんの話を聞くうちに、真央はもうミャーコさんに払わせればいいと決めて、自分も何かお酒を頼むことに決めた。おばさんがすぐに焼酎の水割りを持ってきた。アルコールを口にするのは、四葉さんにインターン内定祝いをしてもらって以来だった。

目の前の中年女性にその親がかけたお金をざっくり計算したら、腹がたつのを通り越し、な

んだか笑ってしまいそうになる。二浪の話が出たあたりから、彼女が性的少数者であることに対する配慮が消えていった。マイノリティでもこの人が裕福で、思いやりがなく、やりたい放題に生きていることに変わりはない。ミャーコさんは顔を伏せたまま、くぐもった声をあげた。

「仕方ないんじゃー。昔から、何か集中してやろうとするとすぐに寂しくなっちゃうんだよ……。意識がふっと一箇所に集まると、他のひとはどうしているんだろう、こんなことして意味あるのかって気持ちになって、耐えられなくなる」

「ただのクズじゃないですか？」

そう言って真央が切り捨てたら、サービスらしき小鉢を持ってきたおばさんがびっくりした顔をした。かつてないほど胸がせいせいしている。父にも母にも弟にも、スーパーマーケットの店長にも、言ってやりたいのに言ってやれなかった言葉だった。もしかすると、誰かと気張らずに向き合うなんて、四葉さん以来ではないだろうか。ミャーコさんも赤い顔を上げたが、急にヘラヘラ笑い始めた、鼻水がだらだら流れ、目が潤んでいる。それを見ていたら、真央はやっぱり自分が改めて嫌いになったが、痛痒《いたがゆ》いような心地よさが、冷たいアルコールの力で全身にかけ渡っていく。

やっぱりな、という気持ちだった。焼酎の味が真央はとても好きだった。同時に、自分は父やミャーコさんのように、酒に飲まれない自信が静かに湧いてきている。自分には自分を見失わない強さがある。一体何を怖がっていたんだろうか。同時に何に対してこんなに申し訳ない、と思っていたのだろうか。

四葉さんは絶対にぐらつかない土台を持っていた。それはみつばさんと一葉さんによって育まれ、ミャーコさんと通った丘の上の女子校や、カルチャーや美食や旅行で培《つちか》った、誰にも奪い去れない彼女の資産だ。スタートを切った時から、真央と四葉さんは大きな差がついている。彼女がお金持ちでなくなっても一生埋まらない。彼女の宝石箱で人生を好転できなかったとしても、それは真央の責任ではなかったのだ。

二杯目の焼酎もすっと身体に馴染んでいった。氷が崩れる音への気恥ずかしさにも慣れた。でも、何故。今、自分はこんなに四葉さんに会いたいのだろうか。

ミャーコさんを叩き起こしてでも、まだまだこの話の続きが聞きたいと思うのだろうか。彼女をちゃんと家に送り届けてくださいね、とおばさんにそっけなく告げ、真央は席を立った。ドアを開ける時、彼女は申し訳なさそうに言った。

「この頃じゃ山戸家をみんな変だったと言うし、実際、私もどうかと思うことはあるけど、私はあのひとたちに恩があるの。暇を出されるとき、このお店をもたせてくれたのは一葉さんだもの」

おばさんの名前は竹本美代子《みよこ》というのだそうだ。真央は、まだテーブルに片頰をつけて寝ているミャーコさんに素早く目をやった。携帯電話がその辺にないかな、と密かに視線を走らせたら、竹本さんに見つかってしまった。

「連絡先聞いてなくても大丈夫。ミャーコちゃんはもう、あの店からいなくなることは一生ないから」

彼女ともう一度会いたい気持ちを、見透かされたようで恥ずかしかった。さすがベテランの家政婦さんだと思った。

「『りぼんのぼうし』にかわる、この時間でも売ってそうなお土産のクッキーってなにかありますか」

と、真央は店を去る最後に竹本さんにそう尋ねた。

上の階に住む夫婦ではなく、あの女の子のために、何か小さなお菓子だけは買おうと思いながら、ほぼすべての店がシャッターを下ろしている夜の元町通りを歩き出した。

傘を差さなくてもいいくらいの小雨が降ってきて、石畳が輝いた。

第三章

店の中央には直径二メートルほどの植栽があって、多種多様なグリーンと蔓《つる》が絡み合っていて、プロジェクションマッピングで作られた円錐形の光で守られている。一つ一つの植物名は真央にはわからない。バンクーバー本店のディスプレイを模したもので、関東の展開では一番広い、ここ、みなとみらいのアウトレットモール内の店舗でのみ再現可能となった。デッキ風の板張りの通路に立ってウインドウ越しに店内を覗き込めば、背後の海が映り込んで、服の波間に小さな太平洋と無人島が出現したかに見える。カーキやブラウンのシャツやコートが何列も並ぶこの店で、潮風とリアルな緑は無機質さを押し戻してくれる。繁忙時にヘルプでやってくる他店スタッフはいつもこのディスプレイを見ると、写真に撮りたがった。

——これ、山芋じゃないですか。

植栽を目にするなり、そうつぶやいたのは、春のセールで、新宿店から応援に駆けつけた野《の》崎《ざき》さんだった。随分昔のことに思えるけれど、あれは去年のゴールデンウィーク前のことだ。

一瞬、何を言っているのかわからなかったのだが、彼はグリーンにかがみこみ、小さな緑色の葉をちょんと人差し指でつついた。真央より小柄で肩幅が狭い彼が身につけている、もう販売していないはずの自社商品の白シャツは、女性ものだった。それでもなお、首が細く、襟周りが余っているせいで、ブランドのタグが見えた。青みがかった坊主頭や薄い背中がプロジェクションマッピングに貫かれていて、彼の生命が吸い取られていくような気がした。

――これ、山芋の芽ですよ。このまま育てたら、収穫できるはずです。

輸送中にどこかで苗が紛れ込んだのかな、と真央がつぶやくと、

――芋はうちの店のイメージに合わないと思うので、もし、よければ、僕、これを抜いて、うちで育ててもいいですか。

野崎さんは大真面目に、そう言った。業務終了後に、セルフレジ横のくず籠からくしゃくしゃのビニール袋をひっぱりだし、ひょろひょろした根ごと、両手を汚してすくいとると、一掴みの土と一緒にそこに入れ、大事そうに持ち帰っていった。あとから見てみたら、ぽっかり空いた部分も地ならししてあった。

それっきり彼の存在を忘れていたが、四ヵ月後、品川にある日本支部での研修会で再会した時、「あの山芋どうなりました？」と自分から声をかけたことがきっかけで、連絡先交換に至った。山登りにいきませんか、と誘われたのは、ごく自然な流れだった。冬季の目玉商品となる、アウトドアにも雪道の通勤にも対応可のショートブーツの機能性を試してみようというＳＮＳ上でのやりとりから、気付けば平日の休みを合わせ、丹沢山地の南東端、大山《おおやま》を登ってい

た。本物の冷えた土を頑丈な靴底で踏みしめる快感を、接客でどう伝えるか、真央はもう考え始めていた。

寒さ厳しいバンクーバーで安価に防寒着や長靴が買えるチェーン店として世界的に広がったこのブランドは、縫製がしっかりしていて、女もの男もの問わずポケットが二つ以上ついている。日本の量販店の製品とは比べものにならないほど生地が分厚く、何度水にくぐらせてもへたらない。外資系ブランドが上陸して軌道に乗った話を聞かなくなって久しいが、オンラインでのみ購入できた五年前から機能性のみ追求した無骨なデザインがむしろ新鮮、と好評だった。

派遣社員として勤めた海外品通販サイト運営会社で長くここの商品に携わったため、日本一号店のオープニングスタッフ募集と聞いてすぐに真央が名乗りを上げたのは、ＥＣサイトの画面でしか知らないその質感に直に触れてみたかったためだ。去年、店長と契約社員に同時昇格してから、割引が効くようになったのはありがたい。

日々、緑といえば沖を挟んだ山の手の景色か、植栽しか目にしていないので、古い木の根にぽっかりと自然に空いた穴が珍しかった。霜がジャリッと崩れていく感覚を、何十年かぶりに味わった。

「あ、これ、お茶の木ですよ」

彼はそう言って、周囲の木と変わりなく見える背丈の幹をふと指差した。

「この葉っぱを天日干しして、電子レンジで乾燥させて発酵を止めるんです。売っている紅茶の茶葉そっくりになるんですけど、お湯を入れて蒸らして飲んでみても、色付きのお湯なんですよ。前にやってみたんですけど、野生のお茶はね、味がしないんですよ。僕たちが知っている紅茶の味は、肥料によって作られているんですよ」

飲んでみようとするのが、まず、すごいですよね、と真央は素直にそう伝えた。頂上のベンチに並んで座り、麓の町並みを見下ろした。冷えた空気からは、口を開けたら濃厚な味わいが舌に広がるのではと思うほど、緑や土の強い香りが漂っていた。

――野崎さんといると、思い出す人がいるんです。なんか、普通の風景から色々みつけてきちゃう人。

そう言ったら、彼はほんのり不安そうな顔をした。

――昔の彼氏ですか？

二十代の終わりから三十代の始めにかけて真央の人生をかすめていった、本社勤務のあの男は、彼氏と呼べるような存在ではなかったので、笑って首を振る。

――ううん。大学生のときのバイト先のおばさんです。

ああ、昔から、おばさんぽいってよく言われる、と野崎さんは笑った。

言葉にしてみて驚いたが、三十四歳の真央は、当時四十歳そこそこだった四葉さんを心の中とはいえ「おばさん」呼ばわりしていた自分の無邪気さに身震いする。

彼女がどこで何をしているのかは、今なお、わからない。

――お弁当っていったら、負担かな、と思って、おにぎりだけです。それも塩だけ。

——よかったです。私もゆで卵だけです。

卵と三角の塩おにぎりだけでも、澄んだ空気や眺望も相まって、真央には十分に美味しかった。この塩は貝柱や干し椎茸を粉砕したものが入っている高級品らしい。お客様にもらったものだ、と野崎さんは教えてくれた。そういえば、彼は年配の日本人女性客に人気で、新宿店に新しい層を取り込んだ、と耳にしたことがある。

——母が、山登り、よく連れて行ってくれたんですよ。うち、母子家庭で。母は、お金をかけなくてもいいいろんなレジャーや暮らしの知恵を教えてくれたんです。

——へえ、いいお母さんですね。私、これまで山登りいったことないかもです。うちも余裕ない家で。

そう口にする時、一瞬迷った。三年前なら、胸を張って言えた。しかし、二十代の若者の上に立つようになってから、ためらうことがまま、ある。

例えば、先週、アルバイトの鈴村《すずむら》くんは、仕送りなしでの生活が立ちいかず大学を中退したばかりだ。派遣社員の遠藤《えんどう》さんは実家への仕送りで給料が消えてしまうので、夜は川崎の弁当工場での夜勤仕事を掛け持ちしているため、休憩中はずっと机に伏せて寝ている。先月辞めていった桂《かつら》木《ぎ》さんという専門学校生は、シェアハウスの住居環境の空調が悪すぎて肺を患い、休学して地元に帰るのだと言っていた。

ヨーロッパの戦争以降、物価高と円安が続いている。フルでシフトに入っていても、学生時代の真央のようにバイトだけで暮らしていくことは困難になっていた。売り場に立つようになった頃は、中東から出稼ぎや留学でやってきたスタッフも多少はいたのだが、最近では自ら進んでこの国にやってくる若者をほぼ見かけない。

鈴村くんに話を聞いたところによれば、確かに給付奨学金制度は真央の頃より充実しているかに見えるが、それを利用するには、成績だけではなく内申書の高得点が要求されるので、必然的に、貧しくとも安定した環境で育った若者が優先される。制度が追いつかないくらい、経済的に困窮する家庭が年々増加しているので、その枠は以前にも増して激しい争奪戦となっている。

働きづめの非正規スタッフをねぎらいたいが、真央とて余裕はないので、備品として経費で落ちるティーバッグとインスタントコーヒーだけは、休憩室に欠かさないようにしている。流しの下で古い油まみれになっていた給湯ポットを探し出してよく磨き、消毒した。ビジネスホテルのアルバイトを思い出して、ティーバッグを種類ごとに分け、空き箱に整列させる。毎朝、休憩室の空気を入れ替え、お湯を沸かしておく役目を担った。真央が率先して温かいお茶を飲む習慣につられてか、みんなペットボトル飲料を買わなくなったし、誰からともなくマグカップのお湯にティーバッグを浸し、湯気を囲んで情報共有する習慣がなんとなく根付いた。

さらに、実家の噂を姉から聞く度に、自分が金銭面で苦労をしていると言い切っていいのか、悩むようにもなっていた。確かに、真央に貯金する余裕はほとんどないが、家族に仕送りする必要は少なくともない。実家は数年前、亡き祖父が目の敵にしていた地域で一番大きな家電チェーン店のフランチャイズ傘下に入り、弟夫婦には三人目の子どもが生まれ、長男は中学に進んだそうだ。以前よりも強い感情が消えているのは、奨学金返済の目処《めど》が立ってきたからかもしれないし、このまま運良く身体を壊さずに働くことができたら、いずれ正社員になれる道が現実化しているからかもしれない。定期的な健康診断を無料で受けられるだけではなく、菊名にある社員寮に入れれば、奨学金返済もその分、早まる。

離婚した姉と頻繁に会えるようになったのも、精神的支えになっていた。姉は今、三歳になる姪と、同僚のエステティシャンの公子《きみこ》さんと、彼女の持ち物である千葉の一軒家に住んでいる。姉が運転する車で姪と公子さんと一緒に業務用スーパーで買い出しをするのが、真央にとって数少ないレジャーだった。

——僕、てっきり、宮元さんて、海外での暮らしが長い、何不自由なく暮らしてきた人なのかと思った。誰に対しても落ち着いているし、英語ペラペラだし。

いい加減僕も、英語くらい学ばないと、と野崎さんは恥ずかしそうだ。立地のせいもあって、客の大半は欧米や中国からの観光客だった。自国にも乱立するチェーンブランドであっても、四分の一以下の価格とあって、比較的高めのコートやブーツを大量買いしていく。

語学学習は、大学の頃から今なお放送中の「ブリティッシュ・ベイクオフ」を字幕なしで見続けてきただけ。家賃五万円の部屋で十年以上暮らし続け、食事はすべて業務用スーパーで大量購入した冷凍食品や加工食品を中心に自炊、それでも奨学金返済額が百万円近く残っていると真央が告げると、野崎さんは目を丸くし、急に早口で生い立ちを語り出した。

奨学金とアルバイトだけで神奈川県内の私立大学を出たものの、コロナ禍で就職難に直面し、非正規で働き続けているところまで、彼は真央と同じだった。真央より一歳年上のせいで、給付奨学金制度は一年間しか使えず、悔しい思いをしたそうだ。

自分とここまで似た状況にある人間と会ったことがなかったので、山を降り、駅にたどり着くまでお互いにしゃべり通しだった。野崎さんは母との関係は良好だったものの、彼女の再婚相手や連れ子とうまくいっていないらしく、現在は長野にある実家と疎遠なところまで共通していた。

――でも、私の英語なんて大したことないよ。英語で一番大事なのはね、出来るフリなんだよね。あ、さっき話した女性の、おばあさんの持論なんだけど。

いつの間にか、くだけた口調になっていたが、真央は緊張していたかもしれない。しばらく順番を整理し、野崎さんの反応を見守りながら、ゆっくり話し始めた。日が陰ってきていた。

――第二次世界大戦が終わってすぐ、横浜の野毛で、夫さんと米軍向けのダイナーを始めたの。もうその店はないけど……。夫さんは俳優に間違われるようなすごいハンサムで、立っているだけで人目を引いた。たちまち若い米兵の溜まり場になったのは、お店の日本離れした雰囲気と、なによりも夫婦が英語がペラペラだったからなんだって。まるでアメリカで成功した日系二世の夫婦が、戦争が終わったのをきっかけに帰化して、趣味で始めたみたいな店に米兵たちには見えたんだって。

この話を誰かにするのは初めてだった。真央は面白く話せているかな、と気になり、聞いていた内容よりちょっと大げさにしている自分を感じた。喋り方に緩急をつけていた。これが四葉さんの「嘘」の正体かもしれない。

最後は大きく間を取って、一息に言い放った。

――でも、実はどっちも英語はわかってなかったし、その店はそもそも二人のものでも、なかったの。オーナーに雇われていただけ。全員、おばあさんの相槌と相手の目をまっすぐ怯《ひる》まずに見つめる目に騙されたんだって。おばあさんは相手の言っていることを耳で聞いたまま、そのまま口に出して繰り返して、どんどん英語を覚えていった。夫さんの方は亡くなるその日まで、ほとんど英語もしゃべれなかったんだって。

へえ、と野崎さんが興味なさそうにつぶやき、それきり話が終わったので、真央はがっかりした。今のは小さな勝負だったのかもしれない。あの一族の物語を野崎さんには面白いと思って欲しかった。でも、なんだかさっぱりもした。今、ひとつの区切りがついたんだな、と思った。今日をもって自分は「若者」ではなくなる。

それぞれの電車に乗り込む前に、彼はこう言った。

――あの山芋、そろそろ収穫するんですよ。今度、山芋料理を食べに来ませんか？

山登りから四日後に訪れた相模大野の野崎さんのアパートに、真央はもうすぐ引っ越すことになる。


結婚の報告をすると、ミャーコさんが目に見えて不機嫌になったので、真央は面食らった。

「三ヵ月付き合っただけで性急じゃない？　一人で生きていくのが不安なだけなんじゃない

の？　結婚制度が世の中の諸悪の根源なんじゃないの？」

と、真央がわざと薄く作ったハイボールをがぶ飲みしながら、どこかで聞いたようなことまで言いだした。

「でも、男女がセットになったら日本で生きる上で、確実にコスパがいいのは本当ですよね。それはミャーコさんみたいに経済的に恵まれている人が口出しできることでは、ないんじゃないですか？」

　引越し見積もりはとってある。あのアパートは二人で住むにはかなり狭いが、しばらくはそれで暮らす。どちらかが先に正社員になるのは時間の問題で、そうすれば一緒に社員寮に入れる。もともとは保守的な企業なので社員同士の結婚となれば使える福利厚生が増える。

　長い目でみたら、思い切って持ち家にするべきかもしれない。震災後、関東沿岸部は空き家だらけで、二人で力を合わせれば手が出る価格まで下がっている物件も、探せばある。少なくとも現状に比べ、家賃の出費がそれぞれ四分の一以下になるだけで、野崎さんも、十代からずっと続いている緊張から解放される。

　お互い子を持つ人生をまったく考えていなかったが、その可能性がまったくないわけでもないとなると急に、小さな子連れの客が気になるようになった。出産すると奨学金返済が一部減免されるという法案も猛反対の中通ったばかりだ。店の植栽スペースに珍しがって侵入しようとする幼児の、ぽこんと突き出したお腹や頬だけの横顔を、真央は最近じっと見つめている。小さかった弟の頭の匂いが蘇る。汗とレモンとホットケーキミックスを混ぜたようなあの匂い。

「その男のこと、本当に好きなわけじゃないのは認めるよね？　打算なんじゃないの？」

どの口がいう、と真央はあきれ、もうすっかり暗くなったので、カーテンを閉めに立ち上がった。この時間になっても、下の通りはまだ賑わっている。

一時期は、閉店が相次いだ元町通りだったが、日本経済が観光事業に完全に舵切りしてからというもの、老舗のバッグやシャツを大量購入する外国人観光客が後を絶たない。戦前から続くイギリスと日本が融合した文化を面白がられている。結局、ペリー来航時に戻ったんだよね、とミャーコさんはよく言う。異国から来た人のために、横浜はいつも形を変えて生き延びる。

インターン予定だったホテルのロビーの様子や、観光学部の授業で黒板に書かれていた内容を、真央は寝る前によく思い出す。自分はつくづく間が悪い人間だと思うが、最近ではそれで落ち込まなくなった。

「じゃあ、ミャーコさんの本当に好きってなんなんですか？　これまでの話を聞くと、ミャーコさんの好きにも打算が含まれている気がします」

竹本さんが、二人ともやめなさいよ、ミャーコちゃんももう初老っていっていい年齢なんだからここは素直に祝ってあげなさい、と割って入る。ミャーコさんは瓶のウイスキーを空っぽになったコップに注いで、割らずにあおり、やがて胃を右手で押さえ込んで炬燵板《こたついた》に頬をくっつけてしまった。

一年中出しっぱなしの炬燵が今年もこのまま春を迎えそうだ。先週は山下公園が一面銀世界になって写真を撮りに来る観光客であふれたというのに、ミャーコさんは相変わらず、土産物屋に並ぶグッズTシャツ姿だった。

真央は部屋の隅で丸まっている古いタオルケットをとってきて、むき出しの腕と丸い肩にかぶせた。ミャーコさんは自分が思っているより丈夫ではない。特に季節の変わり目はメンタルが不安定になって寝込んでいるし、五十四歳になってもなお、よくお腹を壊す。

最初にここの二階を訪れた時は、驚いた。ネットで見つけた、在りし日の「テーラー・ゴウダ」の英国チューダー調の重々しいインテリアや郷田氏の紳士然とした画像と、あまりに違っていた。そこら中、数センチだけ液体が入ったペットボトルと酒瓶と煙草をねじ込んだ空き缶だらけで、その真ん中でミャーコさんが声を出さずに泣いていた。

あの時は、応援している韓国の女性アイドルグループのファンミーティングで知り合った、桜木町に住む四十代の女性会社員にフラれたばかりだった。ポリ袋に空き缶やペットボトルをとりあえず放り込みながら、耳を傾けたところ、その後、彼女の恋の終わりは大抵そうだとわかるのだが、ミャーコさんのせこい浮気が原因だった。

三年前、みなとみらいに勤務するようになってから、月に一度は会って、おごってもらう関係が続いている。最初の方は、中華街や野毛に連れていってもらっていた。夜の街のミャーコさんは輝いていた。どの店にも誰かしら知り合いがいて、どんな相手であれ昔からの友達のように気さくに話しかけ、金払いがいいので歓迎される。

本や映画やアート、この辺の歴史やゴシップ、政治ネタまで、ミャーコさんはなんでも詳しくて、誰にでも惜しみなく、わかりやすく話してくれた。彼女の周囲には人の輪がいつの間にか連なっていった。寝巻きのような服装も含めて、むしろこなれて見えて、この人すごく格好いいな、と思う瞬間が、なくもなかった。

それからすぐに真央からの提案で、テーラー・ゴウダ二階での宅飲みに切り替わった。本牧《ほんもく》のイオンスーパーで一緒に酒やつまみを買いに行くところから始める。そんな時は竹本さんも店を早めに閉め、おでんや煮物をタッパに詰めて持ってきてくれることがある。当然のことながら、それはあの骨董専門店風喫茶の店と同じ味なので、

――これじゃあ、店にいるのと変わらないいじゃん。つまりそれって、私はずっと無駄遣いをしてきたってことなのかな。

と、ミャーコさんは感心したようにつぶやいていた。自宅の二階で、相手が竹本さんと真央だけとなると、あの強烈な光は消えて年相応の姿となり、彼女は背中を丸めて昔の話ばかりした。

彼女に余計な金を使わせるのは気が引けた。元町一等地の持ち家とはいえ、あまり客が入らない土産物屋の収入のみで、人付き合いも短期間で終わってしまうミャーコさんの財源には限りがある。ご両親は関内のマンションを売って、県内の老人ホームに入っているらしい。詳しくは教えてもらっていないが今、あまり良好な関係とはいえないらしく、親の話になると、ミャーコさんは気まずそうに目を伏せる。それは彼女のセクシャリティが関係しているのかもし

れない、と思うと、真央はどうしてもミャーコさんに甘くなってしまうのだった。

　ミャーコさんが元は郷田氏の寝室だったという部屋に引っ込んでしまったので、真央は竹本さんと一緒に、なんとなくテレビを眺めながら、残りのお酒をちびちび飲んだ。ミャーコさんはそれがどんな飲み物であれ、最後の一滴まで飲みきるということができないので、いつも彼女が一口、二口残したアルコールを竹本さんと片っ端から空にしないと、お開きにならない。

「昔の映画ってみんなおしゃれだなあ、って思ってたんですけど、これ衣装が、一人一人に合わせた、オーダーメイドだからですよね」

　ちょうど、岸恵子主演の六〇年代の映画がかかっていた。出て来る女性はみんな、腰がくびれ、胸が豊かに見えるツーピースやワンピース姿だ。さらに、髪の長さにかかわらず、後頭部を高くふくらませ、それ以外は鏡のようにピッタリと撫で付けるというヘアスタイルをしていた。甘やかで上品な声だが、やや大げさな喋り方をしている。

「そうよお、みんな肩幅や腰回りの布地が余ってもいない。身体にぴったりしているけれど、きつそうでもないのよね」

　竹本さんはミャーコさんの飲み残しの焼酎に、同じく飲み残しの緑茶を入れて、数粒の柿の種だけで手際よく飲み切ろうとしている。今年、七十四歳になるとは思えないくらいお酒が強く、ミャーコさんよりも真央よりもずっとアクティブで、この辺の流行りものに詳しい。みなとみらいのアウトレットに友達を連れて通い詰めているせいで、構造を真央よりも把握しているので、彼女の意見は参考になった。

竹本さんの亡くなった夫もお酒が好きで、毎晩、いかに少ない柿の種で安く飲めるかを競っていたのだそうだ。彼は山戸家の通いの庭師で一回り以上年上だった。お金を貯めたら本牧で居酒屋をやるのが二人の夢だったそうだ。

「よく四葉さんや一葉さんやみつばさんとこういう映画をみたわねえ。私もご一緒したのよ。暖炉の前でココアを飲みながら」

と、竹本さんは言った。真央はその光景を目の前に作り出そうとする。竹本さん愛用の太いヘアバンドと丸メガネを外し若返らせ、ハイネックの黒いフリースの上に、いかにも家政婦さん風のフリルのついたエプロンをかぶせ、その隣に、小さな四葉さんと一葉さん、みつばさんを座らせてみる。四葉さんのアパートで目にしたこまごましたものを記憶から引き出して、周囲を彩る。

こういう映画は野崎さんと一緒に観ることはまずない。休みが合ったら、どちらかの家に行き、野崎さんが作ったひじきや大根の煮物の作り置きで、真央が配合したウーロンハイやハイボールを飲みながら、ネットで配信される番組を観る。野崎さんは現在放映中の日本のドラマを、家事を片付けたり食事をしながら横目で眺めるのが好きで、映画を一本じっくり鑑賞するのを好まない。特に、昔のものや海外のものは受け付けなかった。頭が疲れるし時間がもったいないそうだ。

真央も、YouTube動画を倍速で流し見していた時期がかなり長かったので、気持ちがわかるところがある。ただ、最近は年齢のせいか、気に入った映像を繰り返し観る方が性にあってきた。たくさんのコンテンツを頑張って摂取したところで、知識を披露する場がないせいもある。ミャーコさんとの会話はほとんど聞き役だ。自分が最短で身につけた情報よりも、彼女の無駄ばかりの人生の方が悔しいが、面白い。

「サイズって大事ですよね。オーダーじゃないんなら、やっぱり、サイズだけはぴったりさせないと……」

アパレル業界全体の問題で、実売店での売り上げは、ここ十年でさらに下がり続けているが、店に足を運んでもらうメリットはサイズフィットを身体で知れること、そして、ネット上に流れたら顰蹙《ひんしゅく》を買うであろう、スタッフからの本音の感想を聞けることだ。自宅でできるＡＩによるサイズ計測が当たり前になったとはいえ、こと防寒着に関しては、着た時の温度や重さを知らないで買うのは危険だ。

——それ、確かに重いけれど、雪の日は毛布をかぶっているみたいに暖かいし、自宅で洗えますよ。長い目でみたらお得です。

——そのブーツの普段使いはおすすめしません。私が雨季に使い続けたせいもあるんですが、一年で底が抜けました。

最初、こうした接客は、正社員からの反発を呼んだ。しかし、真央からすれば、そもそもこのブランドはお手頃とは言えない。その値段に納得して買ってもらうために正直な意見は必要だ。

池袋一号店に立ち始めて数ヵ月で、がっしりした体型で華やかという訳でもない真央をわざわざ指名する客が増えているという噂が営業部の耳に入り、日本支部の販促会議に出席することになった。最近は若者向けアパレルメーカーの印象が強いが、当時はまだ手探り状態であることは背広姿の中高年男性しかいない会議室を見ればわかった。

そもそもとは青魚の蒲焼缶詰で有名だった国内の水産加工会社だ。日本海の水温の上昇により秋刀魚《さんま》がほとんど獲れなくなったため、創業時から細々と続けていた長靴のブランドを慌てて拡大し、その延長で外資アパレルと代理店契約を結んだ。

——値段は関係ないです。服を買うからには、みんな少しでも長く着たいと思っているんです。ことに今、実店舗に足を運ぶ層は。

私、大学二年の時にセールで買ったＧＵをまだ着ていますけど、と冗談めかして付け加えたら、笑いが起きた。この時、このブランドには自分が必要だ、と真央は気がついた。日本からこんなに人が消えてもなお、安い服を使い捨てできる若者が大勢いると、ここにいる彼らは信じている。

空にしたペットボトルと瓶をよく洗い、軽く部屋を整えて、炬燵の温度を調整し、竹本さんと一階の勝手口から外に出て、鍵をかけた。その鍵をポストに放り込んでいつものように解散となった。

その夜を境に、真央はミャーコさんと連絡がとれなくなった。

ＳＮＳはブロックされた。通話はつながらない。仕事の前に、店の前まで行ってみたらシャッターが降り、「しばらく休みます」という張り紙がしてあった。

自宅のパソコンから、彼女の店の宣伝用ＳＮＳを覗いてみる。気まぐれにグッズの入荷やスケジュールがお知らせされるだけのもので、アクセス数も少ないが、その時に限って、暗い海の写真やホテルの窓から見える浜辺、ヨットハーバー、サーフボードが飾られたレストランや居酒屋の、人が写っていない写真がたくさん投稿されていた。保存しておいたから良かったものの、それらは日付が変わるなり消えてしまった。休憩中に画像検索をかけたら、いずれも葉山の景色であることがわかった。行方をくらますといっても、こんな近所なのが彼女らしい。

その晩、ネットで彼女の足取りをたどるうちに、真央は葉山に詳しくなった。都会に拠点のある若い富裕層のカップルは、この地を好んで週末の住居に充てているらしい。八〇年代から今なお続いている老舗レストランや宿泊施設がいくつかあって、ミャーコさんそっちのけでその歴史やサービスを調べることに夢中になってしまった。その中にはウェディングプランというものもある。そういった催し自体が今は珍しい。真央と野崎さんも結婚式はもちろん、食事会の予定もなかった。

大学のロゴが入ったマグカップに少量の水と会社の備品のティーバッグを入れてレンジで一分半。牛乳を足してさらに一分半温めた即席ミルクティーを一口飲むと、ほんの少しだけ余力が生まれる。仕事が早く終わった夜になにかしてみようと思えるようになったのは、ごく最近のことだ。

ふと、思いついて、真央は久しぶりにベッドの下から宝石箱を取り出して開けてみた。カノンが流れ出し、金の蝶々が羽を動かした。翡翠、偽のダイヤモンド、虫の入った琥珀。このうち一つは結婚指輪で一つは婚約指輪なんだと考えると、山戸家の物語から味わえる豊かさは、時代が大きく作用してもいるのだな、と分かる。顔見知りの客を思い浮かべてみても、結婚指輪をしている人はもちろん、そもそもカップルでさえ、とても少ない。真珠の首飾りを手にすると、くにゃりとこちらの肌に寄り添ってきた。このネックレスを真央は結局一度も使っていない。親族は亡くなっているし、実家の法事には呼ばれない。結婚式に呼ばれることもまず、ない。そもそも結婚式をあげる余裕があるような人が職場にいない。お洒落をしてどこかに出かける機会や時間もなかった。

それでも、明日は野崎さんと休みを合わせ、山登りをする予定だった。

クリームがかった粒を覗き込むと、楕円に伸びた真央と蛍光灯とこの部屋全体が青と赤の渋い光になって映り込んでいて、それがずらりと繋がっている。真珠は炭酸カルシウムを主成分とする有機物だ。完全な無機物である宝石と違って不変ではない、時間とともに朽ちていく、と四葉さんはかつてそう教えてくれたが、静かで豪胆な輝きは少しも損なわれていないように見えた。真珠の周辺だけ景色がくっきりしていて、目を凝らすとそれは小刻みに震えている。

カノンがいつの間にか止まっていた。

洗面所に行って、鏡の前でネックレスをつけてみたら、トレーナーのくたびれた首元で真珠のにぶい輝きは浮いている。でも、じっと見ているうちにだんだんと肌になじみ、素肌と光が溶け合っていくのがわかった。

しばらく悩んだが、竹本さんに電話をかけてみた。彼女はなんでもない調子で言った。

「葉山にいるの？　ああ、なら、心配することないわよ。ミャーコちゃん、たぶん、老人ホームのお母さんに会いに行っただけ。あの子、気に入らないことがあると必ず、お母さんに会いに行くのよ。言ってなかった？　あの老人ホームは、葉山にあるの。あのあたり昔、山戸家の別荘や、幸太郎さんの始めたバーもあったから、ミャーコちゃんにとっては第二の地元みたいなものなのよね」

「待って。今、親と関係悪いんじゃありませんでしたっけ？」

「お父さんとだけね。でも、それは中学の頃から。悪いっていっても、会えば口を利くし、あの家のお母さんはいつもミャーコちゃんの絶対的な味方だもの」

　それは仲が悪いうちには入らないんじゃないんですか――。真央は、何年も会っていない、両親と弟のことを思い浮かべ、げんなりした。彼女に孤独なレズビアン像を勝手に押し付けていた自分に嫌悪感がわいてくる。竹本さんはやや遠慮がちに言った。

「ミャーコちゃんを悪く思わないでやって。真央さんはねえ、ミャーコちゃんが好きだった人に似ているの。わかるかな。アミちゃんて。美大の時の先輩。あなたを見ていると、彼女のことを思い出すんだと思う。だからあなたが遠くにいっちゃうみたいで、拗《す》ねているのよ」

　ミャーコさんは酔っていない時でさえ、自分の過去の恋愛の話を進んでするのだが、あまりにも人数が多くて、初期に出てきた女の子はだんだん遠くにかすみ始めている。

「見た目が似ているのもそうなんだけど、言うこともそっくりなのよ。アミちゃんはねえ、金銭的に苦労していたから、ミャーコちゃんには厳しかったの。ミャーコちゃんはアミちゃんを山戸家に一度か二度連れてきたことがあって、みつばさんは『今時珍しく骨のある子だ』って気に入ってたのよねえ。そのせいもあって、歴代の中で、咲子さんの次に長く続いたんじゃないのかしら。もちろん、アミちゃんの方がミャーコちゃんに愛想をつかしたのよ、ミャーコちゃんの絵の一番のファンはずっとおじいちゃんの郷田さんと四葉さんだったけど、アミちゃんが偉いのはね、あの二人と違って甘やかさなかったの。ずっとずっとミャーコちゃんが描き続けていくことを望んでいたから。今思えば、一番彼女のためになることを言っていたのは、アミちゃんなのよねえ」

電話を切る直前に、竹本さんはしみじみと言った。

「ミャーコちゃんみたいないい加減な子にこそ、公的に守られる制度ってたぶん必要なのよね。いい加減な女と男でもさあ、結婚するとなんとかそれなりに形になるというか、生き延びられるみたいなところあるじゃない」

竹本さんの亡き夫も、結婚前はお金にだらしなくてパチンコが習慣だったが、結婚の時に仲人《なこうど》を務めたみつばさんにキツく脅されたせいもあって、いつの間にか、やめてしまった、と懐かしそうに言い添えた。

真央はそのまま歯を磨き、米を研いで、炊飯器の予約をし、最後に銀紙に包んだ生卵を二つ放り込んだ。山登りに行く時、ゆで卵とおにぎりは真央の、お茶とおかず一品は彼の担当と決まっていた。アラームをセットし灯りを消し、ベッドに横たわり、眠気に包まれるまでパソコンで映画をみることにした。

寝つきは相変わらずいい方だが、二十代は眠いと思った次の瞬間、気絶するように寝ていたのに、最近は早く横になり、とろとろと身体が温まるのを待つようになった。

おすすめのコンテンツに、今話題の女性カップルの日常コメディのサムネイルが現れた。日本で同性婚法は成立していない。数年おきに選挙の公約に掲げられるが、結局可決に至らず、そのせいで海外移住するカップルは後を絶たなかった。先だっても、仲がいいことで有名だった人気男性アイドルと舞台出身の男性俳優二人が突然日本での活動から引退、アメリカ移住と同地での結婚を発表し、メディアを沸かせたばかりだ。

ミャーコさんに結婚報告をした時、真央はそこにまったく意識が回らなかった。

真央は灯りを付け、まず野崎さんにメッセージを送った。明日は行けなくなった、行方をくらました年上の友人を捜しに行く、と手短に伝えた。まだ十時前だ。起き上がって身支度を整え、鍵と財布だけ入れた店の特典グッズのトートバッグを手に、外に出た。

バンクーバーという場所に行ったことは一度もないけれど、あの街の冬はいつもこっちの二月の深夜くらいの寒さなのかなと思った。自社ブランドで一番重いダウンジャケットを着ているせいで胴体や腰は暖かいが、頬と鼻が冷たくて頭がじんじん痛む。雨が降った後なのか道が真っ黒に濡れて光っていた。

この三年間を乗り切れたのは、毎月入っているミャーコさんとの約束のおかげだった。

みなとみらい店オープン時は一日十七時間以上働いたこともある。あの頃は帰宅する時間もなく、バックヤードの綿ぼこりだらけのソファで眠り、店のロゴが入ったアルコール除菌ティッシュで身体を拭いた。あの日々をやり抜いた体力と自信は、かえって真央を苦しめることになる。スタッフに無茶な働き方を強いていることに気付かなくなっていった。繁忙期に次々とアルバイトが無断欠勤するまで、真央はむしろ、彼らの力量を見極めてうまくシフトが組めているとばかり思っていた。店長と契約社員に同時に昇格した夜、どうしてここの服はこんなに安く、丈夫に作れるんだろう、と改めて不思議になった。ネットで調べたところ、英語圏のつい二ヵ月前の記事にたどり着いた。自社がここ最近は東南アジアに工場をたくさん作り、非正規労働者に無理なノルマを課して低賃金で働かせていることが問題視されていることを知った。自分も彼らと何が違うのかわからなかったし、契約社員という立場上、悪事に加担している側かもしれない。

　それでも、あと数日すれば、ミャーコさんにご馳走してもらう予定があるというだけで、何も考えずに眠りにつくことができた。朝になれば、起きて、ラップで握ったおにぎりと卵を食べ、買い置きしておいた冷凍食品と傷みかけのきゅうりと塩こんぶをあえたものと冷凍ご飯を用意し、服を着て、職場に向かうことができた。自分の毎日はきっと間違っているのだろう。今だったら、観光業界も活気づいているし、転職も可能だ。それともいっそ何もかも捨てて、学生時代からの夢だった欧米にいくのはどうだろう――。

　でも、可能性を考えめぐらしていると、呼吸が浅くなり、生活が止まってしまう。居場所を変えるために必要な雑事の膨大さに、身体がすくむ。結局、お金がなくても仕事がきつくても、このままの暮らしを続けるのが真央には一番楽なのだった。全身が強張《こわば》って起き上がれない朝もあったし、何を食べても苦い味がこみ上げる時期も長かった。こんな暮らしは早晩立ちいかなくなるという予感はどんどん強くなる。でも、とりあえず、今月もテーラー・ゴウダにたどり着くだけで、いい。あそこでなら、お金の心配をしなくていいのはもちろん、身なりに気を使わなくていいし、言葉も選ばなくていい。むしろ、ミャーコさんを前にすると、自分は精神的にも経済的にも自立していてよかった、とほっとすることさえあった。それにミャーコさんはどんな時でも連絡がつくし、大抵ひまだったので、野崎さんとシフトを合わせるような労力も必要ない。

――いつか、親も死んで、竹本さんも死んで、一人になるんだよなあ。そもそも私も、いずれ必ず死ぬんだよね。死ぬ時って、きっと全部、後悔しちゃうんだろうな。私、それに耐えられるのかな。

　ミャーコさんは酔うと、必ず死への恐怖を口にした。誰かが死んだ、とニュース番組で取り上げられると、その人は苦しんだのか、そしてその時間はどれくらい続くものなのか、と子どものように知りたがった。ミャーコさんは解剖や薬物について変に博識なので、かなり具体的な想像を口にし、真央までもが不安になった。しかし、その直後は必ず、酒の力でふざけ始めるので、結局彼女を叱りつけてしまう。

――もしかして、四葉ってもう死んじゃっているのかもしれない。もともと身体も丈夫じゃないもん。真央ちゃんと知り合った頃のあの子、不眠症で働きづめだったんでしょ？　一葉さんもずっと眠れない日が続いてからの、突然死だったもんね。

何てひどいことをと真央が激昂しても、ミャーコさんは、

——四葉は死ぬのを、あんまり怖がっていないんだろうな。最後まで冷静そうだなあ。

などと懐かしそうに言い、やがては四葉に今すぐ会いたいと、鼻水を垂らしながらつぶやくので、何も言えなくなる。

彼女のことを四葉さんのように思っているといえば全然違うし、そもそも人として好きかどうかと問われたら迷うところだ。

空いている横須賀線に乗り込んで、携帯機器で時刻を確認したら、野崎さんからのメッセージに気付いた。予定をキャンセルしたことは怒らなかったが「せっかくの休みがもったいなくない？　真央さんて人がいいんだね」と驚いていた。

——前から思っていたけど、その人、かなり非常識に思えるよ。何がその人の身に起きても自己責任じゃないのかな。

野崎さんはミャーコさん、という呼び名を絶対に口にしようとしない。

人がいいのではない。真央は単に慌てているのだ。外はただでさえ真っ暗な上、ガラス窓にびっしりの水滴で景色が見えない。ミャーコさんに初めて拒絶されてからというもの、真央はこれまでにないほど落ち着かない気持ちになっている。

自分はミャーコさんを嫌っても許されるけれど、向こうにそんな権利はないとどこかで思っていた。他人に振り回されることだけは極力避けていたから今日までなんとか生き延びられたのに、どうして十時間以上も立ちっぱなしの身体を引きずってまで、夜更けに海を目指してい

るのか。

　ミャーコさんが消えたら、まったく評価されていないような映画や本の話をする人が周囲から完全に消えてしまう。寂しい、と正直に打ち明けてくれる人がいなくなる。おおっぴらに誰かを好きになっては、しつこくしすぎて嫌われてしまう人もいなくなる。自らの失敗をあっさり認める人もいなくなる。こんな風に、朝からは想像もつかなかった、真っ暗なだけの景色にひとりで魅入る経験もできなくなる。なにより、四葉さんとの接点が消える。

　逗子・葉山駅の改札を出た時、灯りがついている店はほとんどなかった。画像の場所を巡るうちに運良く会えるとは思わなかったがとりあえず、ミャーコさんのアカウントに一番多く投稿されていたヨットハーバーを望むホテルを目指すことにした。雨はもう降っていないが、道はまだ濡れていた。

　海の気配がするのに、まがりくねった住宅地がどこまでも続き、もどかしい。時折、民家の合間から吹きつけてくる潮風は、みなとみらいの乾いた塩味の冷風とは違い、山から降りてくる緑や土の匂いが入り混じり、甘くて重かった。

　突然、視界が開けて、何もない暗闇が現れた。遠くの水面が一箇所、紫に照らし出され、ああ、海なんだと思い出すことができた。泳げる海の波音は柔らかく、とろみがあった。凍えるように寒くても、砂の匂いのせいか、真夏のビーチの亡霊が、周囲にはそこかしこに漂っていた。やがて、雷の音がした。

当然のことながら、その二階建てのホテルは、公式サイトに載っていた観光客で賑わっている画像とだいぶ印象が違った。目の前の船着場にはヨットが案外たくさん停まっているものの、帆が張られていないせいで、暗い水面に埋没していた。目印であるデッキテラスに並んだ青と白のパラソルももちろん閉じていたし、ヤシの木も夜空に紛れていたので、真央は二回も通り過ぎてしまった。

エントランスに足を踏み入れると、巨大な水槽で絡み合う大きな海老三匹に出迎えられた。ビーズのような目がこちらに向いている。天井が低いせいかかえってどこまでも続いているように見えるロビーにもフロントにも、人はまったくいなかった。中央には真っ白なグランドピアノがあった。フロントのベルを二度鳴らし、こういう場所で働き続けていたかもしれない自分を、思い浮かべてみようとする。宿泊客の情報なんて絶対教えてもらえないから、どう質問しよう、としばらく考えていたが、いつまで経っても誰も来ない。

真央は周囲を見渡した。エレベーター横の、貝細工や船のマークがついたパーカーが並んでいる小さな土産物屋、続いてその隣のデッキテラスとひと続きの喫茶店に視線を移動した。どちらにも従業員の姿さえない。ただ、締め切ったガラス窓の横の席に客が一人いた。

ミャーコさんが長靴の形のジョッキでビールを飲んでいた。声をかけても、距離があるせいか、それとも濃い青い絨毯の長い毛足に音が吸い込まれるせいか、気付いてもらえない。水槽のそばまで立ち戻って「ミャーコさん！」と呼びかけたら、彼女はガラスの向こうで顔を上げた。一瞬、藻がかかった水越しでもそうとわかるほど、表情を輝かせたので、真央も嬉しくなって駆け寄っていったら、こちらが向こうにたどり着く頃には、目尻も口角も下がって、額にはシワがよっていた。

「私のこと、バカにしているんでしょうよ」

ミャーコさんがたちまち長靴で顔を半分隠したので、もう帰ってしまってもいいかな、とすぐに思ったが、向かいの白い布張りの四角い椅子にとりあえず腰を下ろした。

「帰りましょうよ。竹本さんも心配してますよ。またこんな贅沢して……」

「全然、贅沢じゃないよ。あの頃と全然景色が違う。九〇年代はこんなんじゃなかったよ。まだこの辺はバブルを引きずっていて、リゾート地だったの。すぐそこの葉山マリーナがただのヨット乗り場じゃなかった頃だよ」

そんなことを鼻を赤くしてまくしたてながら、ミャーコさんは、ねえ、なんか書くもんある？　とねだった。真央は仕方なくフロントに戻って、ペン立てにささっている、ホテルのロゴであるヨットのマークがついたボールペンを拝借することにした。こんなに時間が経っても、相変わらず無人だった。

ミャーコさんは真央からペンを受け取ると、ビールの下にあったコースターに走り描きを始めた。ふと、テーブルを見下ろすと、濃い茶色の舵の上に丸いガラスが重ねてある、これまで見たことがない代物《しろもの》だった。

「絵、うまいじゃないですか！」

円形のキャンバスがこの窓から見えるヨットハーバーに変わった。たちまち膨らんだ白い帆で埋め尽くされ、青空にはカモメが飛んでいる。浜辺でこちらを見ている若い女性は、咲子さんだろうか、いや、アミさんだろうか。ミャーコさんの絵といえば、四葉さんのアパートで見かけた中学生時代の水彩くらいしか見ていないので、真央は驚いた。

「当たり前だよ、これでも何年勉強したと思ってるんだよ」

　プリプリしながらも、ミャーコさんのかわいた唇の両端はふくらんでいる。

「そうだ。昔描いた絵とかなんでないんですか？　飾ればいいじゃないですか。お店に」

「おじいちゃんの生きていた頃はそうしてた。店の中にも、部屋にも、私の油彩があった。おじいちゃんが死んだ時、自分で片付けた」

　さっきからミャーコさんが、こちらの胸の少し上をちらちら見ていることに真央は気が付いていた。

「その首飾り。それ売ってなかったんだ」

「あ、外し忘れてた。便利だから持ってろって言われたんですけど、私には使うチャンスなくて……」

　ミャーコさんは真珠を見ているうちに、ふいに紙ナフキンを引き抜いて、今度はあの宝石箱の絵を描いた。その中は、真央が売ってしまった宝石がぎっしり詰まってキラキラ輝いている。思わず歓声をあげてしまう。ミャーコさんはすっかりノッてきたのか、宝石のブローチを光らせたみつばさんのカシミアのアンサンブルニットやら、山戸家経営のティーサロンに置かれていた陶器のメリーゴーランドやら、咲子さんと通った深夜営業のカフェのタコライスなる代物や、プリクラのカーテンから伸びる同級生のルーズソックスの足、石畳に落ちている古そうな携帯電話まで、せっせと描き始めた。バブル期の映像は今なおパロディドラマやニュースで目にすることがあるが、ここで描かれている時代はどれも見たことがないものだった。

「そうだね、九〇年代の景色は意外と残ってないんだよね。あの頃は女子高生がカメラ機能のあるスマホを持ってないから……。プリクラのシールや使い捨てカメラのキメ顔は今も探せばあるかもしれないけどね。私も記憶がだんだんぼやけてきたしね」

「その景色をミャーコさんが忘れないように描いたらいいんじゃないんですかね。それがミャーコさんにしか描けない絵なんじゃないんですかね。私、絵のことよくわからないけど、イラストみたいな形で、例えばポストカードにして、あのお店に並べるとか。横浜土産にもなるし……」

ナフキンやコースターをかき集めながら、真央は言い募った。自分でも必死すぎるなと思った。ミャーコさんもちょっと引いてしまったらしく、

「何言ってんの。今さら。全部遅いよ」

と言い、ボールペンを投げ出すように横にした。

フロントにやっと初老の男性が現れ、こちらに気付くと、駆け足でやってきた。この人たった一人で喫茶店も土産物屋も全部、カバーしているようだ。真央が彼にメニューを頼もうとするのを制して、ミャーコさんは料金を部屋付にするよう指示すると、立ち上がる。まだまだ飲み足りないからどこかに行こう、と言い出すので、だったら部屋飲みにしないか、と真央が間

髪を入れず提案した。ミャーコさんは急にずるそうに微笑んだ。「部屋の冷蔵庫の飲み物は高いから、コンビニにいこう。ならいいよね。ちょっと待ってて」と言い、エレベーターに消えていく。

　こういう時だけ彼女の動きは機敏で、すぐに男物らしい革のブルゾンと黒い財布を手に上機嫌で戻ってきた。そんな軽装で大丈夫かな、と思ったが、ホテルを出るなり案の定、彼女は寒い寒いと騒ぎ出した。

　辺りは真っ暗で、細い雨がぽつぽつと再び降り始めていた。海に吸い込まれているせいか、ホテル内では雨音に気付かなかった。野崎さんと最初に山登りした時に履いたブーツにすればよかった。やっぱり、彼と一緒に山登りに行くべきだった、と思った。

　嫌だったが、真央はしぶしぶダウンコートを脱いで、彼女に無言で差し出した。ミャーコさんが代わりに貸してくれた革の上着に腕を通すと裏側は羊毛がくるくる渦巻いていて、身体の芯がぽっと温まる。驚いていると、ミャーコさんはそれはおじいちゃんの形見だと自慢した。私服は案外、悪っぽかったんだよね、と言って、どこに続いているかよくわからない小道の先を見つめた。行き交う車の間隔がどんどん広くなっている気がした。ミャーコさんのものかおじいさんのものかわからない、石鹸とスパイシーな香水のようなにおいがふんわり立ち上る。

「コンビニなんてどこにもないじゃないですか。濡れてきちゃったし、ホテルに戻りましょうよ。私、風邪は絶対に引けないんで」

　ミャーコさんは返事をせず頑《かたく》なに、少し前を歩き続けている。自分の着ていたダウンコートを眺めていると、私はどうしてこんな背中のたくましい中年女性を、心配しつづけているのだろう、と不思議に思えてきた。

「あ、すぐそこに昔の知り合いのバーがあるの。そこいこ？　このままじゃ寒いし、雨やどりしようよ」

ミャーコさんはそう言って、わざとのように顔をしかめて振り向いた。

「お金がもったいないから、だめですよ」

「元はさ、山戸家の持ちものだったんだよ。そのバー。おじいさまが始めてすぐに潰れて、しばらくの間、人に貸していたんだよね。いいじゃん。おごるから、ね」

山戸家と聞いて心は揺らいだ。雨はとうとう、波に負けないくらいの水音を立てるようになり、いくらブルゾンが上質とはいえ、歯の根が合わなくなっている。

その店は黄土色や灰色、黒が入り混じった隕石が降ってきたように見えた。

「建物というより現代アートでしょ？　幸太郎さんってこういう攻めたことをやりたがったたんだよね」

と言いながら、ミャーコさんは洞窟のような階段を確信に満ちた足取りで下りていく。ろうそく形のライトが等間隔でざらざらした壁を浮かび上がらせていた。「Stone」とそっけないロゴが銘打たれたドアは、先ほどのホテルやミャーコさんの描いた世界とは根本的にセンスが違うように真央には思えた。店内もまた洞窟の延長のようだが、温かなオレンジの光と懐かしい香りが押し寄せてきて、肩と腕が緩んだ。壁も天井もカウンターも、すべて一本の緩やかな線で結ばれた石造りだった。ここもまた客の姿はなく、カウンターの内側に立っていた、スーツ姿の痩せた背の高い男性がこちらを見ている。

「久しぶり。なんかあったかい酒を作ってあげて、この子に。散歩してたら、雨が降ってきちゃって」

と、ミャーコさんは馴れ馴れしく命じた。その人の顔はたちまち険《けわ》しくなり、低い声でこう言った。

「いらっしゃいませ。でも、飲んだらすぐに帰ってくださいね」

声を聞いて、その人が女性だと初めてわかった。利用されたんだな、と真央はすぐに悟ったが、失望はしなかった。この人とミャーコさんは過去に何かあり、彼女のことだから虎視眈々《たんたん》と関係復活のチャンスをうかがっていたのだ。真央がタイミングよく現れたので、しめしめと思ったのだろう。ミャーコさんと並んで、石のスツールに座り、彼女を見上げると、驚くほどに美しい人だった。余分な肉がない薄い身体はしゃっきりと伸び、耳が出る白髪混じりのショートカットはよく手入れされている。小さな顔は整っていて、おそらくミャーコさんより少し年上だろう。化粧っ気もないのに、やつれた印象がない。前髪を雨で濡らし、適当な服装の自分とミャーコさんはいかにもみすぼらしかった。

　セロリと牛肉のにおいがする湯気が漂い、彼女は銀の背の高いコップを静かに置いた。琥珀色のその飲み物からは、くらっとするアルコールの気配が立ち昇った。口をつけたら、こわばっていた身体が柔らかくほとびていく。塩気とほのかな甘みもある。十五年以上前に暮らしていたアパートが目の前に広がる気がした。

「この味、四葉さんの味じゃないですか。ええと、確かビーフティーですか？」

真央がそう言うと、しばらくして、彼女はこう答えた。

「ブルショットという昔からあるカクテルです。普通はビーフブイヨンで作りますが、山戸家のレシピの、ビーフティーにウイスキーを足してます」

このカクテルの産みの親は私ね、とミャーコさんは横から得意そうに口を挟んだが、女主人は冷たく無視した。

「あれを飲んだってことは、あなたも何かに困って、山戸家を頼ったってこと？」

と、彼女がこちらを覗き込んだ。態度とは裏腹に、目尻がやや下がっている大きな褐色の淡い瞳を見て、この人が誰なのか、真央はやっとわかった。

第四章

舞があの事件を起こしてからというもの、横浜髙島屋の八階展示場では、手荷物検査が実施されるようになり、今なおそれは続いているらしい。それは正しい判断だ。有名画家の作品を切りつけたいと思っている、彼らのモデルになった女たちは、自分以外にもきっと大勢いるはずだから。

あの日、初老の太った警備員は、舞が魚用のペティナイフをリュックサックから取り出してもなお、ぼんやり、突っ立っていた。そもそも、彼の絵をじっくり観ようという客は、あの時期、ほとんどいなかった気がする。舞の少し前を歩いていた、五十代くらいの女性二人が水気のある白い指先に挟んでいたのは、このデパートで五千円以上使った客に配られる無料券だった。買い物のついでだったらあの一世を風靡した「りぼんのぼうし」の原画を見ておいてもいいか。そんな弛緩《しかん》した空気が充満していた。

作品点数が少ないので、絵と絵の間隔が空いていて、ごまかすための大げさな照明の中を織維が舞っていた。もし、あの時、展示会が多少なりとも活気に満ちていたら、知的好奇心の空気がちょっとでも漂っていたら、舞はあの絵にナイフを突き立てようとはしなかったかもしれない。

額縁の中の、幼い自分は泣いている。傍らの説明文には、「りぼんのぼうし」の女の子は、仲良しの女の子が異国に旅立つことになり、彼女のくれた帽子を胸に抱き締め、横浜港で見送りをして涙をこぼしている、とある。あの男や山戸夫妻が発売当初から、必ずそう言い添えているままだ。

先ほどの五十代女性二人組が悲鳴をあげた。

警備員に取り押さえられたのがいつか、どのタイミングで山戸四葉が割って入ったのかは、舞にはどうしても思い出せない。四葉はその時、受付嬢の格好をしていた。ああ、そうか、実家が傾き、あの男のお情けに与《あずか》ってるのだな、ざまあみろ、と、床に引き倒されながら、舞は思った。戸部警察署で取り調べを受け、確か器物破損未遂として厳重注意を受けた後、そのまま山戸家に連れてこられた経緯も、よく思い出せない。タクシーが急坂を登っていることだけは、わかった。自分の身体の重みで、全身が背もたれに押さえつけられるほど、車体が斜めになったことはよく覚えている。

背の高い門が内側に開いたら、枯れた草木で荒れ放題の空間が現れた。その奥にある屋敷は、大きいけどがらんとした印象で、汚れた色をしていた。グーグルアースで確認した時は、もっと庭の手入れは行き届き、薔薇が咲き、白壁は輝いていた。応接間には皿だの置物だの物が多すぎるせいで、掃除がされていない部分が目立った。あちこちに埃がたまっていて、暖炉の中には雑誌が積まれていた。舞は自ら応接室のソファに横たわった。自己紹介をしようとする四葉と一葉を、舞は制した。

「ネットみてればあなたたちのことは全部わかるんで」

そう言ったら、四葉は不思議そうな顔をした。この人、本当に恵まれているんだな、と思った。ネットから距離をとって生活できるのは特権の証《あかし》だ。舞にとって、インターネット黎明《れいめい》期から三十四歳の今日までそこは全世界だった。一葉はソファの端に腰掛け、こちらを遠慮がちに覗き込んだ。白髪を一つにまとめすっかり痩せた彼女は、メディアに頻繁に出ていた頃とは別人で、亡き山戸みつばに少しずつ似てきているようだ。

「初めて会いますよね。舞さん……。私、ずっとあなたが気になっていたんです。いつこっちに帰ってきたんですか？」

案の定、あの男から山戸家に伝わった舞の話は全部嘘だった。「りぼんのぼうし」で有名になったことをきっかけにティーンモデルとして活躍していたが、高校入学を機にやめ、俳優を目指して海外に渡ったという経歴は、微妙にあの男の娘たちの人生に似ていて、鳥肌が立った。だから、舞は横になったまま正しく教えてやった。

そもそも自分は当時モデルでも子役でもなかった。一九八六年、離婚して杉並区から実家の白楽《はくらく》に戻ってきた母は、金銭的にはまったく不自由ないはずなのに、舞を利用しての一発逆転を狙っていた。父も横浜の生まれで、離婚後は一度も会ったことはないが、アメリカにルーツがあったらしい。そのせいもあるのか、舞は人目を引く容姿をしていた。目黒にあった芸能プロダクションに登録させられ、舞は休みのたびに渋谷や青山にオーディションを受けに行った。

　書類審査は簡単に通るのに、口を開くとことごとく落ちた。舞は音痴だし、今もそうだが、あがり症だ。運動神経が悪く、バレエ教室は通い始めて二回で首になったし、セリフを暗記できるほど頭もよくない。

　ただ、転校先の小学校にはもう真田《さなだ》さんという仲良しがいて、彼女に誘われて入った科学クラブの活動を楽しみにしていた。真田さんは他の子のように舞の顔の話をせず、そもそも人の外見にほとんど興味がないようだった。彼女と色水を作ったり、フラスコから突然、塩が吹き出すのを眺めるのが、ただ好きだった。共働きの親が帰ってくるまでは一人で過ごしている真田さんのマンションに遊びに行って、学校帰りに摘み取ったおしろい花の汁を絞って白いハンカチを染めたり、ミロやシャービックを作る放課後を、舞は気に入っていた。果物をしぼって牛乳にまぜてカラフルな飲み物を作った。それを凍らせたり、またはあたためると違った美味しさが生まれる。二人で実験結果を壁新聞にまとめた。一番は苺、二番はバナナ、ライチはあんまり牛乳に合わなかった。

　しかし、ある日突然、母が「歌も踊りも必要ないの。絵のモデルをやってみない？　横浜でアトリエを開いている、有名な先生が舞くらいの女の子を探しているんだって」と言い出した。もし、気に入られれば、舞の顔がお菓子の缶になるのだという。どうせ、落ちるに決まってると思って、舞は科学クラブを休んで母と一緒に赤レンガ倉庫近くのマンションに行った。母はすぐに居なくなった。

最初の日、彼はとろんとした顔つきで、あの港が見える部屋に現れた。鼻につんとくるお酒の匂いがした。舞をじっと見つめるなり、靴下を脱いで、と言われた。訝《いぶか》しく思ったが右足と左足からソックスを抜き取った。舞の足首を、彼は二時間以上、ただ無言でみつめていた。トイレに行きたいとおずおず要求したが、それはダメだ、とその時だけ怖い顔で言われた。アトリエに母が迎えに来た時、舞はもうおもらししそうになっていた。

その晩はうまく眠れず、もうあそこには行きたくないと思った。しかし、次に会った時、彼はとてもおしゃべりで楽しいおじさんだった。同い年くらいの娘がいる、と女の子たちの写真を何枚も見せてくれた。三人とも絵の具で全身ベタベタになって、大きな板に、その顔や身体のシルエットを体当たりで写していて、舞もこの仲間に入りたいな、とクスクス笑いながら思った。彼はこの辺では有名な「パティスリーヤマト」のクッキーと紅茶で舞をもてなし、ドイツ土産のおもちゃをくれた。赤い鼻の男の子の人形は、お腹をぎゅっと押すと、キンキンした声で叫ぶので、舞は笑い転げた。このクッキー、真田さんにあげたいなと思ったその瞬間、彼が「しばらく、学校にいかないで、このアトリエに来てくれないかな」とにこにこしながら言い出した。「もう完成するお菓子の缶の絵のイメージはできているんだけど、君は子どもらしくて元気すぎて、ちょっと印象が違うんだ」と、穏やかな口調で続けた。舞はそうかなあ、と思った。

　自分はそんなに元気がある方ではない。それはプロダクションでもよく注意されることだった。発育がよく、大人びて見えることも、子役としてはプラスに働かなかった。勉強は好きではないので、学校に行かなくていいのは楽だが、真田さんに会えないのだけは嫌だった。母は、彼が舞を描く気でいると知ると、大喜びして、学校をしばらくお休みすることが決まった。やがて、彼の要求で、母なしでアトリエに通うようになった。

　彼は舞に実のところ一回しか触れなかった。そのせいで誰も舞の話を信じてくれなくなる。


　彼は友達に会うことを禁じた。いつもここではセーラーカラーのついたワンピースを着ること、体重を五キロ落とすこと、そして時々、靴下を脱ぐことを要求した。母はサラダと果物ばかり食卓に出し、祖父母に注意されると「舞の将来のためだ」と言い返した。

　毎日身体がだるくて、始まったばかりの生理が止まった。彼が自分から奪った靴下をくんくん嗅ぐのが気持ち悪くて、思わず涙を浮かべたら「その顔だよ」と大喜びされて、りぼんがついた麦わら帽子を押し付けられた。その時、舞のふくらみかけの胸をぼうし越しに一回、ぎゅっとひねるように握った。胸は翌日まで痛かった。

　でも、自分の勘違いだろうと思った。というのも、お酒を飲んでおらず、機嫌がいい時の彼は、娘たちの話をよくするのだ。三人とも放っておいても、次々に素敵なことを思いつく元気いっぱいの女の子たちだ。毎日、広い庭に段ボールで王国を作ったり、カメラを回して自ら映画を作ったりしているそうだ。そんな面白いおうちに生まれたかったなあ、と舞は感じた。愉快な三姉妹といつか大磯にあるそのお屋敷で遊ぶことを夢見るようになった。

ある日、アトリエにいったら、鍵がかかっていた。変だと思って、通りの公衆電話からおじさんの自宅に電話した。あの女の子のうちの誰かが出るかなと期待したが、呼出音が続くばかりだった。しばらく、マンションの前のレンガ造りの植え込みに座って待ったが、おじさんは現れなかった。後日、母から「絵が完成したから、もうこなくていいんだって」と、慌てたような顔で伝えられた。

学校にいったら真田さんはもう別の友達を作っていた。それからしばらくして、舞の顔が描かれた缶入りのお菓子が発売される。ずっと登校していなかったせいもあり、からかってくる男子たちを注意してくれる女の子は一人もいなかった。

「りぼんのぼうし」のモデルは舞という噂はその後、どこに行ってもついてまわった。中学では「りぼんのぼうし」の缶が毎日机の上に置かれた。舞が学校に行かなくなってから、母は祖父母といつも喧嘩をしていた。そして、すぐ舞を連れてまた東京に引っ越すことになる。再婚相手の自営業の男は思い返してみれば、今の舞くらいの年齢で、こちらに気を遣ってくれる人だったけれど、歳が離れた異性と同じ空間にいることが耐えられず、母と何度も話し合った結果、祖父母の家に戻った。

横浜はどこを歩いても「りぼんのぼうし」だらけなので、ほとんど自宅から出ないで、祖母の家事を手伝ったり、ゲームをしたりネットをみたりして過ごした。意を決してアルバイトを始めたり、学校説明会に行くと、必ず異性に目をつけられ馴れ馴れしく声をかけられるので、すぐに気持ちがくじけた。祖父が亡くなって祖母一人になり、彼女が自ら介護施設に入りたいと言い出すまで、舞は彼女の面倒を見続けた。

人前に出る仕事は絶対に嫌だった。なんの資格もない。舞はもう二十五歳だった。ただ、舞は昔から冷たい水に触れたり、液体を混ぜていると不思議と気持ちが落ち着いた。単純作業は苦ではない。紀尾井町のプールが有名なホテルのレストラン厨房のアルバイト面接で、皿洗いと下準備を希望した。フロアに出るのだけは嫌だ、それ以外ならなんでもやる、と言った時、絶対に落ちると思ったが何故か受かった。料理長が女性のせいかスタッフも同性が多く、働きやすかった。

舞は髪を短く切り、いつもぶかぶかのデニムとトレーナー姿でうつむきがちに歩いたし、制服もサイズが大きいものを選んだ。誰も「りぼんのぼうし」の女の子だと気付かなかったと思うし、そもそも東京であのお菓子は新しいお菓子の人気に押し流されて忘れられかけていた。

祖母が亡くなり白楽の自宅を売却した後、ホテルに自転車で通えるアパートで一人暮らしを始めた。ペダルを踏みながらお堀沿いの風を頬に受ける度に、自分が女の子を脱していくのがわかった。

あの日、レストランは貸切だった。

どうしても人が足りないから、と料理長に直々《じきじき》に頼まれて、舞は働き始めて九年目にして初めて、ギャルソンの出《い》で立《た》ちで銀食器が載ったワゴンを押した。黒ずくめで硬い生地は身体の凹凸をまっすぐに均《なら》してくれる気がして、接客もいいかもしれない、と気楽にさえなっていた。

長いテーブルについていたのは壁山一家だった。あの男は髪もヒゲも白くなっていてさらに太っていた。皮膚は分厚く赤かった。サンタクロースのようにお腹を揺すって、楽しそうに笑っていた。写真の中の女の子たちはみんな大人になっていた。一流ブランドをさらりとまとい、それぞれ外国人の夫や子どもを連れていた。壁山の妻らしきシニア女性は白髪を刈り上げていて、光の加減によって灰色にも緑色にも変わる、布袋をかぶっているように見えるワンピースがよく似合っていた。

誰一人、舞には気付かなかった。壁山の前に舞が新しい皿を並べた時も、魚を切り分けるペティナイフを置いた時ですら、彼は一瞥《いちべつ》もしなかった。厨房にたどり着くなり、舞は裏口から外に出た。お堀に向かって朝食べたものをすべて吐いた。それっきり、あの職場には戻っていない。

ごめんなさい、と最初に言ったのは、一葉の方だった。四葉は真っ青になって震えていた。

「私たち、どうやってつぐなえばいい？」

四葉はか細い声で言った。想定外の反応に、舞は面食らった。嘘つき呼ばわりされるか、考えすぎだ、と言われるか。もしくは同情を浮かべつつ、やんわりと追い出されるか、そのどれかしかないと思っていた。

「全部、私にください」

と、舞は声を振り絞った。十一歳からずっとこの言葉を、この女にぶつけたかったのだ。だから、自殺だけは踏みとどまってきた。

「あなたの人生、みんな私にくださいよ」

「りぼんのぼうし」のモデルは山戸夫妻の孫だという噂は世間ではほぼ事実になっていた。山戸幸太郎のインタビューから察するに、彼女は名門女子高から大学に進み、何一つ苦労なく生きてきた。目の前の女は地味で年下とは思えないほど、老《ふ》けていて、命のきらめきさえない。この子の身代わりをさせられたんだと思ったら、高島屋の時と同じ気持ちになった。四葉は無言のまま応接間から姿を消し、すぐに湯気を立てたコップを持って帰ってきた。

「よかったら、これ、飲んで。元気が出るから」

ビーフティー、と四葉は言った。二日前にお堀で吐いてから何も食べていなかった。食欲はまったくなかったが、その温かな具のない、塩味すらない、スープのような飲み物だけは、喉をすべり落ち、指先にまでじんわり行き渡った。

ビーフティーはどんな時でもすぐに出してもらえたから、舞はその日からひたすらそれを飲み続けることになる。山戸家での日々は楽だった。何も考えずに舞は毎日寝て暮らした。長年働いていた家政婦さんを雇えなくなったせいで家事はおざなりだったらしいが、四葉が舞のためにせっせと掃除するようになったせいで、環境はすぐ快適になった。三食ばかりか英国風のおやつ、熱いお風呂と糊の効いたシーツがぴんと張った客間のベッドが用意された。紀尾井町のアパートの解約も母娘のうちどちらかがしてくれたらしい。ありがたいとは思わなかったが、二人が尽くしてくれるほど舞の呼吸は深くなっていった。

気力が復活すると、海が見える公園や元町をぶらぶら歩いた。明治創業の店がしれっと続いているのが興味深かった。舞が嫌がるものを、山戸母娘は一切目に入れなかったし、こちらが話しかけたそうでない限り、コミュニケーションを取ろうとはしなかった。

四葉がいつも家にいるのとは逆に、一葉はなんだかんだとよく外に出て行った。山戸家の事業といえばもう「りぼんのぼうし」関連かジャムやクッキーの通販サイトだけだろうに、疲れた顔をしていることが多かった。真夜中、彼女はよく居間のソファに座って、一人で宝石の通販番組を見ていた。

「私、寝付きが悪いのよ。母もそうだった」

舞が隣になんとなく座ると、一葉はそうつぶやいた。美顔ローラーは手にだらんと握りしめたきりだった。

「睡眠薬飲めばいいじゃないですか」

舞はそう言って、テレビ画面の中の緑色のアメジストを見つめた。アメジストに緑なんてあるんだ、と思った瞬間、司会の女の人がどうだ、珍しいだろう、と得意満面に主張するので辟易した。十代半ばから、舞が精神安定剤と睡眠薬に頼らなかった夜はほとんどない。

「睡眠薬を飲むと、翌日ずっと頭が痛くて、鼻の奥が詰まった感じがするの。だったら、飲まないで、寝ないで暮らした方がいいかなって」

「あー、そういう人たまにいるみたいですね」

「眠る時って、なんか、死ぬみたいじゃない？　自分が消滅する瞬間みたいじゃない。私も母も我が強いから、きっとそれが嫌なのよ。そもそも、自分が消える感覚っていうのが、昔から私はずっと苦手だったの。だから、俳優が向いていなかったのよね。役に没入するのが嫌いだった。今思えば」

　舞は、部屋着姿の白い髪がぼさぼさの女をじっと見つめた。実は初めて会った時から、自分とちょっとだけ、似ている人だなと思っていた。人目を引く外見をしているのにそれを本人が楽しむ様子がなく、いつもピリピリ先のことばかり考えている。舞も演技や踊りや歌の直前に起きる、あのちょっと自分が遠ざかっていく感じが大の苦手だった。

　舞は一葉の横で安定剤を飲み、十分空けて睡眠薬を二錠のみ、おやすみなさい、と言って部屋に引き上げた。


　それから約十ヵ月、舞は山戸家で暮らすことになる。二〇一〇年代初頭の山戸家はもう人の出入りはほとんどなくなっていたから、いつも屋敷は静かだった。四葉の幼馴染にして親友、を名乗るあの女にしても結局、二、三回くらいしか会っていないと思う。

　最初に会った時から、舞は郷田実亜子のことが大嫌いだった。冷たい雨が細く降る十一月、あの女は騒々しく夜中に押しかけてきた。したたかに酔っ払っていたくせに、ソファでブランケットに包《くる》まってビーフティーを飲んでいた舞の顔を、じろじろ見ることは忘れなかった。

「なんだっけ、それ。昔、みつ婆が好きだったよね。ねえ、私も飲みたい」

四葉に甘え、ビーフティーを運ばせたくせに、一口飲むと、うわ、これ老人の味じゃん、と顔をしかめ、断りもなく台所に行って、高級そうなウイスキーの瓶をとって戻ってきた。ビーフティーにとくとくと滑らかな液体が注がれるのを、舞は冒瀆《ぼうとく》のように感じた。実亜子はいつも、自分の家かのように振る舞った。

「ね。これ、美味しい。あったまるよ。飲んでみ？」

と、実亜子はふいに言い、ニコッと笑って親しげに飲みかけを差し出してきた。どきっとしたのを悟られたくなかった。こちらへの好意が丸わかりだった。それなのに、実亜子はそれを恥じる様子も隠す気配もなかった。その瞬間、彼は舞に向けた己の感情を完全に一人で引き受けていた。こんな笑顔に舞は免疫がなかった。舞を一方的に好きになる男たちはいつも傷つかない逃げ道を用意しているか、舞を悪者にするかのどちらかだった。

しかし、実亜子はすぐに今付き合っているとかいう女の話を四葉に始め、それがだらだらと長く、自慢ったらしいので、舞はブランケットを目の上まで引っ張り上げた。お酒を飲むのはほとんど人生初めてだったので、身体がぬくぬくして、眠くなってしまった。あの男のせいで、アルコールは徹底的に避けて生きて来た。

「壁山家と和解しなよ。四葉。このままじゃ、周りがみんな敵になるよ」

ふと目が覚めたら、台所の方から、実亜子のごく気軽な声が、途絶え途絶え聞こえてきた。

「咲ちゃんから聞いたよ。おじさんが全面的に悪いよ。でも、実際にあの子に暴力を振るったわけではないでしょ？　勘違いもあるんじゃないの？　よく話を聞いてみたら？」

さっき、一瞬でもあの女に心を揺らしたことを、舞は後悔したが、ブランケットをはねのける気力がなかった。

「ミャーコ、それは違うよ。目に見える傷がなければ、暴力じゃないなんてことない。あれは、暴力だよ」

咲ちゃんとまだ会ってるの？　と彼女にしてはかなり強い言葉でなじっていた。壁山んちの三女のことかなと考えながら、舞はそのまま眠りに落ちた。

日は高く昇っていた。実亜子はもちろんのこと、一葉も四葉もいなかった。テーブルにはまだ温かなトーストサンドイッチとサラダとビーフティーが用意されていた。二階を探してみても誰もいない。玄関が開く音がしたので階段に駆け寄って見下ろすと、四葉が外に出ようとしているところだった。「どこいくの」と舞が問うと、四葉はこちらを見上げ「アルバイト」と答えた。

「また、髙島屋の仕事？」

と、舞が顔をしかめると、

「ううん。単発のスーパーの仕事だよ。この辺だと、顔見知りばっかりだから気まずくて。遠くの街まででかけてるの」

思わず「その感じ、わかる」とつぶやいたら、吹き抜けのせいか四葉の耳まで届いてしまったらしく、彼女を嬉しそうに微笑ませた。

「試食販売だから、どこも一回こっきりなところがいいんだ」

そう言って、彼女はかなりの軽装で屋敷を出て行って、夜まで帰ってこなかった。

母娘が着々と横浜をひっくり返す作戦を進めていたことに、この時、舞は気付かなかった。


よければ散歩にいかない？　と一葉さんから声をかけられ、彼女と一緒に邸宅を出たのは、舞が山戸家にきてから二ヵ月を過ぎた頃だった。

一葉さんは普段はだらしないが外に行く時は身綺麗なので、寝巻きのような姿で隣を歩くのはさすがにはばかられた。舞はしばらく考えて、山戸夫妻が生前使っていた寝室に入っていった。クローゼットを開け、ずらりと並んだ、山戸幸太郎のよく手入れされた愛用品をしばらく眺めた後で、ツイードの厚手のチェスターコートを羽織った。

鏡台の前に座り、前髪だけ残して襟足までばっさり短くした髪を、彼の好んだにおいの強いポマードでなでつけ、オールバックにした。散髪は月に一度、四葉がサンルームに椅子を出して切ってくれるので、美容院にいく必要がない。

鏡台には青灰色の素材でできた金やダイヤモンドがちりばめられた宝石箱が置いてある。中を開けると、カノンの調べが流れ出し、金色の蝶々がゆっくり羽ばたく。クリーム色のベルベットが貼られていて、そこにはみたこともないほど大きなダイヤモンドやサファイア、真珠の首飾りがぎっしり詰まっている。母娘が見守る中、舞が寝室に自由に出入りするようになってからだいぶ経つ。この箱を持って、逃げてしまおうか、と思ったことが何回もある。だが、あまりにも無防備に宝石箱がそこにあるので、だんだんとそんな気持ちが萎《な》えていった。ルビーの指輪を手に取り、しばらくの間、もてあそんだ。午前中の日差しが、宝石を貫いて、目の奥をチカチカさせた。壁の一部が赤くきらめいている。

着の身着のままで住み着いてからというもの、最低限の下着類は中華街近くのスーパーマーケットで調達し、衣服はすべて山戸家のものを借りている。四葉が愛用するみつばの形見のケーブル編みのセーターやキルトスカートは好みに合わない上、つんつるてんだった。一葉さんのパンツやジャケットはサイズは合うが、デザインが奇抜だったり癖が強すぎて、目立ってしまいそうだった。しかし、山戸幸太郎の持ち物は地味な色合いなのに、着ると、どれも実際より肩幅が大きく、身長がより高くみえた。威厳のある生地は、舞の凹凸のある体つきやもろさを飲み込んでくれるみたいだった。自分を搾取してきた連中の持ち物を直接肌に身につけることに何故かまったく抵抗は感じなかった。

山戸母娘が「舞さん、おじいちゃんの昔の写真そっくりね！」とはしゃぐのはうっとうしい。ただ、この人たちはただの一回も、舞の容姿に関して良いも悪いも言及することがなかった。これが育ちの良さというものなのだろうか。

その日、空は冷たく澄み渡っていて、遠くの船の汽笛がよく聞こえた。カモメの旋回を目で追っているうちに、思い切って横浜に帰ってきてみてよかったのかもしれない、と舞は思った。この辺をうろうろするようになってしばらく経つが、三十代半ばの舞を「りぼんのぼうし」の女の子ではないか、とこれまで指差した人間はひとりもいない。そもそも九〇年代は横浜中に溢れていたあの絵やパッケージを、少なくともこの界隈《かいわい》ではもう目にすることがない。あのお菓子も現在、オンラインと土産物専門店だけでしか買えないらしい。それが山戸家の主な収入源ということになるのだろうか。

　緩やかな坂道を並んで下っていくと、犬を連れた夫婦や観光客と次々にすれ違う。乱暴にまとめた白髪を濃い青のストールにぐるぐると巻き込み、刺繍やラメが入ったジャケットにブラックデニムが張り付いたすらりとした足に男もののブーツをあわせた一葉さんをじっと見つめる人は、大勢いた。その後で必ず傍らの舞を見た。四葉と一葉さんより、同じくらい背が高く顔立ちの派手な自分と彼女のペアの方が、ずっと母娘のように見えるかもしれないな、と思った。実の母親はたまに連絡をしてくるものの、舞が今、どこに住んでいるのか、聞こうとさえしない。

　今日も四葉は朝早くから菊名に出かけていって、試食販売のアルバイトをしている。なんだか初めて彼女に勝ったような気持ちになった。

　一葉さんの吐く息は白い。頰も唇も薔薇色だ。山戸家の世話になればなるほど、季節の移り変わりや風の温度に身体が敏感になっていく。環境のせいか、自然に散歩がしたいと思う。薬なしでも、深く眠れるようになった。急に息苦しくなったり、めまいがすることもない。ビーフティーを口にするたびに、食欲が増していくのがわかる。自分は今、生活を奪い返している真っ最中なのだ。誰に言うわけでもないが、これはれっきとした復讐だと思っている。

「港の見える丘公園」に、これまでも舞は一人で訪れたことがあった。でも、一葉さんと見上げた、その見晴らしのいい展望台から離れた場所にある、母親と幼い二人の子どもの彫像は初めて目にするものだった。

「七七年、厚木基地のすぐそばで起きた飛行機墜落事故で、小さな子どもが大やけどをして、二人亡くなったの。その後、子どもの母親も亡くなった。アメリカ兵は優先的に救出されたのに。これは、そのことを忘れさせないために遺族が望んで、建てられた像」

　と、一葉さんはつぶやいた。そういえば、小学校の頃、授業でこの話を聞いたことがあるような気がする。確か、亡くなる寸前に子どもが「鳩ポッポ」の歌をうたったとかいう、あまりにも痛ましい話で、幼い頭では受け止めることができず、記憶から排除していたのかもしれない。

「うちの母はね、あのニュースが朝、流れていた時、かわいそう、運が悪かったのよ、なんて紅茶を飲みながら、のんきに言ってた。私はそういうところが昔から、許せなかった。母は、昔から、米軍が起こした事件にいつも無頓着だったの。本当は地域で起きている暴力や理不尽に気付いているくせに、自分たちの生活を守るために、いろいろなことを見ないようにしていたの。私たちが豊かに暮らしていく上で、踏みつけている人たちがいることを無視していたの」

　公園を出てしばらくすると、右手に外国人墓地が現れた。

「戦後、嬰児《えいじ》の遺体がこのあたりにはいっぱい捨てられていたの。アメリカ兵と日本人女性の間の……。レイプで出来た子、中絶したくてもできなかったりした子、でしょうね。でも、この辺は昔からエリート外国人しか埋葬しない。みんな、根岸の外国人墓地に運ばれたのよ」

もうずっと思い出していない、幼い頃に別れた父のことを思い出した。舞に似て、淡い褐色の目を持つ父は、アメリカ人の軍関係者の祖父と日本人の祖母から生まれたそうで、祖父との縁は薄いらしい。そう聞いた時は特別になんとも思わなかったが、その祖父母の関係は本当に対等なものだったのだろうか、と疑問がふと湧いてきた。

一葉さんは今、自分の横顔を見つめているのだろうか。急な下り坂に足を速めながら、彼女は話してくれた。

生まれた瞬間から横浜の駐屯兵の作り出す文化は、一葉さんの人生に密接にからみついていた。この場所からも赤い屋根が見える名門女子校時代、同級生の多くは崖の下に広がる、本牧のベースキャンプに出入りしていて、一葉さんもよくそれについていった。米兵の家庭のベビーシッターのアルバイトは実入りがよく、語学力もつくと人気だった。そこはまるで小さなアメリカで、クラブでは世界最新の音楽で踊ることができた。当時、この地から生まれた大人気ＧＳバンド「ザ・ゴールデン・カップス」のイケメンメンバーの何人かは、アメリカや中国にルーツを持っていたそうだ。

山戸家だけではなく、横浜の自営業者の多くが米軍からの恩恵を受けていたのはまぎれもない事実だった。米兵のニーズに合わせたレストランで成功した山戸夫妻は、一葉さんがまだ幼い頃、野毛からこの地に越してきた。

幕末から明治にかけて、イギリスとフランスの軍隊の駐屯地となっていた山手文化に溶け込むために、山戸みつばは、今度は英国圏の生活習慣を大急ぎで身につけた。一日五回紅茶を飲み、テニスを習い、庭では薔薇を育てた。二世代にわたってこの地で暮らしているイギリス人をせっせと家に招いた。まるでペリー来航時からこの地で続く老舗企業の創業者一族であるかのように振る舞い、元町にイングリッシュスタイルの飲食店を次々とオープン。成金とそしられても、頑なにそんな設定を貫いた結果、だんだんとそれが板について、説得力を持つようになった。

「飲食店は何を出すか、じゃない。誰が来るか、が重要なんだよ」が口癖で、人脈作りに余念がなかった。これぞと見込んだ若者には食事代をタダにするばかりではなく、自宅にまねき、仕事や人を紹介し、早い段階で恩を売った。みつばが目をかけた人物は必ず有名になる。彼らはお気に入りの店としてヤマトの名をあげるばかりではなく、そこでインスピレーションを得てヤマトが登場する創作物を作ったり、著名人の集まる会食の場として使ってくれるため、そこから先は何もしなくてもブランドの価値は高まっていった。山戸家では毎週、有名人ばかりのパーティーが開かれていた。

　幼い一葉さんの目には、母親のそんな自己プロデュースがこっけいに映った。父は一葉さんにとても優しかったが、無学なせいもあって、全て母の言いなりだった。みつばは、父に似て何もしなくとも人を惹きつける一葉さんを、自分たちの物語の最後の仕上げの一滴として使おうとしていた。すなわち、名門女子高から付属大の英文科に進み、欧米に長期留学、英国圏の文化を完全に自分のものとした後で、山戸家の家業を継ぎ、女性実業家になることを執拗《しつよう》に求めた。

いっちゃんは結婚なんてしなくていい、男なんかに振り回されちゃだめ、あんたは世界を股にかけて一人で生きていける、そんな新しい時代のレディになるんだよ、と幼い頃から、みつばに添い寝される度に、言い聞かせられてきた。自分はパパに首ったけなくせに、なんで自分だけ恋をしてはいけないのか、よくわからない。でも、女だらけの取り澄ました学校なんて一葉さんは最初から嫌だった。崖の下に住む同じ小学校の男の子たちと遊んでいる方が好きだった。シェパーズパイやビーフティーよりも、給食の焼きうどんやだんご汁の方が好きだった。真珠や仕立ての良いワンピースよりも、進駐軍のバザーで手に入れたジーパンやどぶ板通りで売られているスカジャンをミシンで改造して着こなすのが好きだった。

「だから、大学は、母の反対を押し切って、東京の共学に進んだの。入学した六六年は学生運動の真最中でね、みんな、自由や平等について真剣に考えてた。ベトナム戦争に反対する運動が盛んで、ちょうどその頃、横浜はベトナム戦争のおかげで好景気だったから、すごく肩身が狭くてね。私の人生は考えてみたら、そこから始まったのかもしれない。唐十郎《からじゅうろう》が紅《あか》テントを旗揚げしたばかりで、私は大ファンだった。お芝居を通じて社会を変えられる可能性を感じて、大学の演劇サークルに入るのよ。そこで知り合った仲間たちが……」

一葉さんの言葉はどんどん熱を帯びていくが、舞はほとんど聞き流していた。

飛行機事故の話までは彼女を近く感じていたが、なんだかまた遠くなってしまった。小説でも映画でも、創作物に無邪気にのめり込む人間というものが、昔から、舞はあんまり得意ではない。インターネット黎明期も、人気アニメで盛り上がるコミュニティよりも、ニュースについて自由に分析する場所の方が居心地がよかった。

帰り道、二人は元町通りのユニオンというスーパーマーケットに寄って、四葉に頼まれた夕食の買い物を済ませた後、「テーラー・ゴウダ」というオーダーメイドの店の前を通った。郷田実亜子が大あくびをしながら、通りを箒《ほうき》でなでていた。

彼女の祖父が経営する店を手伝っていると四葉に聞いたけれど、こんな質の高いオーク材で作られた専門店だとは思わなかった。舞が今着ているような素材のスーツやシャツを着込んだスタンドボディが並び、ガラスケースの中には渋い色合いの布地が艶を放っている。改めて、こういった雰囲気や服が好きだ、と見惚れてしまう。

「ミャーコちゃん、最近、よく頑張ってるじゃない。今までで一番長く、仕事が続いているんじゃないの？」

一葉さんがそう声をかけると、彼女はいかにもおっくうそうな顔つきになった。

「本気で店を継ぐと決めたわけじゃなくて、アートの一環として服飾の勉強してみてもいいかもって言っただけ。それなのに、じいちゃんが、やっと後継が見つかったって、張り切っちゃって」

実亜子はそう言って、店の奥で忙しそうに立ち働いている、山戸幸太郎のクローゼットで見つけたものとそっくりなベスト姿の老人を振り返った。すぐそばに、さっき公園から見えた港の景色を描いたらしき、油絵が掛かっている。壁山とのことがあってから、額縁に入るような絵というものは好きではない。でも、たった今見た風景がまだ色あせていないせいか、それともこの店の雰囲気のせいか、素敵な作品だな、と舞は自然に見入ってしまう。
　ふと顔を上げると、実亜子はこちらの出で立ちをじろじろと興味深そうに見ている。例の人懐こい笑顔を浮かべたが、今日は話しかけてはこなかった。

その週の日曜日、地元新聞の朝刊に山戸家は広告を出した。それは「りぼんのぼうし　新パッケージ案募集」と大きく題された以下の短い文章だった。四葉が考えたものだという。

　パティスリーヤマト『りぼんのぼうし』は八八年に発売以来、横浜銘菓として多くのみなさまに愛されてきました。そこには、創業者の山戸幸太郎と山戸みつば夫妻の友人でもあった、壁山純之助氏の描いた少女の絵が大きく力を貸したと思っています。しかし、私たちはこのパッケージのモデルになった女性から、告発を受けました。絵が描かれた当時、壁山純之助氏から性的加害行為を受け、二十三年経つ今なお、終わりのない苦しみの中に彼女は生きています。山戸家は壁山氏を断固許すことはできません。再三に及び話し合いの場を設けましたが、氏から誠実な対応は受けられませんでした。
　よって我々は市場から『りぼんのぼうし』をすべて回収し、新パッケージに切り替え、再販いたします。今回は、あの少女の絵に替わる、新デザインを女性限定で募集します。性別を女性のみ、としたのは被害者に寄り添うためです。賞金は五百万円。まだ世にでていない女性の才能を是非、お待ち申し上げております。なお、新『りぼんのぼうし』売り上げは性暴力撲滅団体に寄付、さらに被害女性の今後の人生を立て直すために役立ててまいります。

パティスリーヤマト　山戸一葉

山戸四葉

山戸家のことを調べるほどに、山戸みつばの時代を先取りするセンスは天才的であった、と舞は認めざるを得ない。検証していくと、彼女の発想は世間より常に一年ほど早い。爆発的に流行する味わいや内装を、どこよりも早く、しかし決して早すぎない絶妙な塩梅《あんばい》でスッと取り入れる。

しかし、一葉と四葉のあの宣言文は約十年、早かったのだ。この文言が受け入れられるほど、二〇一〇年代初頭の日本は成熟していなかった。

端的に言って、二人は地域全体から猛烈な反発を食らった。「りぼんのぼうし」は一世を風靡したお菓子であり、誰もの心の中で幸せな記憶と結びついていた。この文言はそれを否定するばかりではなく、汚れた水をぶちまけたようなものだった。みんな自分が性犯罪に加担しているなんて思いたくなかったし、あの少女の涙が、友達との別れを惜しむものではなく、大人の男の欲望におびえたものだなんて、わざわざ知りたくなかったのだ。

それからというもの、四葉も一葉さんもこれまで以上に、日中は外出していることが増えた。「電話にも来客にも絶対に応じるな」とだけ、釘を刺された。インターホンは一日何度も押された。電話は鳴り止まなかった。ニュース番組でとりあげられることこそなかったが、ネットで検索すれば、山戸母娘への罵詈《ばり》雑言《ぞうごん》がとびかっていた。おちぶれた一族の頭のおかしな母娘が妄想と承認欲求にとりつかれ、創業者夫妻の顔に泥を塗っている、というのが大方の意見だった。

　壁山純之助が心労で倒れ、山手の病院に緊急搬送され、上野で開かれる予定だった大きな個展が一つ中止になったことも、批判に拍車をかけていた。壁山家三姉妹がアート系専門誌に登場し、父がいわれのない誹謗《ひぼう》中傷を受けた、私たちは名誉のために戦っている、と発言したことも、こちらに不利に働いた。

　さて、この件で、舞に火の粉はまったくかからなかった。広告が出た時は多少は緊張したのだが、変わったことといえば、母から一度、「あれは、あんたのことなの？」という確認連絡が来ただけだった。ネットを隅から隅まで見ても、舞の名前は見つからなかった。もちろん「通っていた学校にこのモデルになった女の子がいた」という書き込みは散見されたが、それは別人と勘違いしたものも多く、こちらの居場所が特定できるものではなかった。だから、近所を散歩する以外、舞はほぼ山戸家でこれまで通り生活していた。

　一葉さんにも四葉にも、舞は感謝しているというわけではなかった。二人がいくら批判されていても、これまで彼女たちは十分に自分から恩恵を受けて生きてきたのだから胸を痛める必要はない、といつも自分に言い聞かせていた。

　しかし、新年すぐに放送されたアート番組で、父親のマネージャー兼アートギャラリーをいくつも経営する壁山咲子が、私は今はもう作品をつくってはいない、しかし、父にとって最適な環境を整えることも私にとっては創作活動の一環、と、和紙みたいな素材のバルーン型ワンピースに金髪のショートヘアといういでたちで神妙に語っているのを見た時だけは、胃液が逆流して、口の中がずっと苦かった。

　舞がいくら世間の声を聞いた方がいい、と進言しても、四葉はかたくなにネットを見なかった。

「知ったところでどうなるものでもないし、時間の無駄じゃない。バカな人たち、相手にするのもくだらないわ」

　そういう時だけは、四葉は金持ちらしい実に冷たい目つきになった。差出人不明の手紙はすべて庭の焚き火に放り込み、ごうごうと燃やしていた。壁に落書きをされれば、ホームセンターで買ってきたペンキで即、塗り直した。着古したセーターにエプロンを巻きつけ、毎日早寝早起きで試食販売のアルバイトに出かけ、家にいる間も何かしら手を動かしている四葉は、童話に出てくる小さなおばあさんのようだった。

　反対に一葉さんは、ますます眠れなくなっているようで、深夜に舞が目を覚ますと、いつも暗い部屋で通販番組を見ていた。朝まで一睡もしないこともざらにあったようだ。それなのに昼間は「りぼんのぼうし」の回収のためにあちこち連絡を取り、走り回っていた。一回り以上痩せて、いつもぼんやり宙を見つめていた。病院に行くことを勧めても、「睡眠導入剤は頭が痛くなる。それに導入剤があると思うと、飲むタイミングのことばかり考えてしまいかえって眠れなくなる」の一点張りだった。

四葉はそんな一葉さんの世話をも焼いた。庭のラベンダーでポプリを作って寝具や浴室にひそませたり、いい眠りに誘う食材を図書館に調べに行き、レタスのサラダやミルクたっぷりのポタージュをせっせと作っていた。一葉さんが小さくなったせいか、それとも日増しに四葉が老けていくせいか、並んだ二人は同世代の友達同士のように見えた。

郷田実亜子がサングラスにマスクに黒いコートというでたちで屋敷に現れたのは、一月も半ばを過ぎたところだった。肩のところには粉雪がついていて、澄んだ冷たい闇の香りをまとわりつかせていた。

「なんなんですか、その格好」と舞が問うと「あんたのせいでしょうが」といって、いきなりデコピンしてきた。こんな距離の詰められ方をしたことが今までない。なんで腹が立たないのか不思議だった。

実亜子は脱いだコートを当たり前のように四葉に押し付けると、

「今、山戸家に出入りしていることがバレたらこの辺りで商売なんてできなくなるよ。ただでさえうち、じいちゃんが入院しちゃって、長年いてくれた従業員も一人やめて、オーダーは減る一方だし、かつかつなんだから」

そう言って、サングラスとマスクの下から、卑怯そうな丸顔を現した。居間のテーブルにはこの二ヵ月弱の間に集まった、新パッケージ案の中からこれぞという数点が並んでいた。アクリルガッシュの匂いがぷんと漂っていた。灯りの下で、手描きの絵の具のでこぼこが浮かび上がった。

「ミャーコはどれがいいと思う。プロの忌憚《きたん》なき意見を聞きたいの」

温かなココアとホットビスケットを傍に並べながら、四葉はうきうきと親友の顔を覗き込んだ。プロ？　と舞が小さな声で聞き返すと、四葉は実亜子が非常に才能がある絵描きである、私の部屋に飾ってある私の絵も実亜子が描いたものだ、と得意そうに告げた。あの店に飾られていた港の油絵を、舞は思い出した。胸が鳴っていた。

「まず、どんなに良くても、女の子がモチーフの作品は無しだね。どうしても、前の作品には負けちゃうもん」

と、実亜子は別人のようにてきぱきと告げ、作品をより分けていく。このカンディンスキーみたいなやついいと思う、と取り上げたのが、密かに舞もいいな、と思っていた作品だった。明るいパステルカラーの図形の組み合わせだけで、りぼんがついたぼうしをミニマムに表現することに成功している。別に誰かを傷つけなくても、いいパッケージというものはできるんじゃないか、と舞は静かにショックを受けてもいた。

「ミャーコも応募すればいいのに」

と、四葉が言うと、郷田実亜子はまんざらでもない顔つきになったが、こう返した。

「やだよ。これで私の作品が選ばれてみ？　壁山家と一生縁が切れちゃうじゃん」

壁山、と口にした後、実亜子はやべ、とつぶやいて、こちらをちらっと見た。四葉はこちらより早くに眉をひそめた。

「まだ咲ちゃんに会ってるの？　信じられない」

「まあさ……、仕事を回してくれたりするし。色々あんだよ。こっちも。あの子、いつの間にか、業界の重鎮みたいになってるんだもん」

「ミャーコは、テーラー・ゴウダを継ぐんじゃないの？」

「なんだよ。絵一本で頑張れっていったり、じいちゃんの仕事継ぐのを応援したり、四葉も意味わかんないな」

　二人がやりあっていると、乾きかけの髪をタオルでまとめた一葉さんが「あ、ミャーコちゃん、来てたの？」と声をかけてきた。一葉さん、お久しぶりです、私はこの絵がいいと思うんですけど、などと実亜子は言いながら、ソファの隣の席を彼女に勧めた。

　文化祭の前日とか、お泊まり会ってこんな感じなのかな、と女たちを眺めながら、舞は思った。ずっと忘れていた真田さんとの最後の約束を思い出した。いつかはどちらかの家に泊まりにいこうと、話していたのだった。壁山のモデルになってから、うやむやになった。

「にしても、マジでそういうの似合うね、それ幸太郎さんのだよね？」

　二人きりになった瞬間、実亜子の顔が思いがけず、近くにあった。実亜子がお腹が空いた、ラーメンみたいなものが食べたい、と要求したせいで、四葉が何か作りにキッチンに消え、一葉さんは彼女が泊まれるように、山戸夫妻の寝室を整えにいったところだった。舞は山戸幸太郎のダンガリーシャツとウール素材のカーディガンとチノパンを見下ろした。

「今はまだ見習いだけどさ、いつかさ、私がシャツを作れるようになったら、最初の一着は、舞さんのために作らせてくれないかな」

　実亜子は照れた様子で、だけど、熱っぽくこちらを見つめながらそう言った。舞はふいにどうしてだかわからないけど、泣きたくなった。あの濃い飴色の店で、王子様のように跪《ひざまず》く実亜子の前で、真新しいシャツに腕を通す自分を想像した。彼女の作った服を着て、彼女と一緒にあの公園で海を見下ろすことを思い浮かべた。返事の代わりに彼女の手の甲に自分の掌をこわごわ重ねた。大きくてあたたかな、ものを作る人の手だった。

「約束だからね。絶対忘れんなよ」

　実亜子が耳元でそっとささやいた。四葉が丼を持ってヨロヨロと入ってきたので、慌てて彼女の手を離し、この話はおしまいになった。

　その夜は、すぐそばの山戸夫妻の寝室で実亜子がいびきをかいているせいもあって、なんだか身体中がくすぐったくてすぐ寝付けなかった。

　階下に降りていくと一葉さんが相変わらず暗闇でテレビを見ていた。この人、何日くらい寝ていないのかな、とふと、不安になった。一葉さんはこちらを見るなり「パパ！」と怯えた顔で叫んだ。舞がびっくりして棒立ちになっていると「パパ、パパ！」となおも言いながら、駆け寄ってきて、こちらの頬を撫でたり、胸に顔を擦り付けてすすり泣いたりする。舞がその時、羽織っていたガウンは山戸氏のものだった。

　しばらく悩んだが、舞はその小さな白い頭をそっとなでた。両腕で薄い肩を抱きしめて落ち着かせ、ソファに座らせた。何かあたたかいものを飲ませようと思って、台所に急いだ。四葉がいつも調理を担当しているので、ここに足を踏み入れたことがほとんどない。山戸家の水周りはどこもそうなのだが、凍えるように寒かった。磨き抜かれたステンレスは闇を飲み込んでいて、以前勤めていたホテルの厨房にそっくりだった。個人宅のそれとしては清潔すぎ、何よりも広すぎた。この家で毎週のようにパーティーが開かれていた当時のことを思い浮かべてみる。家政婦さんやその日のために雇われた使用人たちがせっせと立ち働き、時々、山戸みつばが進行具合をチェックしにくる。幼い四葉は入り口に立って、それをじっと見つめていたのではないか。寸胴《ずんどう》鍋に作り置きしてあったビーフティーを温めてマグに注ぎ、実亜子を思い出してウイスキーを足してみた。

　居間に戻ると一葉さんはだいぶ落ち着いていて、ビーフティーを一口飲んだ。

「眠れなくて死ぬってことはない。でも、幻覚はみるようになる」

　そうぶつぶつ言うので、舞は少し怖くなりながら、隣に腰を下ろした。通販番組では今、カメの甲羅をエメラルドでかたどった十二万五千円のブローチが、明け方四時までの間は八万二千円になっていることを告げていた。その情報に紛れ込ませるように、一葉さんは抑揚のない早口で言った。

「壁山家が名誉毀損《きそん》でうちを訴えることになったの。母の代からお世話になっている弁護士がいるし、大丈夫よ。舞さんが出廷する必要はないから。なんにも心配はないからね。それとね、明日には週刊誌に記事が出ることになると思う。マスコミ関係者が教えてくれた。まあ、四葉がショックを受けなければ、私は問題ないわ」

翌朝、目が覚めた時は、実亜子はもうとっくにいなくなっていて、舞は寂しくなった。寂しいことを認められた自分が、ほのかに嬉しかった。

朝食の前に一葉さんの言っていた週刊誌を探そうと、元町通りにある書店に開店前から並んだ。シャッターが開くと同時に目に飛び込んできた、男性向けグラビアと長生きするための知恵であふれたその雑誌の中で、「『りぼんのぼうし』モデル問題で世間を騒がせている、山戸家の母親はかつてポルノ俳優で逮捕歴がある」という記事の扱いはごく小さなものだった。ネットを見ても、さして話題になってはいない。世間もそろそろ「りぼんのぼうし」事件に飽き始めていた。

そもそも、その記事にしても関係者を名乗る人間からの伝聞で、若き日の一葉さんの裸の写真なんて、どこを探しても見当たらないのだった。四葉は「下品な三流週刊誌のやりそうなことね。壁山家による嫌がらせよ。どうせ半世紀くらい昔の話でしょ？　それにママが舞台上で何をしようと、それは芸術よ。知性がない人たちってささいなことでも盛り上がれるからおめでたいわよね。ばかばかしくて相手にする気にもなれないわ」と言って、またあの冷ややかな表情を浮かべ、その週刊誌をまっぷたつに引き裂いて、庭の焚き火で燃やしてしまった。枯れ木の間から、グラビアタレントの丸い胸やお尻が覗いていた。

一葉さんと二人きりで、港の見える丘公園に散歩に行くことになったのは、壁山家との裁判前日だった。もう梅がちらほら咲き始めていた。舞は悩み続けていた。自分が証言台に立ちさえすれば、壁山氏の性加害は母娘の妄想などではない、という証拠になる。でも、壁山氏は体調不良を理由に出廷しない、娘達が代理を務める。だったら、こっちも代理でいい、というのが、四葉の主張だった。

「私が裸になって、公然わいせつ罪で逮捕されたのは本当よ」

と、一葉さんは母子像を見つめながら、突然そう言った。

「六八年の夏、新宿西口の駅前で。まだあの辺は原っぱで何もなかったの。うちの劇団がゲリラ公演した時ね」

一葉さんの頬は削《そ》げ、目の周りは落ちくぼみ、横から見える鼻が高かった。以前はぴったりだったジャケットの中で身体が泳いでいるのがわかった。

「劇団を率いていた男は初めての恋人だったの。ヒロインが裸にならないと、物語が成立しないんだ、っていい聞かされていて、そういうものかと思った。でもね、本当は男たちはみんな賭けていたの。私が裸になるかどうか。彼は賭けに勝って喜んでいたって後から聞いた。それ以外、道はないと思っていた。私が裸にならないと、みんなが頑張ってきたことが、無駄になるって思い込んでいた」

二人は歩き出した。目の前には、実亜子が描いた海が広がっていた。まだ空気は冷たいけれど、波の色は穏やかで、その形はまろやかさを帯びていた。

「警察に迎えに来てくれた時、母、なんて言ったと思う。まだ二十歳じゃないか、こんなことで負けるんじゃないよって、全部私がもみ消してやる、あいつらの将来も潰してやる、今にあんな下劣な連中を見返しなさいって。これを本に書いたり、講演会で話したりするような、そういう立派な女性になるんだからねって。こっちは立派な女性になるどころじゃなくてね。あきれてものが言えなかったけど、母に肯定されて、ほっとしたのも事実だった。私は結局、親の庇護下に戻ることを選んだの。それで劇団を辞めた。でも、そこで知り合った女優たちとの仲は続いた。自分に才能がないことはひしひし感じたんだけど、母と話してるうちに、これからはテレビの時代なんじゃないかって、急に思ったの。彼女たちを世の中に知って欲しくて、事務所を作ったのよ」

一葉さんは演技よりもマネージメント能力の方がはるかに高く、人脈を築くのも上手かった。事務所はすぐに軌道に乗る。その時、知り合ったテレビ局員が、四葉の父親なのだという。

「芸能界ズレしていない、おっとりした人でね。結婚しても仕事は続けていいっていう男性は、当時貴重だったのよ。実家は大きな旅館をやっていた。お互いの家に挨拶を済ませたところで、警察に捕まったことと裸になったことがバレてご破算になっちゃった。その時、お腹に四葉がいたの。このことはあの子に話してない」

舞はしばらく迷ったが、正直に言うことにした。

「私もそうでした。私もこういうものかなって思ってました。モデルになってる間。あの時代って、もっと過激な撮影に親が応じていた子役、いくらでもいましたから」

母からの電話にはすげなく応じている。母は今の舞を心配しているのではない。自分が娘を壁山に差し出したことは間違っていないという証拠を、懸命に探しているだけなのだ。

「だから、今も、思うんです。私が考えすぎなだけじゃないかなって。別に殴られたわけじゃないし。全部勘違いなんじゃないかって。私一人の考えすぎのせいで、みんなが」

「ごめんなさい。舞さん。本当に。見てくればっかり気にする我が家のせいで、あなたの人生を壊してしまった」

そう遮って、一葉さんは頭を下げた。白い髪の毛先が地面についた。少なくとも舞にとって、一葉さんは十分に立派な女性だった。

裁判当日は三月とは思えないくらいの冷え込みで、明け方、雪が降った。

いつまで経っても、一葉さんが起きないので起こしにいったところ、猫足のバスタブの横に裸で倒れているのを、四葉が発見した。浴室もキッチンと同じくとても寒かった。狭心症による突然死だった。長期間にわたる不眠が原因なのは、検死の結果が出る前から、舞も四葉もわかっていたことだった。

横浜簡易裁判所には、四葉一人が出廷した。

一葉さんがそれから二年後に出ることになる、裁判の判決を聞かずに済んだのは、今にして考えると、彼女の人生で一番、良いことだったのではないか、と舞は思う。

カーンという明るい音で目が覚めた。裏庭に出てみると、四葉が斧を手にしていた。とっさに誰か殺しに行くつもりか、と身構えたが、四葉は切り株の前でしっかりと枯れた色の芝生を踏みしめていた。傍には等分にカットされた薪が積み上がっていた。

「おばあちゃまが、薪割り、好きだったのよ。私にも母にも絶対にやらせてくれなくて。足に振り下ろしでもしたら、危ないって。でも、もう二人ともいないし、いいでしょ。なかなか上手だと思わない？　まだ肌寒いでしょ？　夜になったら暖炉でマシュマロを焼くから、楽しみにしていてね」

暖炉の炎で部屋全体があかあかと照らされている光景は、絵本の挿絵のようで、手を伸ばしたら当たり前に熱いことが不思議に思えた。鉄の棒にマシュマロをいくつも刺し、四葉は丹念に炎すれすれで回転させた。すぐにドロドロに形を無くすのかと思っていたら、そんなことはなく、かわりにクッキーが焼けるような香ばしいかおりが辺りに漂った。四葉は慎重な手つきで、焼き目のついたマシュマロを鉄棒から外し、泡立ったココアの上に載せた。それを見ていたら、やっぱり、真田さんとの実験を思い出した。暖炉の前で四葉と並んで飲んだココアは、炙《あぶ》ったマシュマロのキャラメルのような苦さが足され、これまで知らなかった奥行きのある味わいだった。

暖炉の上には、幼い四葉と一葉さんとみつばさんが並んで写っている写真、山戸幸太郎と山戸みつばの写真、昔飼っていたという犬が描かれた絵皿が並べられていた。四葉いわく、仏壇は山戸家のインテリアには合わないから置かないらしい。

火葬場に集まったのは、山戸家の元家政婦だという竹本さんという中年女性と、テレビでよく顔を見る有名な女優、八名だった。その場で四葉が簡単な挨拶をし、それが葬儀の代わりとなった。舞は、実亜子に会えるかな、とちらりと期待してしまい、そんな自分の不謹慎さを恥じた。彼女は今、海外にいるんだとかで連絡がとれなかったらしく、欠席だった。

有名なカメラマンが撮ったという遺影を見つめながら、竹本さんはぽつりと言った。

「あの山戸家がこんな風になるなんてね」

「昔は、毎週パーティーしていて、一葉は本当に綺麗でさ。私達の中の誰よりも目立ってたよね」

そうつぶやいたのは、最近主演映画が公開されたばかりの白髪の女優だった。

「なんでこんなことになっちゃったんだろう」

「一葉、昔から曲がったことが嫌いだったもんね。でも、こんな身体を壊してまで、裁判する必要あったのかな」

と誰かが小さな声で言った。それは棘になって、舞の身体にいつまでも残り続けた。

四葉は暖炉に景気よく薪をくべていった。炎が燃えさかってくると、腰のあたりから身体全体がじわじわ温まっていく。

こんなに山戸家でくつろいでいてもいいのかという不安がずっとある。

自分があの日、髙島屋で絵に切りかからなければ、そしてこの家にやっかいにならなければ、たぶん一葉さんは、今も生きていた。山戸家が村八分にもならなかった。彼女が息を引き取った時、舞はすぐにここを後にするつもりだった。でも、遺体安置所のドアの前で、四葉は青ざめた顔でこっちの手首をぎゅっとつかんできたのだった。

——お願い、舞さん。今夜だけはどこにも行かないで。あの家に私を一人にしないで。

四葉は翌日からいつも以上に家事に精を出し、食事代わりになる大きな塩味のパイをいくつも焼き、一日も欠かさずアルバイトに出かけている。空いた時間では、亡くなった家族の遺品を整理している。泣いたり寝込んだりということが、見るかぎりまったくない。反対に舞は、ここに留まる理由はもうなくなったのに、タイミングを見失い、ブランケットにくるまってぼんやり庭ばかり眺めて過ごしていた。

「ここには、長く住めないからねえ。最後までできるだけ、暖炉を活用しようと思う」

四葉はなんてことない風に突然、言った。

「壁山家が名誉毀損の慰謝料だけじゃなく、中止になった個展や販売が差し止めになった画集の損害賠償の裁判も始めたの。そんなの絶対に払うつもりないけど、まだまだ裁判は長引くし、どっちみち、お金はかかると思う。うちに現金はあんまりない。ほうぼうに借金もあるの。だから、この家を売るしかない。もともと、一人で住むには広すぎるもん」

彼女の行く末よりも、舞は自分の身を最初に案じた。働いて、衣食住を整えて、一人で寝て起きることを、わずか半年前の自分がやれていたなんて、信じられなかった。祖母の家を売ったお金は少しばかりあるが、四葉なしで暮らすことを考えたら、身がすくんだ。こちらが黙っているのを、別の不安と四葉は読み取ったらしい。

「心配しないで。舞さんには最低三千万円は渡せる。母と生前、相談していたの。これまで私たちが『りぼんのぼうし』で儲けてきた額にはとても及ばないし、それっぽっちで舞さんがこれから先、楽に生きられるなんて気安く言えないけど、受け取ってもらえたら私は嬉しい。もちろん、家を売るって言ったって、すぐに買い手が見つかるとも限らないし、しばらくはここで暮らせるよ。荷物はギリギリまで減らさなきゃいけないし。売れるものは売らないと」

三千万ときいて有難さより、嬉しさが勝っていた。もちろん、それくらいもらって当然だと思う反面、何かがひっかかってもいた。

「四葉さんはそれで、どうするの？」

「どうって……。一人だもの。なんとでもなるわよ。これまで通り、試食販売の仕事を続けながら、残りのお金で中古マンションでも買って一人暮らしするわ。一人暮らし、してみたかったし。これからは節約しないとね。そうだ、ねえ、今から飲みにいかない？」

少し驚いたが、もちろん特に用事もない。彼女と二人だけで過ごす夜の静けさに、だんだん耐えられなくなってもいた。

そのバーは山下公園前のホテルニューグランド一階にあった。以前から一度は足を踏み入れてみたいと思っていた場所だった。

節約すると言ったばかりなのに、四葉がケープなる古風な被り物を身につけながら、あっさりタクシーを呼んだため、わずか十数分で、居間の暖炉の前から、暗がりにランプで鈍く浮かび上がるマホガニーのテーブル席に、二人は移動していた。英国調の重々しいインテリアだ。

蝶ネクタイをつけたバーテンダーの差し出したメニューを見ると、なかなか高価格帯だった。

「メニューにはないけれど、マッカーサーマティーニをぜひ、試してみて。あのマッカーサーが接収中にここでよく飲んだマティーニよ」

と四葉が囁《ささや》くので、舞は彼女と同じものを頼んだ。ウイスキーのビーフティー割を実亜子に勧められてから、ナイトキャップ代わりにブランデー入りのミルクを飲むようになっていた。

四葉さんがアルコールをたしなむのは意外、とつぶやいたら、

「あら、私、お酒飲むの好きよ。このお店、おじいさまとおばあちゃまとよく来たの。私、ホテルのこういう暗いバーって大好き。食事をする前に飲む一杯ってわくわくする」

四葉は葬儀の後、初めてといっていいくらい楽しそうな様子を見せて、銀色のカクテルに添えられたオリーブを器用にピックから抜き取った。

「あの頃はね、このバーに素敵な大人がたくさんいて、その人たちの振る舞いをこっそり盗み見たり会話に聞き耳をたてたりするのがとても楽しかったのよ。でも、今は私たちがその大人なのよね」

「素敵ではないけれどね」

舞が少しだけ笑って言うと、四葉は薄闇で目を光らせた。

「あら、私たち、素敵だと思うけど？」

ごく当たり前の調子で彼女は言った。言われてみれば、化粧気もなく、着古したカーディガンとブラウス、スカートといういでたちでも、仕立てがいいせいか、それともぴんと伸びた背

筋や所作のせいか、四葉はこの空間で様になっている。

　周囲を見渡してみても、カウンターには流行りの服を着た若い男女が一組、ふた回りは歳が離れた女性にカクテルのうんちくを聞かせている高価な時計をした中年男性、そして、隅のテーブル席で商談中らしき声の大きな軽装の男性客たち、いずれも、この空間を意識しすぎていて、芝居でも打っているかのようだった。

　だんだんわかってきたが、四葉には揺るぎない自信がある。一葉さんにも、おそらくみつばさんにもないものなのではないか。彼女の隣にいると、自分まで謎の力に守られている気になる。

「舞さんの着こなしは、いつも素敵だわ。背丈があって、なんでも似合うんだから、おじいさまの服だけじゃなくて、もっと色々着てみたらいいのに。今度、元町にお買い物にいかない？よければ、オーダーメイドを作らせてちょうだいよ」

　今日の舞は、山戸幸太郎のシャツの襟をぶどう酒色のベストから引っ張り出し、ベルベットのパンツを合わせていた。こういうところがお嬢様だな、と舞は苦笑する。家を売るまでに困窮していることなんて、もう忘れてしまったみたいだ。

「そうそう、母からね、舞さんがどこか学校に行くように勧めてほしいって言われてたんだけど」

　こんな歳で、今さら学びたいことなど、ない。そう言っても、四葉は確信に満ちた口調を崩さない。

「バーテンダーになる勉強はどうかしら」

舞は驚いて、周囲を見渡した。カウンターの奥に佇《たたず》むバーテンダーに目をやった。以前働いていたホテルの厨房をふいに思い出した。ギャルソンの制服を着た時の安心感。テーラー・ゴウダの内装。山戸幸太郎のクローゼット。自分に趣味や好みなんていうものはないと思っていたけど、山戸家で暮らすうちに、心惹かれるものや場所の特徴が浮かび上がりつつある。クラシカルで紳士然としていて、硬い様式美で守られた何か。優雅な鎧。あの中に入っていくと、舞は心からほっとする。

「接客とか、たぶん、すぐには難しいのかなって思うけど、私に考えがあるの。おじいさまの知り合いが経営している、青山のバーテンダー養成学校に行くだけ、行ってもらえないかな。別に仕事にしなくても、技術が身につくだけで気がまぎれるかもしれないし」

「なんで私に、こんなにしてくれるの？」

「なんでって。舞さんに私たちは一生かかっても償えないくらいの心の傷と重荷を負わせてしまったんだもの。できるかぎり、その荷物をこちらが退けるのは当然じゃない。舞さんにとって一番の痛手って、壁山のせいで、学生生活を送れなかったことじゃないのかな。だから、いまからでも学ぶ場所には通ってみてほしい。無理にとは言わないけれど」

「四葉さんて、幸福な王子みたい」

つい、そんなことを言ってしまったのは、ドライベルモットの代わりに使われている辛口のシェリー酒のせいかもしれない。四葉はこちらを見つめているきりなので、舞は説明した。

「ほら、宝石でピカピカに飾られた、王子の彫像の話。その王子には心が備わっている。そこにツバメがやってくる。ツバメは王子の指示で、王子を彩っている宝石、サファイアとかルビーとかを一つ一つ剝がし、貧しい人たちの元に届ける。自己犠牲の精神で町のみんなを幸せにしようとする。王子はボロボロになって心臓まで失って死ぬ。最後はツバメも死ぬ。バッドエンドのやつ。アンデルセンの童話だっけ」

なんで急にそんな話を思い出したのかわからない。真田さんの家でそんな絵本を読んだ気がするし、あまり通わなかった中学の英語の授業の教材かもしれない。

「オスカー・ワイルドじゃないかしら」

と、四葉はひかえめな調子でそう言った後、

「ごめんなさい。私、その話好きじゃない。私は自己犠牲なんて、絶対に嫌。貧乏くさいし、まわりまわって他罰的よ」

と、眉をひそめた。舞は驚いた。彼女がこうも人に尽くすのは、おそらくあの女子校の根幹にある、キリスト教由来の奉仕精神が影響しているのかと思っていたのだ。

「私は絶対に長生きする。ツバメにも長生きしてもらいたいし、街の人にも幸せになってもらいたい」

四葉はきっぱりと言って、マティーニに口をつけた。

「そんなことは理想論じゃないかな」

「そうかな？　昔からこの話聞くたびに思っていたんだけど、もっといい結末があってもいい

と思ってるの。まあ、幸せな結末だったら、こんなに長く語り継がれないかもしれないけど。例えばなんだけどね」

四葉はマティーニを傾けながら、本当にマッカーサーみたいな司令官の顔つきになった。いかにも面倒そうな気配を帯びてきたし、アルコールが回って頭もとろんとしてきたので、舞は話を変えることにした。

「とにかく、服はもう買わなくて大丈夫だから。四葉さん、お金は今は使わないに越したことがないし。そのうち、あの、あなたの友達の……。郷田さんって人が、私にオーダーメイドのシャツを作ってくれるっていってるから……」

彼女が作ったシャツを着て、二人でここに来て司令官カクテルを飲みたい。そう考えたら、喉の奥が熱くなっていく。

「え、ミャーコ、そんなこと言ったの？」

四葉は怪訝そうに首を傾げた。

「ミャーコ、おじいさんの後継ぐの、やめちゃったのよ。聞いていない？　他に後任の誰か見つけるとかいってたから、お店自体は存続するとは思う。また絵を描いてくれる気になったのは、私も嬉しいけどね。今は壁山咲子の買い付けに付き合うとかで、ベルリンに行ってるの。なにやってるのかしらね。もうこうなっちゃうと、私からはどうこう言えないわよ」

しばらくの間、舞はまともに口がきけなかった。バーテンダーを呼び止め、マッカーサーマティーニのお代わりを注文するのが、やっとだった。

我に返ったのは、テーブル会計の時になって、四葉のクレジットカードが使用不可になっていることがわかった時だった。四葉は「おかしいな」と不思議そうにつぶやいてはいたが、そこは堂々としたもので「今、現金の持ち合わせがあまりないので、後日、支払いにきます」と顔色ひとつ変えずバーテンダーに告げた。その時、テーブル席の一番若い男が割って入ってきた。薄い髪の毛が広い額に張り付いている猫背の男で、くたびれた外見でタバコの臭いが強くした。ただ、ペラペラの量販店の服装ではなく、随分と古くさいデザインのしっかりしたマリンパーカーを着ていた。

「よければ、僕が払います。君、山戸四葉ちゃん……だよね」

彼がそう言うなり、四葉は暗闇でもそうとわかるほど、さっと頬を染め、あ、とつぶやいた。彼は二人分の料金を払ってくれ、連絡先らしきものを四葉に渡した。それで、すぐに別れ別れになったが、帰りのタクシーの中で、四葉は後部座席にもたれて、暗い横浜港を眺めながら、口を開いた。

「彼ね、私が小学校の頃、いじめられていた時に助けてくれた、近所の幼馴染なの。もう会うのは十五年ぶりかな。高校二年の時、引っ越していったの。けいくんが、横浜に帰ってきていたなんて、知らなかった」

ケープを身につけた四葉は子どもみたいだった。

けいくんは今、横須賀で、中古車のディーラー業を仲間たちと起こしたばかりらしい。かろうじて、舞が覚えている内容はそれだけだった。その後、四葉が家に着くまでぺちゃくちゃしゃべっていても、まったく頭に入ってこなかった。実亜子はどういうつもりなんだろうとそればかり考えていた。

実亜子が日頃からああいった約束を、あらゆる女と交わしていると舞が知るのはこのずっと後である。

気温が高くなったかと思うと、港の見える丘公園が桜で満開となり、綺麗だなと目を細めた次の瞬間には、わっと散り始めた。山の上の女子校三校も次々に入学式が行われ、新品の制服を着た少女たちとその親がかすかに花びらの舞う「乙女坂」と呼ばれる坂道を、毎日のように誇らしげに登り下りしていく。

四葉は相変わらず、薪割りをやめなかった。毎日、空高く振り上げられた斧が木を真っ二つに分かつ音が、屋敷に響き渡る。その音はどんどん高く、澄みわたり、日に日に洗練されていくようだった。

あの男に出会ってからというもの、四葉はずっと斧を握りしめている気がする。薪ばかりではなく、最近では、あの男が紹介したリサイクル業者から、売り物にならないと断言された家具も、容赦なく割って火にくべていた。だから、居間はいつもサウナのように暑かった。

ニューグランドのバーで、本人いわく「運命的な再会」をしてから、けいくんと四葉は日を置かずに、伊勢佐木町に夕食に出かけた。何を着ていこう、と四葉は子どものように相談してきた。舞は仕方なく、彼女の部屋に初めて入り、クローゼットを覗き込んだ。ごく一般的な価値観を持つ、三十代の男が好むような服が見事に一着もなかった。どれも硬い上質な生地でできていて、身体の線を飲み込むデザインばかりだった。視線を感じて振り返ると、少女時代の実亜子が描いたと思《おぼ》しき、まだ子ども時代の四葉の絵が、こちらをじっと見ていた。結局、比較的胸やウエストの線が出るシンプルな黒いドレスにみつばさんが残したパールをつけたが、なんだか冠婚葬祭に出かけていくようないでたちで、四葉はいつもよりさらに老けて見えた。

――けいくんに言われたの。小さい頃から、ずっと私に言えなかったことがあって、今夜それを伝えたいんだって。

玄関でパンプスをヘラを使ってはきながら、四葉はこれまで一度も舞に見せたことのない浮ついた表情をピンク色に染め、ドアを押した。夕暮れに、高い門の向こうに消えていく彼女の後ろ姿を見ていたら、ずっと消えていたあの苛立ちが頭をもたげてきた。

四葉が本当の自分で、自分がにせもの。

名前しか知らない山戸四葉は、長い間、舞にとって、自分から吸い尽くしたエネルギーで幸せに生きる分身だった。舞は身代わりで、影で、常に山戸家の裏側だった。それでも、彼女という人間を知り、一緒に暮らすようになってからは、混じり合って二人で一人になっていたように錯覚していたが、軽い足取りで恋に向かっていく四葉の長い影は、明らかに舞を踏みつけていた。

舞は暖炉の前のソファで横になって、スマホを眺め、壁山咲子のＳＮＳをチェックした。父の汚名を晴らすための英気を養おうと思います。今、私はベルリンに来ています、たくさんの味方に囲まれ、ふと泣きそうになります、などという短文と一緒に、古い建物が並ぶ街並みや湖、木でできたおもちゃばかり集めた店やギンガムチェックのテーブルクロスの上のビールのジョッキの画像が投稿されている。そのどこかに実亜子の姿はないか、と丹念に観察した。ベルリン在住の有名アーティストはぞろぞろ出てきたが、咲子は実亜子の存在を巧妙に消していた。そういえば、紀尾井町のホテルで家族と一緒の咲子を見た時、その隣には白人男性が座っていた気がする。なんとなく、彼女がいいように使われているような気がした。

　肝心の実亜子は一体、誰の味方で、何をしたいんだろう。いくら考えても正解がわからず、頭に嫌な熱がこもり続け、起き上がって何かする気がまったくしなかった。実亜子がせめて隣にいてくれれば、問いただせるのに。自分はこんな風に時間を無駄にしなくて済むのにと思った。腹が立って仕方がないだけなのに、なぜか涙が後から後から湧いてきた。

　その夜、思ったより早く帰宅した四葉は、こちらの顔を見るなり座り込んで、玄関で膝を抱えた。その憔悴《しょうすい》した様子を見ていたら、この数時間分の苛立ちは消えていった。ソファに誘いビーフティーを手渡してやったら、それを一口だけ飲んで、ありがとうと言い、四葉は消え入りそうな声で続けた。

「小学校の頃、私の机に『りぼんのぼうし』の缶を置くように指示したのは、けいくんなんだって。ひどい提案をすればするほど、クラスメイトには褒められるから、エスカレートしたんだって。そのことをずっと謝りたかったんだって」

　舞はついつい大きな声で笑ってしまった。小中学生の男ってどこも同じだな、と思った。自分もまったく同じようないじめを受けたから気持ちはわかる。とソファから身を起こして、伝えた。四葉が少し救われたような顔をこちらに向けた。

それから数日間、四葉はずっと青い顔で、食事もろくにとらなかった。四葉は母親の火葬の直後に女優たちと行った個室中華でさえ、回転テーブルをぐるぐるまわして、青菜と牛肉の炒め物や海鮮チャーハンをよく食べていたので、さすがに舞も心配になった。しばらくして、彼女はこんなことを言い出した。

「もう大丈夫だよ。けいくんは謝ってくれたし。彼、罪滅ぼしがしたいんだって。私がお金に困っているっていったら、友達として、うちにあるものをできるだけ、高く売れるように、この辺り一帯のリサイクル業者に取り次いでくれるって」

もうそんな男に関わるべきではないのでは、と言いかけたが、四葉の硬い目の色を見て、舞は唇を引き締めた。

「けいくんもお父様の事業の失敗のせいで、夜逃げ同然でこの町を離れた後、大学に行けなかったり、借金を背負って、就職は氷河期で、弟さんの学費のためにブラック企業で働いたり、大変な目にあったの。そんな中、地元に戻ってきて、仲間たちと仕事を始めて、昔の友達にもちゃんと謝りに来るなんて、そこは立派だと思う」

友達、というところに、四葉は力を込めて発音していた。

ああ、そうか。四葉は自分の中で、この失恋を全力でなかったことにしようとしている。まともに受け止めたら、崩れてしまうと自分が一番わかっているのだ。なかったことにするために、あえて今後も彼に積極的に接していくぞ、という強い意志がうかがえた。それを見ていたら、舞も実亜子への感情を回収していくことを、閃いた。

最初から、実亜子のことが気に入らなかったのはまず、本当だ。さらに、彼女はシャツを作る大事な約束を破ったばかりではない。あの壁山咲子と今も一緒にいる時点で、十分に敵といってもいいのではないか。自分はただ単に郷田実亜子の人としてどうかしている部分に腹を立てているだけだ。だから彼女のことが頭を離れないのだ。執着しているのではない、と取捨選択して整理していったら、だんだん傷が癒えていった。

取捨選択といえば、四葉は、けいくんの力を借りて、山戸家の家財道具や衣服をどんどん整理していった。一刻も早く、何もかも目の前から消してしまいたい風に見えた。「それは捨てない方がいいよ」と舞が止めにはいらないと、山戸幸太郎の芸術品のようなスーツまで捨ててしまいそうな勢いだった。捨てることが一種の快感になっているような印象を受けた。

けいくんは、あの日、ニューグランドに一緒にいた少し上の世代の男たちとは様子が違う、若くカジュアルな服装の男たちを大勢引き連れて、山戸家に頻繁に出入りするようになった。四葉は彼らが集まる時、大量のビールを酒屋に注文し、山盛りのフィッシュ&チップスでもてなした。油を何リットルも使って、白身魚とじゃがいもを朝から延々と揚げ、召使いのように自ら男達に給仕してまわった。けいくんはアルコールが回ると、

「これ、俺の嫁だから」

などと、ふざけて四葉の肩を抱き寄せ、みんなをどっと笑わせた。そんな時の四葉は見てい

られなかった。ひきつった顔で手足は棒のようにまっすぐで、肩を四角の形にいからせていた。四葉は中学一年生から同世代の異性とまったく接触がないまま、今日まで生きてきたらしい。けいくんとその仲間たちは、四葉のそんなウブさを、弄《いじ》っている節があった。腹が立つというより、舞は恥ずかしかった。

履き潰した大きなスニーカーが玄関に散らばっているのを見るだけで、ここで過ごした時間が踏み荒らされているようで、できるだけ二階の夫妻の寝室に引っ込んでいた。

そんな時、舞は宝石箱を開けて、蝶々のはばたく様を眺めていた。山戸みつばに対して、複雑な感情があるが、今だけは彼女の幽霊と手を結んでもいいと思った。みつばと一緒になって、階下でどんちゃん騒ぎをする彼らを死ぬほど脅かし、この屋敷から一人残らず、追い払いたかった。窓を開けて、カノンの調べを響かせることだけが、せめてもの対抗だった。

さて、四葉が一体、どの辺りから騙されていたのか、今なおよくわからない。

振り返ってみれば、けいくんとその仲間たちのやり方は実に巧妙だった。これは絶対にいい値がつくと思われた化粧鏡はそうでもないのに、ロンドンの蚤《のみ》の市《いち》で買ったオルゴールには高額がついた。失望と高揚が交互にやってきた。みつばさんが本物と信じて買った家具や食器にあまり値段がつかない、といったことは数多くあり、四葉はそれを知ると「まあ」と目を丸くしつつも、喜んでいる風だった。「おばあちゃまの言うことが絶対ってわけじゃないのね」と言って、うきうきと白身魚に粉と卵の衣をかぶせていた。居間のテーブルが三十万円で売れてからは、四葉は以前のように他の業者から見積もりをとらなくなった。

いつの間にか舞までが、男たちが家財を運び出していくことに、抵抗もなくなっていた。家はどんどん広くなり、居間には陽差しがたっぷり差し込むようになった。

この邸宅を二億二千万で買い取りたい、という不動産業を営むその男も、けいくんの紹介によるものだった。沿岸部の新開発界隈ではよく名を聞く人物だった。想定していた価格よりはかなり安かったが、売却後も長く住めること、信用のおける相手であること、すぐに現金が手に入るという条件がなにより魅力だった。けいくんを介して、まず半額が入金された。間もなく、舞の口座には四葉の名義で三千万円が振り込まれた。

銀行で振り込みを確認した後、山戸家に戻ると、四葉は一人で台所に立ったまま、ビールを美味しそうに飲んでいた。網戸から、青臭い新緑の香りが入り込んで、彼女の前髪をあおり、狭い額が覗いていた。

「ねえ、舞さん。これ、見て」

そう言って突然、四葉はくすり指を見せた。薄い緑の石が西日を浴びて、つるりと光っていた。このところ、みつばの宝石箱をいじっているせいか、随分見劣りする石だなと舞は思った。

「安物だけど、これ本物の翡翠なの。彼ね、結婚しようって言ってくれたの。家が売れたら、二人でいちから生活を始めようって。もう横浜は離れるつもり」

その頃の舞はもう、そういった発言は覚悟していた。三千万を手にしたあたりから、気持ちは外の世界を向いていた。怒りも嫉妬もおぼえなかった。四葉はなんというか、どこにでもいる平凡な三十代半ばの女性に見えた。相変わらず、昔から着ているらしいワンピースやカーディガン姿だが、あの渦のような迫力が消えていた。おだやかな笑顔が翡翠によく似合っていた。けいくんやその仲間とも普通に口をきくようになり、彼らのからかいを受け流す術まで身につけていた。

舞はこの時、山戸家と四葉から、完全に自分を奪い返したのだ、と悟った。四葉から得られるものはもう何もない。それに十分世話にもなった。彼女への執着が消えた瞬間、これから始まる生活が急に楽しみになってきた。

四葉の母校の女子校の制服が夏服に変わった頃、舞は青山のバーテンダー養成学校に願書を送り、九月から通い始めることを決めた。千駄ヶ谷《せんだがや》でアパートを探し、入学と同時に住めるよう準備を整えた。何も買う必要はなかった。四葉が幸太郎さんの服を全部くれたばかりではなく、食器や書き物机、客間のベッドなども、譲ってくれた。最新式の自転車だけは買った。通学ルートを今から覚えておかねばと自転車で往復しながら、就職先が決まったら終《つい》の住処《すみか》を買おうなどと、ウキウキ考え始めていた。

残りわずかな横浜の日々を楽しもうと決め、毎晩、ニューグランドのバーに通ううちに、カクテルの名前と味を覚え、バーテンダーと自然と会話を交わせるようになった。舞がカクテルの勉強を始めるつもりだと言ったら、彼はロンドンにあるサヴォイホテルのバーの話をよくしてくれた。いつかその場所に行ってみたいと思った。一度だけ「テーラー・ゴウダ」をこっそり訪ねてみたが、老人が一人でぼんやり店番をしているだけだった。

あの夜、ニューグランドから帰って来たら、居間でパソコンの光を浴びて、白い顔が浮かび上がっていた。画面からは通販番組らしき音楽が流れていた。「一葉さん？」と恐る恐る呼びかけたら、

「けいくんと連絡がとれなくなった」

と、四葉がこちらを見た。舞は慌てて電気をつけた。居間にはテレビはもちろん、家具がひとつもない。カーテンさえも消えていた。彼女は広い床に足をくの字にしてパジャマ姿で座っていた。三回目の入金が滞っているらしく、催促の電話をかけてみたら、もうその番号は使われていなかった。買主はもうとうに全額を払い終えたとのことだった。舞が何か言おうとするのを、四葉は制した。

「警察には行かない。もう裁判はこりごり。家は売れることには、売れたし。いいわよ、七千万なんて別にそのくらい……」

振り込まれた売却金のほとんどは、「りぼんのぼうし」の回収や新デザインへのリニューアルにかかった費用、おじいさまが残したほうぼうへの借金返済に充てた。万が一裁判で負けた場合の賠償金も残しておかないといけない。マンション購入はあきらめ、ひとまず神奈川県内にアパートを借りることにした、と彼女は告げた。

私に残ったのはこれだけだ、と言って、四葉はあの宝石箱を引き寄せた。

「あの人は意気地がないわ。この宝石箱も、私はこれからの新生活のために、いっそ売ろうと

したの。けいくんにはそんな大事なもの、売っちゃだめだって言われた。悪党にもなりきれない。あの人、つまらない人間なのよ。そうよ、だますなら、もっと私をワクワクさせろっていうのよ」

　そう言うと、四葉はみつばさんの結婚指輪だという大きなダイヤモンドを、取り上げ、蛍光灯にかざしてみせた。

「宝石の価値は普遍じゃない。時代とともに変わるのよ。今は三百万でも来年には三十円になったりするのよ。逆もまたしかり。一生モノなんてどこにもないのよ。真珠だって有機物なんだから。それだけじゃなく、売り文句ひとつで石ころにも資産にもなるのよ。宝石はね、何を売るかじゃない、誰が売るか、なの」

　勝ち誇ったように言ったかと思ったら、四葉は突然、ふふふと笑い出した。

「四葉さん、あの、大丈夫なの？　まさか、眠れなくなってたりしないよね？」

　舞は怖くなって、その小さな顔を覗き込んだ。四葉がこっちを真顔で見つめ返した。本当は、彼女を案じる気持ちよりも、あの三千万円をやっぱり返せと言われるのが怖くて仕方がなかった。

　人を思い通りに動かすようなあの力が、彼女の目の奥には再び、戻っていた。かつて頼りがいを感じていたそれは、今はただただ、舞を追い詰めるだけだった。

「幸福な王子のお話って、どうしてツバメも王子も不幸になったかわかる？　宝石を人にあげるだけでやりっぱなしだったからよ。ツバメと王子が力をあわせて、宝石を一円でも高く売って、現金化して街にばらまくべきだったの。それをとっかかりに事業化して、自分たちも生きていけるようにするべきだった。世間知らずだったのよ。自己犠牲というより自己満足の物語よ。やり方が悪かったのよ。全員バカ」

そうまくしたてると、四葉は通販番組に面白くもなさそうに再び目をやった。何か言葉をかけようとして、舞はやめた。

ずっとこの人と親しくつきあうのは無理だ、とあの時、舞は悟ったのだと思う。自分がツバメになって足元で死ぬしかなくなる。けいくんも褒められたものではないが、多かれすくなかれ、それを予期したのではないか。

「あのさ、四葉さん。私がここを出て行く前に、最後にひとつ、教えてもらいたいことがある」

舞は四葉のつむじを見下ろした。

舞さんは、バーテンダー養成学校を卒業後、山戸家のフレンチレストランがかつて入っていた、鎌倉の老舗ホテルのバーで三年間、修業した。そのホテルでは、まだ山戸の名は有効で、明らかなコネとあってか職場でハラスメントを受けることもなかった。場所柄、同窓会や結婚式帰りの年配の女性客グループが多いせいか、セクハラ被害にも遭わなかった。そうして過ごしているうちに、舞さんはだんだんと社交的になっていった。同僚たちと研究を兼ねて、飲みに行くことが増えた。客を楽しませるために少しでも話題を増やそうと、本を読んだり、ニュースをチェックしたり、映画を観る習慣がついた。休みの日は、国内海外問わず旅行に出かけ、バーやワイナリーを探訪した。

四葉さんが壁山家との裁判で負けてしばらく経った頃、一葉さんの火葬で出会った竹本さんという女性が、ある日、客としてやってきた。葉山にある建物でバーをやってみないか、と提案してきた。四葉さんからことづかったのだそうだ。彼女は今、マスコミの取材から逃げていて、ここに来るどころではないのだという。山戸幸太郎さんがかつて潰してしまった店だが、最近ドイツで大きな賞をとった遅咲きの天才建築家が初期に手がけた建物とあって、空き家となった今も撮影や美術展など、レンタルスペースとして重宝されているらしい。

独立するにはまだまだ早いと思ったが、舞さんはすぐ、散歩がてら見るだけ見に行ってみた。そして、この要塞のような店と葉山の景色に、一目惚れしてしまったのだそうだ。ここで働きたい。竹本さんに意志を伝えた。弁護士を通じて、舞はこの建物を四葉から譲り受けた。

「女一人の店なんて、絶対嫌な目にあうだろうと思っていたんだけど、そんなこともなかったの。私も若くなくなって、貫禄もついてきたせいかな。幸太郎さんの服やこの建物のおかげもあるのかもしれない」

太古の人類はこんな場所で夜を過ごしていたのかな、と思わせる岩の天井を、舞さんは仰いだ。ここの一階で彼女は大きな犬と一緒に暮らしているのだそうだ。

最初は、山戸幸太郎の名前をまだなんとなく覚えている、山側の富裕層から口コミで常連が増えていった。地域のコミュニティとのほど良い距離の取り方を、舞さんはこの時もうすでに身につけていた。バーのおつまみには地産地消の野菜を使うことは忘れなかった。

　忙しい時は竹本さんが応援にかけつけてくれた。オープンして数年でコロナ禍に直面したが、舞さんは店を閉め、古いカクテルブックをめくったり、服や靴の手入れをゆっくりしたり、犬を連れて散歩に行き、海を眺めてやり過ごした。

　四葉さんにもらったお金とここが自己所有だという事実が、舞さんの気持ちに余裕をもたらした。今でも昼間はギャラリーや一日カフェとして建物を貸し出しているので、シーズンオフでも細々とではあるが収入は途絶えていないらしい。

「すみません、このブルショット、ビーフティーだけで、飲んでみてもいいですか？」

と、真央は注文した。四葉さんが最後に舞さんに与えたのが、このレシピだった、という。すぐに湯気の立つ飲み物が、今度はマグカップで現れた。

「四葉さん、そんなに言うのなら、あの宝石も現金化してから、私にくれればよかったのに」

　息を吹きかけながら、そうつぶやいたら、舞さんは言った。

「あなたにはそれができると思ったんじゃないの？　あ、その真珠って、宝石箱にあったオール・ノットだよね」

　舞さんがこちらの首元を見つめた。その目にも、無数の舞さんが映っているのではないか。

「あれっきり四葉さんには一回も会ってない。でもね。あの男とは、会った」

　壁山純之助とその娘たちが自家用ヨットを乗り回しているのを見たのは、六、七年前だったそうだ。痩せて小さな老人になった壁山は孫らしき少女たちに囲まれ、いかにも善良で幸せそうに見えた。相変わらず、沖で犬と一緒にこちらを見ている舞に、彼らはまったく気づかなかった。その翌年、壁山は亡くなった。

「結局、あの裁判も女同士が代理で戦わされただけで、あの人は無傷だったんだよね。今では、なんだったんだろって思う。三千万だってあいつが私に支払うべきだったんだよ。山戸の家を慌てて売る必要もなかったんだよ。四葉さんや一葉さんを私が恨む必要もなかった」

「でも、最近では、世論も変わってきていますよ」

と、真央は遠慮がちに教えた。

今、「りぼんのぼうし」でネット検索すると、二十年前と結果はまったく違う。去年、有名な日本人女性作家が、イギリスの文学賞を受賞した時のスピーチで「私がティーンの頃は、世の中は性暴力の加害者を守る空気が充満していたが、今は違う。横浜の『りぼんのぼうし』事件も今だったらまったく違う受け取られ方をしていたのではないか」と発言したことが取りざたされ、再び、そして今度は世界的に、この事件は注目されるようになった。

さらに、壁山に同様の加害を受けたが、「りぼんのぼうし」バッシング報道を見て言い出せなかった、という今はもう五十代になった女性が二人、六十代の男性が一人、相次いで顔出しで名乗り出た。壁山の回顧展が人権団体から猛反対を受けて中止になったことも記憶に新しい。

その話をすると、舞さんはとても驚いた様子で、カウンターの下から携帯機器を取り出し、こちらを忘れて首っ引きとなった。あの事件に関するキーワードを極力目に入れないようにしてきたため、まったく知らなかったのだという。

　ビーフティーは記憶のそれと少し味わいが違っていた。あの時は滋養がつまった点滴のように思えたけれど、今のそれは上品で淡白なコンソメスープだった。それは真央があの日よりも、活力が満ち、未来への不安が多少減っているからかもしれない。正式なやり方は、牛肉だけでスープをとるらしいが、野菜を加えるのが山戸家流なんだという。

「ねえ、どうするの、この人」

　舞さんがいかにも嫌そうに、ミャーコさんの丸い背中を見下ろした。話が始まってすぐ、彼女は興味がないのか、寝てしまった。すぐそこのホテルに泊まっているので、起きたら帰るようにしてくれ、とだけ真央は言い残した。

　店を出る直前、振り返ったら、舞さんはミャーコさんからひとつ置いた席に座り、手酌でウイスキーを飲んでいた。ドアが閉まる前に、こちらを見ないで「また来てね」とだけつぶやいた。

　来た方向と逆に、朝焼けの砂浜を波に沿って歩いた。今の自分と同年代だった四葉さんが案外、うかつだったことに、真央は心底ほっとしていた。大きく伸びをして、まだ汚れていない潮風を思い切り吸い込んだ。濡れた砂浜に、深い足跡をつけていくのが贅沢に思えた。死ぬまでに一回でいい。強い感情に突き動かされて、後先考えず行動して、失敗してみたかった。野崎さんが隣にいたら、それはできないんだろうと思った。大きく失敗することがないまま、歳をとっていつの間にか命を失っていくのが、今の真央には一番怖かった。カップルが大きな白い犬を連れて向こうからやってきた。

始発で帰宅したら、部屋の中は米の甘い匂いが充満していた。炊飯器をあけてみたら、ご飯が炊きあがり、卵には固く火が通っていた。

第五章

朝から心配だったから、横からみると厚みがほとんどないその身体つきから目を離せなかったのだが、昼休憩を待たずに、佐々木《ささき》さんが音もなく、搬送用ラインの横で倒れた。元は秋刀魚の缶詰工場だったこの倉庫の窓はとても高い場所にある。まっすぐな長い光がほとんど垂直に彼女の体に突き刺さっていて、コンクリートの床に磔《はりつけ》にされているように見えた。冷房の利いている空間とはいっても、その日の外気温は四十二度で、アルバイトの若者達は「熱中症じゃないのか」と口々に騒いでいたが、彼女は床に横たわったまま、青い顔でつぶやいた。

「ごめんなさい。生理痛と貧血です。すぐ治りますから」

真央は休憩室のソファまで彼女をかついでいって横たわらせた。小柄なせいもあって、九歳になる姪とそんなに体重が変わらないように思えた。真央が今日はもう帰れ、といくらいっても、少し休んだら動けるといって、佐々木さんは聞きいれようとしない。家族に迎えに来てもらえるか、と尋ねたら、母は深夜までアルバイトから帰ってこれないし、父は職場のファミレスで脳血栓で倒れてからもうずっと家で寝ているだけなんで動けないと思う、と答えた。
県内の国立高校に奨学金で通っている彼女は、学校から特別に許可をもらい、この倉庫で配送業務のアルバイトをしている。家に帰れば、妹と父親の世話をしながらの家事が待ち受けている。さらに成績が落ちることは許されない。

真央は、できるだけ単純な梱包作業以外を振らないように心がけていたが、佐々木さんはあっと言う間にノルマをこなすだけではなく、検品作業や配送業務、全商品に埋め込まれたチップの追跡作業まで率先してやるところがあった。気働きが利き、ありがとう、ごめんなさいという言葉を、誰よりも多く発している。

それが真央には、表現を変えた、怒りの発露に見える時がある。佐々木さんが率先して動けば動くほど、そうやって他の人たちより有能かつ謙虚であると見せつければ見せつけるほど、彼女がどうにもならない苛立ちを周囲にぶつけているように見えた。

正社員は真央一人で、ほぼ十～二十代までのアルバイトで回っている職場だが、佐々木さんが同世代の誰かと親しげにしているのを、ほとんど見たことがない。その代わりに、真央やパートの主婦たちに、彼女は自分から積極的に話しかけてくる。

「これ、私のお昼だけど、よかったら」

そう言って、真央は保冷剤と一緒にタッパーに入ったきゅうりのサンドイッチを差し出した。いつか四葉さんにもらった芸術品のようなそれとは似ても似つかない。きゅうりを厚めに切り、塩を振り、クリームチーズと一緒に食パンで挟んだだけだ。チーズとパンは姉と一緒に、沿岸部の量販店で大量購入し、冷凍保存しているものだ。四年前の休職をきっかけに、厚木に一軒家を借り、姉と姪と同居している。佐々木さんはようやく身を起こした。

「おいしい。生野菜って久しぶりに食べたかも」

佐々木さんが夢中で一つたいらげるのを見ながら、真央は魔法瓶から蓋に熱い紅茶を注いだ。

「すぐそこの湘南の農家で取れたきゅうりなんだよ。元同僚がきゅうり農家やってて、今も仲よくて、それ格安で買ってるの。全部食べな。ほら、水たくさん飲んだら、こっちも」

「え、このお茶あったかい!?」

佐々木さんは目を丸くし、魔法瓶の蓋から立ち上る湯気を見下ろしている。

「意外と身体は冷えてたりするからね。この季節。どこも寒すぎるっしょ」

「人が淹れたお茶とか飲むの、初めてかもしれません」

彼女は神妙な面持ちで、紅茶に口をつけた。今日は私も早く上がるから車で送らせて、という申し出を彼女は断らなかった。

「主任はいいですよね。あんなお弁当が手作りできるなんて、私とは環境が違うんだろうな。四大出て正社員で、英語できて、車もってて。秋に会社やめたら、外国に行くってパートさんから聞きました。すごい、なんか強者って感じ……」

いや、もうあっち行ったらほぼ無一文、と言いかけて、真央は口を閉じた。

倉庫裏の駐車場で中古のミニワゴンに乗り込んだ時、佐々木さんはシートベルトのつけ方を初めて知ったようだった。

真央は何も言わずに海に沿ってハンドルを切った。今年で四十歳になった。奨学金はあと半年で返し終わる。


近隣諸国との関係悪化から防衛費が増大した分、文教および科学振興費は激減している。少子高齢化の影響もあって、大学が次々に廃校して全入時代がやってきたものの、授業料無償化には未だ至っていない。

そんな中、借金してまで大学に進む若者はもう、少数派だった。物価高と社会保険料増大で困窮家庭が年々増えていく中、佐々木さんのように高校を奨学金でまかなう十代が今や珍しくなく、卒業とともに力尽きてしまう。正規の授業料を払えるような家庭は子に早い段階で留学させているのが普通で、そもそも多くの富裕層家庭はすでに海外に逃れていた。

多くの日本の十代は高校卒業後、非正規のまま一生働き続ける。

「私、高校やめなきゃいけなくなるかもしれないんです」

佐々木さんは助手席の窓ガラスにもたれて海を眺めながら、つぶやいた。視線の先では、厚木基地に向かう米軍機が高度を下げている。

父と母が前期分の奨学金を使い込んでしまったのだという。二人とも、悪気はないんだ、と早口で付け加えた。奨学金がなければエアコンを買い換えることができなかった。でなければ、ここ数年で四十度越えが当たり前になった、猛暑を乗り切れない。

「前期分の授業料、月末までに三十万円、学校に振り込まないといけないんです。でも、そんなお金、無理。高校をやめた方がいいのかも。アルバイトもそうすれば増やせるし」

咄嗟に真央は預金残高を思い浮かべた。九月には始まる、バンクーバーでの新生活とそこにかかる費用を考えた。

真央の勤めるアパレルブランドの実売店はもはや渋谷にしかないし、そこですら無人店舗だった。よほどのハイブランド以外、日本人が店頭接客で服を買うことはない。それでも売り場が消滅する前に正社員に昇格できた自分はラッキーな方だ。真央は今、海沿いの倉庫から、チップが埋め込まれた商品を全国に配送している。

シンと静まり返っている分、蝉の声がつんざくような山間《やまあい》の団地に佐々木さんを送り届けた。周囲はまだ明るいとはいえ、最近、この地区では未成年を狙った性犯罪が多発しているので、彼女が建物に姿を消すまでじっと見守ってから、湘南を目指した。

丘陵に沿って、ガラスでできた温室がどこまでも連なっている。いかにものどかな田園風景だが、その一つ一つは自動収穫ロボットとクラウドカメラで二十四時間見守られ、窃盗事件が起きて以来、ドローンが旋回している。「栗山《くりやま》きゅうり農園」ののぼりが夕方の風ではためいて揺れていた。そこに描かれた「キュー坊」のイラストをもうしばらく見られないと思うと、やけに愛らしく思われた。無人販売所の前で車を停めて「キュー坊」印の漬物を買い、隣の自販機でビールも買った。この家を訪ねる時は、必ず自分が食べるものは買ってくるというルールがあった。

コンビニもスーパーもすべて無人になる前には、セキュリティシステムがないアナログな野菜販売所というものがあったと考えると、不思議な気持ちになる。あの頃は、まだ人の善意が信じられていたのだ。

緩やかな坂を登っていった先にある長屋をリノベーションした母屋《おもや》は、引き戸を引くと、糠《ぬか》の香りがするだだっぴろい土間の片隅に台所があり、一段上がったところから、居住スペースが始まる。焦げ茶色の箪笥《たんす》や卓は骨董品のようだが、壁一面に張り巡らされたモニターには、東証株価指数の表示や温室内の気温やモニター映像が目まぐるしく切り替わっていて、いつ訪れてもアンバランスだった。

その真ん中でこちらをろくに見ることもなく、栗山夫婦が発泡酒を片手に、近所の小学生が温室見学にやってくる日取りを話し合いながら、タブレットに入力していた。おかっぱをアッシュ系に染め、いつも着古したパーカー姿の恵《めぐみ》さんは、佐々木さんと同じ年齢くらいにしか見えないが、今年で二十八歳だ。野崎さんより一回り以上年下で一瞬引いたのだが、恵さんはこちらの心を見て取ったらしく「年齢だなんだ、こだわっている場合じゃないんで。出会いはもうないと思うし、私には生き抜くために同居可能なビジネスパートナーが必要なんです」と最初に会った夜、きっぱり言った。

野崎さんから久しぶりに連絡が来たのが半年前だった。大量解雇のタイミングで、マッチングアプリで知り合った女性の実家である、湘南のきゅうり農家に婿養子として入り、彼が会社を去ったのは、真央の休職のタイミングと同時期である。婚約破棄の後、友達としてもずっと関係が続いていたのは、真央が「今はいいよ？　でも万が一、私たちが離婚することになったら？　ものすごくお金がかかるのでは？」という一言に、彼が深く納得して円満な別れとなったためだった。

――今、バンクーバー本社で英語ができるアジア系の販売スタッフを探しているんだよ。同期の清水《しみず》って覚えてる？　あいつ退社した後、カナダに渡って、本社のマーケティング部で現地採用されたんだよ。詳しく話したいから、会えないかな。今、接客で実売に結び付けられる社員が欧米でも激減してるんだよな。

話は聞きたかったが、既婚者と二人きりで会って話すことに抵抗はあり、それは向こうも同じだったようだ。

――外食はもったいなくて妻が嫌がるから、うちで飲まない？

それが栗山家との家族ぐるみの交流の始まりだった。飲み物も料理も用意していないことをまったく悪びれず、初対面の恵さんはモニターから目を離さないまま、こう言った。

――いいんですよ。元カノだってなんだって。うち、私の元彼も出入りしてますよ？　一度は家族になってもいいと思ってた仲なんですよね。なかなかそんな相手出会えなくないですか。人間関係とか情報って一番大事な資源じゃないですか？　気まずさに負けて簡単にＳＮＳブロックしたり、縁を切るようなやつは、恵まれているんですよ。

恵さんが幼い頃、すでに農業だけでは暮らしは成り立たず、収入は両親のアルバイトで支えられていた。そんな中、廃棄されるきゅうりを見る度に泣きそうになった。恵さんは給付型奨学金で入学した理系大学で応用生物化学を学び、卒業後はＩＴソリューション企業の農業部門に入社、その後、大学の同期とベンチャー企業を立ち上げ、気候や湿度、経済、政治状況からデータを割り出し、徹底して収穫ロスを出さないノウハウと同業のネットワークを作り上げた後で、実家を継いだ。

温室を挟んだ離れでは両親が暮らし、この母屋では夫亡き後、関係が改善したという野崎さんのお母さんも同居している。どんなに親たちに期待されても、子どもをもつ予定はない、と恵さんは断言している。あらゆる検証を重ねたが、今の日本で子を生み、死ぬまで犯罪被害にあわず、教育を十分に受けさせ、健康に育ててあげるのは自分たち夫婦の経済状況では不可能と判断したらしい。

真央側に、彼女に与えられる資源のようなものがあるとは思えない。正直にそう言ったら「例えば、真央さん、私たちと急に連絡とれなくなったら、どうします」と真顔で切り返された。「うーん、心配して、行方を捜すかな?」と言ったら、「そういうことですよ。ほら、お互いの生存率が今、上がった」と得意そうに言われた。

この部屋で野崎さんから採用情報を詳しく聞いた当初、真央は落胆を隠せなかった。本社採用は、就労ビザ取得と一年間の無給のインターンシップが最低条件だったのだ。ただし、社員寮は無料で、一日三回の食事がつくので、生活出費はほとんどかからないのだという。移民に優しいといわれるカナダだが、一年間現地で働けば永住権をとれるとあって移住する日本人が後を絶たない今、採用枠は狭き門だった。

——今の仕事を辞めて貯金をはたいて、カナダまでいってタダ働きして、やっぱり不採用はな……。二年ちょっとも休んで会社に迷惑かけたのにやっぱり辞めますっていうのも……。

オンライン面接で現地のマネージャーと話してもなお、躊躇する真央の背中を押したのは、恵さんだった。グラフを作ってプレゼンまでしてくれた。

——損得だけで考えた場合、一年のカナダでのインターンシップ経験は真央さんのキャリアにおいて、得ですよ。語学力は身につきます。万が一、採用されなくても、一年の間に現地に人脈ができるはず。最低でも永住権がとれる。そもそも真央さんがヘルニアで休んでいたのも、無茶な働かせ方した会社のせいですよね。

長年の立ち仕事からくる腰椎椎間板ヘルニアで起き上がれなくなった時、最初にアルバイトを休んだ時の母が思い出され、目の前が真っ暗になった。一度は退職を考えたが、「せっかく正社員になったのだから、もったいない」と言ってくれたのは姉だった。同居を申し出てくれたばかりではなく、傷病手当が切れた後は、勤め先の経理の仕事を紹介してくれた。会社に相談したところ、休職中のアルバイトは可能とされたので、真央は経理以外にも在宅で出来るキーホルダーの梱包作業の仕事を始めた。姉の負担を減らすために、身体の許す範囲で家事や姪の世話を引き受けた。

退職届は既に受理され、真央は二度目の奨学金の返還期限猶予申請をしたところだ。本来なら、三十八歳で返し終わるはずだったが休職したせいで二年延び、来年二月でついに完済となる。カナダ行きを決断できたのはゴールがもうそこまで見えていたためだ。でも、最後の一押しはやはり恵さんだった。

――奨学金返還期限猶予をあと半年分、今から申請したとしてもドルで給料をもらうようになれば、予定よりずっと早く完済できますよ。

一ドル三百円時代になって久しかった。バンクーバー行きの片道切符は予想はしていたが高額で、一瞬すべてを後悔した。ここまで来てもなお、まだ実感が湧かない。海外に行くのも飛行機に乗るのも、何もかも初めてだった。六年以上会っていない実家の両親や弟に連絡すべきかと思ったが、それさえためらっている。わだかまりが消えないせいというよりも、この年で外国で暮らすことが現実化しているのが信じられないのだ。

それでも、この部屋で網戸越しの風を感じながら、こんなふうにきゅうりの漬物を食べていると、学生時代が蘇る。夢と現実が少しずつ溶け合っていくのがわかる。あの頃は畑の前の古いアパートで、イギリスで暮らすことをイメージしながら、夏を過ごしていた。なにかと間の悪い人生だったが、初めてこれでよかったと真央は思えた。野崎さんとの結婚をやめたことも、転職のタイミングが見つからず現場を離れても義務感で働き続けたことも、身体を壊した時に会社にしがみ続けたことも、今尚「ブリティッシュ・ベイクオフ」で英語を学び続けていることも。全部、悪くない判断だったと言えるのではないか。

この漬物のパッケージにも、ミャーコさんのイラストが描かれている。

「今度はぬいぐるみを作ることにしたんですけど、なんなんですか、あの人、いっつも締め切り守らないんですよね」

と、こちらの視線に気付いた恵さんが急になじるように言った。

——野菜なんにも食べられないけど、きゅうりだけは好きなんだよなー。

真央がつぶやいたら、どうして？　きっかけは？　と恵さんはタブレットを突きながら、矢継ぎ早に促したのが始まりだ。四葉さんの作ってくれたきゅうりのサンドイッチの話をしたら、恵さんは前のめりになった。「野菜嫌いのお子さんへ　最初の野菜はあっさりきゅうり。最初はキュー！」というキャッチコピーはその会話から生まれ、恵さんは翌日には、農林水産省に食育プランの一環として小学生のきゅうりの温室見学を提案した。さらに彼女が「うちのブランドの目印になるような子ども受けするキャラクターがほしい」と口にした時、真央はふとひらめいて、それなりに名が知られるようになったミャーコさんを紹介したのだった。

ミャーコさんが細々と描き始めた「90s yokohama」のイラスト絵葉書は、意外にも彼女と同世代ではなく、今の十代の間でじわじわと評判になっていった。

きっかけは九〇年代を舞台にした、女性同士の友情を描いたネット配信ドラマがはやったことで、そのアナログな世界観を求めてネットをさまよっていた若者たちに騒がれたためだった。ポップな毒々しさをもって描かれることが多いあの時代を、ミャーコさんは水彩と色鉛筆の優しい風合いで再現し、郷愁と好奇心をかきたてた。

オンラインショップに飽き足らず、「聖地巡礼」として「テーラー・ゴウダ」まで買いに来る若者相手に、ミャーコさんはいつものように昔の恋愛話を当時のカルチャーを絡めてぺらぺらしゃべったせいで、いつの間にか「ハマのミャーコ」として占い師ばりの人気を誇るようになった。恋愛するのが珍しいのはもちろんのこと、恋愛の失敗を惜しげもなく披露する人間というのはさらに希少という時世も手伝った。本の装丁や雑誌のイラストなどの仕事が増え、ミャーコさんは忙しそうだ。

「あんなに大々的に結婚式やって、あの人、もう離婚したんですよね？　金持ちって本当になんか……」

　恵さんが顔をしかめる。野崎さんはミャーコさんの悪口となると嬉しくて仕方がないらしい、ドローンカメラの映像を確認しながら「キュー坊」Tシャツの背中が笑っている。

　去年の春、日本政府はついに同性婚法を成立させた。これ以上の、日本人の国外流出を食い止めるための苦渋の選択だったが、まだ多少は資産が残っている中高年のカップルが次々に籍を入れ、景気が一時的に持ち直すほどの、未曽有《みぞう》のウエディングブームを生んだ。教会やホテルが今なお残っている横浜はその恩恵にあずかった。それにいち早く乗ったのがミャーコさんである。

　大学時代の恋人・アミさんとは「90s yokohama」原画展で再会した。「ネットで知った時は嬉しかった。絵、とっくにやめたと思ってたよ」と照れくさそうに彼女が微笑んだ場面には、真央も居合わせている。大学卒業後、新潟で介護をしながら、美術学校で絵を教えていたアミさんは、母親の死をきっかけに東京に頻繁に来るようになっていた。アミさんはトレンチコートが似合う、聡明な目つきをした、ミャーコさんには不釣り合いな女性で、竹本さんが言うように自分に似ているとは到底思えなかった。ミャーコさんの一世一代のプロポーズをアミさんはしぶっていたが、東京の美大で講師の仕事が見つかったのをきっかけに「浮気をしたら別れる」という条件の下、それを受け入れた。

四葉さんとミャーコさんが通ったあの女子校の教会で二人は式を挙げた。教会からは海の輝きがちらちらと見えた。七十代後半となってもなおミャーコさんを心配している竹本さんはもちろんのこと、同窓生の多くが出席し、ミャーコさんの伝説的人気が本物であったことを、真央は目の当たりにした。ミャーコさんの元カノであり、今はこの母校で教頭先生をしているというツイードのスーツを着た上品な女性、渋沢香織先生もハンカチを軽く目頭に押しあてながら、それを見守っていた。アミさんはさらりとした普段着姿だったが、ミャーコさんは白い光沢のある宝塚のようなメンズスーツに真央から借りたオール・ノットをきらめかせ、鼻の頭を赤くして泣いていた。

式の帰り道、ふと思いついて、真央は初めて、山戸家の跡地を一人で訪れた。現在は、低層のマンションがたちならび、中二階にはガラス張りのインフィニティプールが今にも溢れ出しそうなギリギリまで水を漲らせ、崖の下のはるか遠くに広がる海に溶け込んでいた。住人は富裕層のベトナム人と中国人しかいないと聞いている。

今年、六十歳になったミャーコさんは、出会った時からは考えられないほど落ち着いた暮らしぶりで、なによりも、よく絵を描いている。そのきっかけは明らかにポストカードが売れ続けているからではなく、離婚だった。

「テーラー・ゴウダ」の二階でアミさんとミャーコさんはしばらくはとても楽しそうに暮らしたが、すぐにアミさんが出て行ってしまい、わずか八ヵ月で終焉《しゅうえん》を迎えた。

原因は、学生時代と変わらず、ミャーコさんが絵の具の蓋を閉めないこと、ペットボトル飲料を最後まで飲み干さないことに、アミさんが我慢ならなかったためだ。

さらに、ミャーコさんが渋沢香織先生と酔って手をつないで中華街を歩いていたという噂も、彼女を激昂させた。ミャーコさんは今なおこの件は浮気ではない旨《むね》を主張している。離婚してしばらくはふさぎこんでいたが、半ば以上は自業自得なせいもあって、ミャーコさんはすぐに元気を取り戻した。

——勢いで結婚して、一生一人じゃないってめちゃくちゃ盛り上がって、でも、別れて、なんか気が済んだ。落ち着いたよ。私は結婚したかったんじゃなくて、きっと失敗できるチャンスが欲しかっただけなんだよな。うん。

ミャーコさんはしたり顔だ。いや、そうでなくてもともと失敗だらけの半生じゃないですか、と真央がまぜっかえすと、なんだよ、まだ籍汚したこともないくせにこの小娘、とニヤニヤしながら、デコピンされた。

昔から、真っ白なキャンバスに向かう時、集中するのがずっと怖かったんだよね、とミャーコさんは恥ずかしそうに打ち明けた。どこかで聞いたような話だと思った。いろんなことが気になって、集中する勇気がどうしても湧かなかったんだよね。いろんな声がざわざわするの。それをシャットアウトする勇気がなかった。でも、ざわざわする声と共存する方法がやっとわかったのかもしれない。

——だからね、四葉は眠れないまま、どこかで生きているような気がするよ。もう眠れない夜にあせらなくなっているような気がする。夜の重さもそういうもんかって、重さごと、楽しんでいるんじゃないかな。

結婚式の招待状をどうしても出したくてあの時、あらゆるツテをつかって四葉さんを探したが、行方はわからなかった、とミャーコさんからは聞いている。

ミャーコさんの味方をしていると恵さんに思われたくなかったが、真央はつい、かばわずにはいられなくなる。

「いやいや、あれで、ミャーコさん、結構頑張って、式の経費抑えたはずですよ。確か、あの学校、卒業生だと、教会は格安で借りれるし、ミャーコさんがつけた真珠は、私が貸したものだもん。気に入ったみたいで、しばらく返してくれなかったけどね」

「えー、そうなんだ。ああ、そうだ。なんか覚えてる。ここで『キュー坊』の打ち合わせした時、これ見よがしに、つけてきたんですよねー。あれすごく高いやつじゃないですか？　アコヤパールでしょ？　今、高騰しているんですよね。やっぱりさ、恵まれている連中の間だけで、資源は回ってんだよな」

恵まれている、となじる時、恵さんは憎らしげではあるが、いつもそうであるように生き生きした顔になった。

「アコヤパール？」

「そう、最近、温暖化のせいで、アコヤ真珠の母貝が大量死したって、大学の同期で海洋水産系に進んだ友達が言ってたんですよね」

そう言いながら、恵さんはタブレット画面を見せてくれた。真央の持っているようなオール・ノットが現在、二十万から三十万円の価格がつく可能性がある、と方々のサイトで立証されていた。

心ここにあらずのまま、カナダに持っていく分をふくめてキュー坊の漬物を大量購入して、車に載せた。家に帰り着いたのはもう十一時過ぎで、姉と姪を起こさないように、二階に爪先立ちで上がった。久しぶりにベッドの下から四葉さんの宝石箱を取り出した。結局、真央は一度として翡翠も琥珀も身につけるチャンスがなかった。この先もたぶん、ない。宝石箱もカナダへの荷物に入れるか入れまいかずっと迷っていたくらいだ。暗闇の中でも蝶々がはばたいているのがわかる。真珠はしっとりと輝いていた。カノンにしばらくの間、耳を傾けた。

もし、よければ、明日、出勤前に一緒に質屋につきあってくれないか、と佐々木さんに連絡し、最寄りの無人買取専門店に予約を入れ、どきどきする胸をなだめて目を閉じた。

「悪いですよ。え、これ、真央さんも今、お金が必要なんじゃないんですか？」

翌朝、団地からこちらの助手席に乗り込んだ佐々木さんは、体調はもうだいぶ良いようだが、むき出しの腕を強張らせてオール・ノットにおそるおそる触れている。

「いいの。私はもう身一つで現地入りすればなんとでもなるから。このパールだって、私の持ち物じゃないの。昔、もらったものなのだから」

「なんでそんなにしてくれるんですか」

佐々木さんはやはり怯えているようだった。迷惑だったかもしれない、と真央はすでに後悔し始めていた。アコヤパールがいくら高騰しているといっても、古いものだし、たいした価格にならないかもしれない。かえって彼女を失望させる結果になるかもしれない。現金化してから、さらっと封筒を渡すのが大人としての筋だった。でも、万が一、高額がついた場合、真央はそれをちゃっかり自分のものにしてしまわないか、自信がなかった。日本の四倍近い物価での無給生活が、すぐそこまで来ているのだ。

その駅の改札の向かいにある無人買取店は数年前から繁華街で見かけるようになって、あっという間に全国各地に普及し、もはや激減した銀行のＡＴＭの数を上回っていた。

「私が学生の時は、スマホで写真を撮影して、それを送って鑑定してもらってたんだよね。鑑定するのに時間がかかってけっこう緊張した」

最寄りの無料駐車場に車を停めながら真央が言うと、佐々木さんがへえ、という顔になった。

「その後、郵送するんですか？　面倒くさいですね」

「うん、コロナ感染拡大の時代だったからね、とくに面倒と思わなかったな。対面じゃないだけ、安全だったんだよね。アルバイト収入も途絶えて奨学金に手をつけちゃって金がなくてさ」

二人は駅に向かって、熱風の中を歩き出した。佐々木さんの横顔にも首筋にも汗が噴き出していた。

店のロゴやブランド品が次々に切り替わっていくその３Ｄデジタル看板は何度も目にしたことがあるが、自動ドアの向こうの四畳にも満たない真っ白な空間は、真央も未体験だった。入店のアラームが鳴ると目の前のアクリル扉が開き、レーンが現れ、その上をボックスが流れてくる。

この店ではどんな商品でも五分で査定価格が出て、売買を決定したら、すぐに口座への入金またはキャッシュでの受け取りのどちらかを選べる。面と向かって商品を値踏みされる気まずさもなく、すぐに現金化できる利点が、ネット上のやりとりに慣れた世代をも引き込んでいた。

壁のスキャナーに真央は手のひらをかざした。これでマイナンバーとクレジットカードにひも付けられた情報はすべて読み取られる。導入された時は、真央が毎日梱包している衣服のごとく肉体にチップを埋め込まれたようで恐ろしかったが、慣れると財布や健康保険証がいちいち必要だった時代を思い出せない。目の前に現れたボックスにそっとオール・ノットを沈めた。一粒一粒に結び目がつけられた真珠はよくしなり、液体のように小さな箱を満たした。

佐々木さんが傍らでつぶやいた。

「私、主任と違って、凄い人とかじゃないんで、少し成績いいだけで、誰からも好かれない。お金もらっても、うまくできないかもしれない。高校だって卒業できないかもしれない」

「お金もらったからってうまくいかなくていいよ。私があげたいから、あげるんだよ。三十万もらったくらいで、うまくいかなくて、当たり前なんだよ」

真央がそう言うと、佐々木さんが驚いたようにこちらを見た。

　四葉さんはいろんな人に惜しみなく分け与えたが、それは必ずしも良い結果をうまなかった。彼女の世間知らずを恨んだこともある。でも、四葉さんがどんなに賢くても、結果は同じだったのではないか。ミャーコさんが将来の不安から目の前をないがしろにしてしまうのも、幼い舞さんが壁山の前に放り出されたあげく被害を訴えてもないことにされてきたのも、性的少数者の人権を守る制度や性暴力を絶対に許さないという社会全体の意識が当時の日本にはなかったためだ。

　四葉さんがいくらお金持ちだとはいえ、たった一人で解決できる問題ではそもそもなかった。恵さんのいう通り、他人同士の絆や個人が持つ知恵に頼る以外、この国では生きていけない。その絆が切れたら、絆のもろさを指摘される。個人の至らなさを指摘される。全部ダメだと言われる。そもそも目の前の一人を助けたくらいでは何も解決しない、と言われる。人が人に手を差し伸べる行為は偽善でエゴでなにより無駄で、その人のためにならないからむしろ最初からしない方がいいくらいだ、と言われる。

　でも、全部が全部ダメなんてこと、本当にあるのだろうか。


　この真っ白な無菌空間でオール・ノットを眺めていると、四葉さんが言うように、真珠が有機物だとわかる。そこには複雑な虹色がとけこんでいる。琥珀色に揺れるビーフティーにも「90s yokohama」で描かれている葉山マリーナから見える夕焼けの海の色にも似ている気がした。

シャッター式の蓋が右から左に被さって、真珠が見えなくなった。

二人の目の前をボックスがレーンで運ばれていく。アクリル板の扉が閉まった。「査定開始です。五分お待ちください」というアナウンスの後で、スクリーンが降りてきて、おもむろに通販番組が始まった。真央と佐々木さんは壁からせり出してきたベンチにぎこちなく座る。それは、この無人買取店がスポンサーをしている、高級ブランドや宝石を二十四時間ぶっとおしで販売しているネット配信番組で、真央もＣＭだけ見たことがあった。

出演者たちはいずれも、この買取店が無人になる前に、店頭で査定を担当していたプロの鑑定士たちで、彼らのキャラクターや知識が面白いとの評判だった。目の前に白髪染めで黒々した髪の太った男性が現れ、バーキンがこの価格まで下がることはあと五十年はない、と断言している。ＡＲグラスがなくても、映像が立体化する画面がここ数年では当たり前になりつつあった。彼が六十万円という価格を身を乗り出して告げた時、本当に唾が飛んできそうで、真央は思わず顔をそむけた。佐々木さんも、露骨に眉をひそめた。

三十万円とまではいかなくても、せめて十万、いや、十五万の値段がオール・ノットにつきますように、と真央は全身全霊で祈っていた。いつの間にか指を組み合わせていた。

あの時、四葉さんは優しさや同情心であの宝石箱をくれたんだろうと思っていた。自分が同じ立場になったからわかる。下の世代が自分よりさらにひどい苦境に立たされているのを見ると、腹の底から湧いてくる感情は、憐れみではない。この国への怒りなのだ。あのときの四葉さんも力いっぱい、斧を叩きつけてこの地を二つに割りたいような気持ちだったのではないか。彼女だって困窮していた。だから、少しでも冷静になれば、あげるのをためらうことはわかっていた。だから、死に物狂いで自分から宝石箱を引き離し真央に託したのではないだろうか。

「これ『私が使います』の人、じゃないですか？」

佐々木さんがふいにそう言った。聞き覚えのある声がして顔を上げると、目の前に、大きな薄い紫色のサングラスをしたシニア女性が座っていた。真央はしばらくの間、手を伸ばせば触れられるような、その人を見つめていた。

写真で見たことがある、あの女性がそこにいた。いや、山戸みつばではなかった。「彼女」が山戸みつばそっくりに老いているのだった。髪は真っ白で大きなウェーブがついていて、前髪が派手にふくらんでいた。どうやら染めているようだ。薄い紫色の大きなサングラスをかけ、小さいけれど、強情そうな顎をしていた。さっきの男性とはうってかわって、彼女の喋り方は流暢《りゅうちょう》で、耳に心地よかった。

――パワーストーンで幸せになれるのであれば、パワーストーンがとれる山梨に住んでいる方はみんな健康ということになります。金の線が入っているルチルクオーツで金運が上がるのならば、私たち宝石商はみんな大金持ちですね。うふふ。宝石が私たちを幸せにしてくれるというのは売ろうとする側の都合のいい大嘘です。

そう言って華やかに手のひらを動かすたびに、宝石がじゃらじゃら揺れた。その様子は、話に聞いた山戸一葉にも、よく似ていた。爪にはターコイズブルーのマニキュアが塗られて、腕にも首にも重たそうな宝石の輪をいくつもぶらさげている。首筋と鎖骨が出る豹柄の派手なブラウスは、かつての彼女なら絶対に着ないものだろう。

「この人、有名なの？」

真央は気付くと、そう尋ねていた。佐々木さんはさっきとは打って変わって、興味津々といった様子で画面に見入っている。

「知らないですか？　宝石鑑定士の中でこの人、一番新人なのに一番人気で、年商五億売り上げてるんですよね。お笑い芸人が真似しているのが面白くて話題になってたんです。『売れなくてもいい、私が使います』っていうのが決め台詞《ぜりふ》なんですよ。モノマネは有名だけど、本物ははじめてみた」

――でも、その人にとってのいい宝石というものはございます。カメラさん、こちら寄ってください？

紫色のサングラスの奥で、山戸四葉さんの目が急に細くなった。声のトーンが下がった。彼女が売ろうとする欲を巧妙にひっこめたのが、今わかった。スーパーマーケットで小さな食べ物を客に差し出す時、彼女は、いつもそうしていたのだ。

――はい、そうです。いい宝石の見分け方は一つ。覗き込んだ時、こちらを見つめ返してくるかどうか。どうですか。ね、このダイヤモンド、奥から誘うような輝きが見えますでしょう？　ね、あなたの心を見つめてくるような、そんな光がご覧になれるでしょう。今回ご紹介するこのパールとダイヤモンドの蝶のバレッタは——
白髪のボブヘアは、バレッタが必要な長さには見えなかったが、四葉さんは右耳の上の髪をひとつかみし、すっとバレッタを差し込んだ。「ほら、今、顔全体がぱっと明るくみえましたでしょう」とすかさず四葉さんが、いかにも眩しそうな表情を作って、ころころ笑ってみせた。本当に彼女の小さな顔が照らされた気がした。アップになったダイヤモンドの輝きからは、真央は何も感じなかった。でも、四葉さんのサングラスの瞳の奥にはひき込まれた。何を売るか、ではない。誰が売るか。四葉さんはあの売り場で見せてくれた。彼女が試食販売をしていた商品を買った客は、商品ではない、四葉さんという人間からこぼれる物語に価値を見出したのだ。

——今回ばかりは、売れなくても構いません。私が使いますから。

彼女は朗々と歌い上げた。主任、どうしたんですか、と佐々木さんが問いかける声が背後でする。いつの間にか、真央は立ち上がってスクリーンに見入っていたらしい。

あの夏の日、真央から見たら四葉さんはおばさんだった。でも、今は真央も同じおばさんだった。友達になれる時がきたのだ。いや、もう二人はずっと前から友達だったのかもしれない。

マジで「私が使います」って言うんだなあ、このおばさん、と佐々木さんが感心したように後ろでつぶやいている。

鑑定終了と査定額確定を示すアラームが鳴り響いた。

参考文献

『天使はブルースを歌う 横浜アウトサイド・ストーリー』山崎洋子 著（毎日新聞社）
『パパママバイバイ』早乙女勝元 作／門倉訣 詩／鈴木たくま 画（草の根出版会）
『小公女』バーネット 著／谷村まち子 訳（偕成社文庫）

取材に協力していただいた、立教大学学生部学生課のみなさま、
宝石のことをたくさん教えてくださった
アトリエ龍T．N様、ライター ヒオカ様、
感謝申し上げます。

本書は「小説現代」二〇二三年四月号に掲載されました。

柚木麻子（ゆずき・あさこ）

1981年東京都生まれ。2008年「フォーゲットミー、ノットブルー」でオール讀物新人賞を受賞し、'10年に同作を含む『終点のあの子』でデビュー。'13年『伊藤くんA to E』で、'14年『本屋さんのダイアナ』で、'17年『BUTTER』で、'19年『マジカルグランマ』でそれぞれ直木賞候補。'15年『ナイルパーチの女子会』で山本周五郎賞、'16年高校生直木賞を受賞、同作は直木賞の候補にもなった。他の著書に『ランチのアッコちゃん』『らんたん』『ついでにジェントルメン』『とりあえずお湯わかせ』などがある。

オール・ノット

2023年4月17日　第1刷発行
2023年7月5日　第3刷発行

著者　柚《ゆず》木《き》麻《あさ》子《こ》
発行者　鈴木章一
発行所　株式会社講談社
東京都文京区音羽二―一二―二一
〒一一二―八〇〇一
電話　〇三―五三九五―三五〇五［出版］
〇三―五三九五―五八一七［販売］
〇三―五三九五―三六一五［業務］
本文データ制作　講談社デジタル製作
印刷所　株式会社KPSプロダクツ
製本所　株式会社若林製本工場

KODANSHA

Printed in Japan　ISBN 978-4-06-531219-3
N.D.C. 913　263p　20cm